KB123009

2015

팡세의 숲

편찬위원회

편 집 장: **이영식** 경희대학교 국제캠퍼스 후마니타스칼리지 학장
편집위원: **이선웅** 경희대학교 국제캠퍼스 후마니타스칼리지 부교수, 글쓰기 PD
편집위원: **오태호** 경희대학교 국제캠퍼스 후마니타스칼리지 객원교수
편집위원: **진은진** 경희대학교 국제캠퍼스 후마니타스칼리지 객원교수
편집위원: **김기섭** 경희대학교 국제캠퍼스 후마니타스칼리지 객원교수

* 2015년 고교교육 정상화 기여 대학 지원 사업

팡세의 숲 2015

초판 1쇄 인쇄 | 2016년 1월 22일
초판 1쇄 발행 | 2016년 1월 30일

엮은이 | 경희대학교 후마니타스칼리지
펴낸이 | 홍석근

펴낸곳 | 도서출판 평사리
주소 | 서울시 마포구 월드컵로 74(서교동, 원천빌딩) 6층
전화 | 02-706-1970
팩스 | 02-706-1971
e-mail | commonlifebooks@gmail.com
Homepage | www.commonlifebooks.com

ISBN 978-89-92241-77-9 (03810)

2015

팡세의 숲

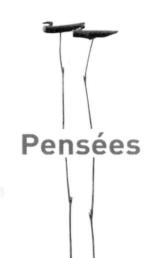

Pensées

경희대학교 후마니타스칼리지 엮음

평사리
Common Life Books

『팡세의 숲 2015』를 발간하면서

후마니타스칼리지 설립과 함께 만들기 시작한 『팡세의 숲』이 다섯 번째 책을 내놓습니다. 한 명 한 명의 학생들이 모여 숲을 이룬다는 의미로 만든 이 책의 이름처럼, 묘목이 조금씩 자라 어느새 우람한 느티나무가 되는 것처럼, 글쓰기는 우리 인생에서 작지만 확실한 변화를 가져오는 작업입니다.

지난 5년간 후마니타스칼리지 교양 교육을 통해 '더 나은 인간 더 나은 세계를 향한 교육'을 지향했으나 아직 많은 것이 부족합니다. 그러나 일 년 동안 우리 학생들이 후마니타스칼리지 교양 교육을 통해 무엇을 고민하고 어떤 생각을 나누었는지 잘 드러나는 글들을 보면서 우리의 걱정은 기우일 수 있다는 것을 알 수 있었습니다. 우리 신입생들은 스스로 고민하면서 또 쓰면서, 읽으면서 어느새 쑥쑥 커 가고 있었습니다.

글이 실린 학생이나 글이 실리지 않은 학생이나 글쓰기 수업을 들은 모든 수강생들이 기특하고 대견하기 그지없습니다. 아직은 앳되기만 한 모습이지만 그 속은 사랑, 열정, 좌절, 고민, 분노, 꿈으로 알차고 야무지게 영글어 가고 있어 고맙고 든든합니다. 이 책은 2015년 글쓰기 수업을 들었던 모든 경희대학교 국제캠퍼스 학생들에 대한 존경과 감사의 표시라고 할 수 있겠습니다.

2015년 한 해 동안 후마니타스칼리지 글쓰기 교과목을 강의하시면서 학생들과 교감하고 애정을 아끼지 않으셨던 교수님들께 무엇보다 먼저 심심한 감사를 드립니다. 교수님들의 노력과 희생은 글쓰기 교과목과 후마니타스칼리지의 가장 중요한 토대라고 생각됩니다. 우리 학생들은 인생의 어느 시점에서 문득 경희대학교와 후마니타스칼리지, 그리고 글쓰기 수업을 떠올리게 될 것이기 때문입니다. 앞으로 십 년이 될지 이십 년이 될지, 우리 학생들이 문득 후마니타스칼리지와 글쓰기 수업을 떠올릴 때, 책장의 빛바랜 『팡세의 숲 2015』를 꺼내 읽을 수 있게 되기를 기원합니다.

끝으로 지난 일 년간 글쓰기 수업을 운영하면서 이 풍성한 생각의 잔치를 열어 준 한국어학과 이선웅 교수를 비롯해 편집위원으로 애써 준 김기섭, 오태호, 진은진 객원교수와 평사리 홍석근 사장님께 감사의 인사를 드립니다.

글골마을 한 자락에서 경술년을 보내며
      경희대학교 국제캠퍼스 후마니타스칼리지 학장 이영식

| 차 례 |

1장

내 생애 최고의 순간

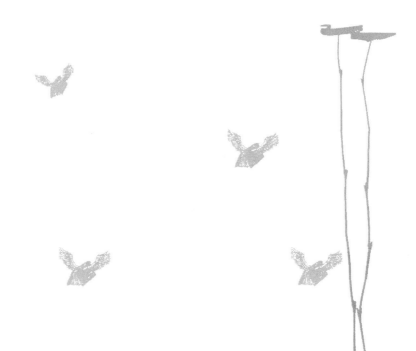

글쓰기의 일차적 목표는 자아 존중감을 강화하는 데 있다. 스스로를 소중하게 여기지 않는다면 글쓰기는 물론 자신의 삶도 온전해지지 않는다. 자랑스러웠던 순간, 성취감을 느꼈던 순간, 누군가에게 인정을 받았던 순간, 고마움을 느꼈던 순간, 새로운 의미를 발견했던 순간들을 지금 여기로 초대해 보자.   - 나를 발견하는 글쓰기 중에서

고독은 음악을 만나 삶이 되었다

김지훈 (전자전파공학과)

　나는 혼자 있기를 좋아한다. 수업이 없을 때는 조용한 곳으로 들어가 책을 읽거나 공부를 한다. 시간이 넉넉하지 않다면 짧게 명상을 한다. 내가 세상을 등지려는 것이 아니다. 나도 생각 없이 수다 떠는 것을 좋아하고 친구들과 게임하는 것을 즐긴다. 하지만 이런 건 되도록 주말로 미루고 있다. 일주일의 반 이상은 오로지 나만을 위해서 쓰고 싶기 때문이다. 나에게 있어 혼자 있는 시간은 정말로 소중하다. 그런 생각을 가지게 된 건 불과 1년 전부터였다. 지겹도록 자유로웠던 시절의 이야기다.

　2013년 겨울, 첫 수능 날이었다. 과학 탐구 마지막 문제를 풀다가 손에 경련이 일었다. 수능을 망쳤다는 사실을 몸이 알고 있었던 것이다. 나의 직감은 들어맞았고 결국 내가 목표로 한 최상위권 대학은 포기해야 했다. 그 사실을 믿기 싫었다. 경희대 기계공학과에 합격했지만 높았던 내 눈에는 들어오지 않았다. 그래서 재수를 결정했다. 치욕이었다. 최상위권 대학에 합격한 친구들과 나의 처지를 비교할수록 좌절감이 들었다. 자신감과 자존감이 덧없이 무너졌다.

나는 재수 학원에 다니지 않았다. 고등학교 시절에도 혼자서 공부했기 때문에 재수할 때도 괜찮을 줄 알았다. 집 앞 독서실을 1년간 끊어서 매일 발 도장을 찍었다. 처음에는 좋았다. 인생 처음으로 나를 구속하는 것이 아무것도 없었다. 나이도 성인이었으니 못할 것이 없었다. 하지만 시간이 지날수록 이건 진짜 자유가 아님을 느꼈다. 나의 활동 반경은 집과 독서실 근처로 한정되어 있었고, 할 수 있는 것은 입시 공부뿐이었다. 고등학교 친구들과는 연락이 모두 끊겼다. 그래서 오랜 친구 몇 명만 가끔씩 모여 노는 것이 정말 소중한 시간이 되었다. 고독감이라는 것을 피부로 느꼈다. 어두운 독서실에서 스탠드 불빛에 의지해 앉아 있노라면 죄를 짓고 감방에 갇힌 것만 같았다. 3개월의 독방 생활 후에 남은 것은 공허함뿐이었다.

2014년 2월이 되었다. 내가 침묵 속에 있을 때 세계는 동계 올림픽으로 떠들썩했다. 올림픽의 개막식이 열리고 몇 주가 지난 뒤였다. 나는 그날 따라 몸이 좋지 않아 집에 있었다. TV에서는 김연아 선수가 숨을 가다듬고 있었다. 그녀의 공식적인 마지막 무대였다. 별 생각 없이 있던 나는 공연이 시작되자 넋을 잃었다. 그녀의 몸짓과 음악 선율이 내 머릿속에서 하나가 되었다. 그런 경험은 처음이었다. 나는 곧바로 그 무대의 배경 음악이었던 존 레논의 〈이매진(Imagine)〉을 찾아 들었다. 그리고 가사를 읽어 내려가는 순간, 내 두 볼은 눈물로 젖었다. 그 노래가 전달하는 '인류애'라는 메시지가 내 심장을 건드렸다. 어렴풋이 꿈꿔 왔던 나의 이상이 글이 되어, 음악이 되어 나타난 것이었다.

나는 며칠 동안이나 허탈해했다. 그동안 입시라는 우물 안에 갇혀서 그것밖에 보지 못했다. 그 안에서 고통 받으면서 바깥으로 나올 생각은 못했다. 그런 내가 참 한심했다. 존 레논 같은 사람들은 인간을 노래하고 세계를 바라보고 있었다. 더 참되고 고귀한 것에 인생을 쓰고 있었다. 그들처럼 나도 넓은 세상으로 나아가고 싶어졌다. 조금씩 바꿔 가자고 생각했다. 문제집으로 가득했던 책장에 인문학과 소설을 하나씩 채웠다. 책이 재미없다는 생각은 그때부터 깨졌다. 사실은 문제집이 재미없는 것이었다. 또 내가 관심 있었던 프로그래밍도 시작했다. 그러자 '내' 인생을 사는 느낌이 들었다. 이제 독서실에서의 고독은 내 길을 걸어갈 수 있는 의미 있는 시간이 되었다. 입시 공부보다는 내가 원하는 공부를 했다. 결국 대학 서열에서는 제자리걸음이었지만 나에게 있어 재수 생활은 실패가 아니었다. 나와 내가 일대일로 만날 수 있었던 가장 소중한 시간이었다.

그 시절, 우리가 사랑했던 기억

한준규 (스포츠지도학과)

문득 내 생애 최고의 순간은 언제였을까, 하는 생각에 휩싸였다. 운동을 하면서 첫 골을 넣었을 때? 아니면 우승을 했을 때? 둘 다 아니다 지금 생각해 보면 운동도 하지 않았고 공부 걱정, 미래 걱정 없이 엄마한테 500원만 달래서 집 앞 문구점 앞에 놓여있던 오락기를 하고 불량식품을 하나씩 사먹으면서 집으로 돌아가던 어린 시절 그 시절에 있었던 체육 대회가 생각난다.

아침부터 주방에서 요리하는 소리에 눈을 떠 부엌으로 나오면 주방은 전쟁터 같은 분주한 엄마의 움직임으로 부엌은 요란하다. 일찍부터 일어나서 체육 대회라고 김밥을 싸는 엄마의 모습이 눈 앞에 아른거린다. 나는 얼른 씻고 나와 식탁에 앉아 고양이 눈방울로 엄마를 바라본다. 엄마는 어미 새가 아기 새한테 먹이를 주듯이 김밥을 썰고 있다가 한 개씩 입에 넣어 주었다. 김밥을 다 싸신 엄마는 이제 내 등교 준비로 바빠지셨다. 옷을 입히고 가방에

도시락을 넣어서 나를 등교시킨다.

나는 학교로 가는 길에 친구들을 만나 같이 등교를 하면서 운동장에 걸려 있는 만국기를 보면서 다시금 체육 대회라는 걸 다시 느낀다. 반에 들어와 선생님, 친구들과 인사를 나누고 학교 종이 울리면 다 같이 의자를 들고 나가 체육 대회 준비를 한다. 옹기종기 모여앉아 이야기를 하다가 부모님들이 하나둘씩 운동장으로 오신다. 나는 우리 부모님은 어디 계시나, 범인을 찾는 탐정처럼 두리번거리며 부모님을 찾는다. 부모님들이 오시고 우리는 체육 대회를 시작한다.

처음에는 2인 3각 달리기를 준비한다. 아빠와 처음해 보는 달리기에 나는 정말 주인과 산책 나온 강아지처럼 기분 좋게 웃으면서 뛴다. 2인 3각이 끝나고 나는 100m 달리기를 준비한다. 출발선에 서서 출발 신호를 기다린다. 엄청난 긴장감 속에 출발 소리가 들리고 다 같이 뛰기 시작한다. 옆에 친구랑 앞서 나갔다 말았다 하다가 나는 1등으로 들어왔다. 선생님께 도장을 받고 바로 부모님한테 자랑을 했다. 부모님께서는 역시 우리 아들 이러면서 나를 안아 주었다. 그때의 기분은 정말로 세상을 다 가진 것같이 좋았다. 그리고 박 터트리기, 줄다리기까지 다하고 나서 부모님이랑 같이 아침에 싸 온 김밥을 먹는다. 이때 김밥은 정말로 두바이 7성급 호텔에서 나오는 점심보다 맛있다. 점심을 다 먹고 나서 체육 대회의 꽃이자 마지막 장식인 계주를 준비한다. 우리는 다 같이 이기자이기자 말을 하면서 의욕을 불태운다. 자리에 서서 출발 소리에 함성을 지르며 출발한다. "청팀 이겨라 백팀 이겨라" 응원 소리와 같이 운동장은 긴장감에 휩싸였다. 나한테 바통이 넘겨지고 나는 숨을 참으며 최대한 빠르게 뛴다. 그런데 갑자기 발이 엉켜서 넘어지고 운동장은 귀신이 지나간 것처럼 조용해졌다. 결국 꼴등을 했다. 무릎이 까지고 피가 철철 나고 있는데 아픔보다 친구들한테 미안함이 더 컸다. 나는 화가 났다. 나 때문에 졌다는 생각에 나는 결국 울음을 터뜨렸다. 선생님과 친구들이 괜찮다면서 위로를 해 줬다. 위로를 받는데 정말로 기분이 묘했다. 체육 대회는 희로애락이 공존했다. 누구는 기쁘고 또 누군가는 슬프고 즐겁고 화가 난 사람도 있었다. 나는 이렇게 기분이 좋으면서도 어디 마음 한 구석이 찝찝하게 부모님의 손을 잡고 집으로 돌아온 기억이 난다.

내가 축구를 초등학교부터 시작하면서 부모님과 함께하는 시간이 항상 부족했다. 운동을 시작하고부터는 이러한 추억도 기억도 잊고 살았다. 다시 운동을 시작하기 전 아무 걱정 없이 순수하게 친구들과 놀고 장난치며 살았던 그 시절, 그 추억, 그 시간들이 엄청나게도 소중하고 다시는 돌아갈 수 없는 최고의 순간이라고 말을 할 수 있을 정도로 부모님과 함께 했던 체육 대회가 지금까지 내 생애 최고의 순간이었다.

꿈을 꾸는 순간

이도현 (스포츠지도학과)

누구나 한 번쯤은 최고의 순간이 있을 것이다. 시간을 되돌려 본다. 나의 인생에 있어 최고의 순간은 초등학교 때쯤이다. 꿈이 많던 나에게 하나의 절실한 꿈이 결정된 시기였기 때문이다. 그 계기는 체육관에서 매일 고무공을 찼던 내가 드넓은 운동장에 있는 딱딱하고 큰 공에 반하던 순간이었다. 그 순간 나는 세상에서 가장 멋있는 꿈을 꾸었다. 축구 선수라는 꿈을 가지고 초등학교 3학년, 이른 나이에 기숙사 생활을 하게 되었지만, 그것마저 행복했다.

나에게 '축구 선수'라는 이름은 내 가슴을 뛰게 했다. 6학년까지 광주에서 축구를 했다. 자부심을 가지고 축구를 했지만 결국 나는 우물 안에 개구리라는 생각을 멈출 수 없었다. 그래서 서울에 있는 명문 중학교에 입학하기 위해 혼자 서울로 전학을 하게 되었다. 세상에 나온 개구리는 유소년 국가 대표라는 벽에 부딪혔지만 나는 발전했고 경쟁 속에 살아남았다. 그 길은 외롭고 고독했다.

그 누구와의 싸움도 아닌 바로 나 자신과의 싸움에서 이겨야만 했기 때문이다. 가끔은 모든 것들을 포기하고 싶을 만큼 힘들었다. 또래 학생들의 모습을 보며 평범함을 누리지 못함에 외로웠고 불확실한 미래에 두려워했다. 매일 같은 일상에서 도망치고도 싶었다. 그리고 늘 부상의 두려움에서 자유롭지 못했다. 내가 오직 의지할 수 있던 것은 그저 나의 꿈 그뿐이었다.

더 독하고 더 강해지려 노력했던 오랜 시간은 나를 더욱 단련시켰고 꿈에 대학에 합격하는 기쁨을 가져다주었다. 그 기쁨은 어떠한 말로도 표현할 수 없다. 그러나 정말 기뻤던 이유는, 아주 어린 시절 아무것도 모르고 공을 차던 나의 모습이, 그리고 넓은 운동장에 딱딱한 공을 차며 순수하게 품었던 가슴 뛰는 꿈을 한 걸음씩 한 걸음씩 다가가고 있었기 때문이다. 그런 나에게 10년 동안 축구만을 바라보며 살아왔던 내 삶을 어떤 누군가는 비난할 수도 얕볼 수도 있다. 그리고 불투명한 미래로 나의 길을 안쓰럽고 딱하게 바라보는 시선도 있었다. 그 모든 것들을 견뎌내기에 나는 너무 어렸다. 그러나 이제 나는 당당히 그러한 시선에 마주할 수 있다. 한 번이라도 절실하게 그리고 간절하게 꿈을 좇아본 적이 있느냐고 한 번이라도 내 모든 것들을 포기하며 꿈을 품은 적이 있느냐고 물었을 때 나는 내 평생을 그래 왔다고 말할 수 있기 때문이다.

꿈을 품었던 그 시간이 내 인생을 바꾼 시기였다. 아마 그 시간 그곳에서 내가 그 꿈을 꾸지 않았다면, 나는 일반 학생처럼 평범한 학창 생활을 하며 평범한 대학생이 되었을 것이다. 가끔은 평

범함이 사무치게 그립지만 평범하지 않은 내 삶을 사랑하게 되었
다. 나에게 축구선수라는 꿈은 이제 그 어떤 것과도 바꿀 수 없는
소중한 일부이기 때문이다. 내가 그 시간 그곳에서 축구라는 꿈을
꾸게 된 것이 내 인생에 최고의 순간이라고 자부할 수 있는 이유
도 이 때문이다. 내 삶을 송두리째 바꾸어 놓았지만, 그 삶은 '황
홀'했다. 황홀 속에 있는 고통과 아픔마저도 지금의 나를 있게 한
신의 선물이라 믿는다.

　최고의 순간은 많았다. 초등학교 5학년 때의 결승 골도, 중학교
때 우승하고 다 같이 손잡고 기도할 때도, 그 힘들었던 고등학교
를 졸업할 때도 내 인생의 최고의 순간들이었다고 나는 말할 수
있다. 다시 말해 내가 생각하는 최고의 순간은 꿈을 꾸는 순간이
가장 행복할 때이다. 내가 처음 축구 선수라는 꿈을 꾸었던 그 시
간이, 그리고 축구 선수라는 길을 걸으며 꿈을 꾸었던 그 순간들
이 내 인생의 최고의 순간들이다. 나는 아직도 꿈을 꾼다. 그렇기
에 꿈을 향한 길에서 분명 늘 최고의 순간들은 또다시 내게 찾아
올 것이라 믿는다.

바닷속의 햇빛

이유진 (국제학과)

1. 희망의 발견

　세상을 살아가다 보면 힘들고 지치는 일이 생긴다. 대부분의 사람들은 그럴 때마다 부모님, 형제자매, 그리고 친구들에게 심심한 위로를 받으며 앞으로 헤쳐 나갈 힘을 얻고는 한다. 나 역시도 주변의 소중한 사람들에게서 많은 용기와 사랑을 받으며 살아왔다. 하지만 그들의 따스한 말도 내 마음속 깊은 곳에 자리한 답답함을 풀어주지는 못하였다. 나는 대학이라는 중대한 결정을 눈앞에 두고 불안에 찬 하루하루를 보내고 있었다. 그러던 중 우연히 스쿠버 다이빙을 경험할 수 있는 기회가 찾아왔다. 기분 전환이나 할 겸 나는 바다로 향했고, 바다 속에서 그동안 찾아 헤매던 희망을 발견했다.

2. 여행은 웬 여행?

  지난 여름, 내 머릿속은 대학이라는 문제로 가득 차있었다. 6월
에 미국에서 고등학교를 졸업하고 한국으로 돌아왔는데 당시에
는 미리 합격한 펜실베이니아 주의 대학에 진학할 예정이었다. 하
지만 그 대학에 진학하면 분명히 후회를 할 것만 같았다. 내가 가
고 싶었던 대학도 아니었거니와, 그곳의 지리적 여건과 학생들의
지나치게 자유분방한 분위기 등이 마음에 들지 않았기 때문이다.
고민 끝에 부모님께 미국 대학에 가지 않겠다는 내 생각을 말씀
드렸다. 혼날 각오를 하고 말씀드린 것이었는데, 오히려 부모님께
서는 잘 생각했다며 나를 응원해 주셨다. 처음에는 굉장히 기쁘고
홀가분했다. 하지만 시간이 갈수록 점점 불안해지기 시작했다. 전
혀 생각지도 못했던 한국 대학 입시라니, 과연 내가 해낼 수 있을
지 걱정되었다. 불과 몇 개월밖에 남지 않은 미래조차 불투명해지
니 자꾸 최악의 결과만이 떠올랐다. 그러던 중 부모님께서 필리핀
으로 스쿠버 다이빙 여행을 다녀오자고 하셨다. 사실 처음에는 내
키지 않았다. 마음도 싱숭생숭한데 무슨 여행인가 싶었다. 그렇게
복잡한 심경으로 여행길에 올랐다.

3. 바닷속으로

  비행기를 타고 필리핀에 도착해 숙소로 향할 때까지만 해도 별
감흥이 없었다. 하지만 숙소 앞에 펼쳐진 에메랄드 빛 바다를 보

자마자 막혀 있던 속이 뻥 뚫리는 느낌을 받았다. 자주 놀러가는 한국의 동해 바다는 짙은 파란색인데, 필리핀의 바다는 마치 유리처럼 맑았다. 같은 지구의 바다인데도 이리 다른 것이 참 신기했다. 반짝반짝 빛나는 바다를 바라보고 있으니 그동안 걱정하던 것들이 싹 잊어졌다. 그 후로 기분이 한껏 좋아진 나는 적극적인 자세로 스쿠버 다이빙을 배웠다. 이틀 정도 수영장에서의 교육이 끝나고 처음으로 실제 바다 속으로 들어가게 되었다. 막상 바다에 들어가려니 두려움이 앞섰다. 배를 타고 멀리까지 나가니 파도도 거세졌고 바닥까지 보이던 바다의 색이 점점 짙어졌다. 눈을 감고 다큐멘터리에서 종종 보던 형형색색의 바다 속을 상상해보았지만, 정작 머릿속에 떠오르는 장면은 아무것도 보이지 않는, 차갑고 무섭고 어두운 바다였다. 밑으로 가라앉아 떠오르지 못하면 어떡하나, 물살에 휩쓸려 가면 어떡하나, 온갖 걱정이 다 들었다. 나는 최대한 긍정적으로 생각을 하려고 노력하며 배 끄트머리에 앉아 발만 물에 담그고 차분히 마음을 가라앉혔다. 그리고 얼마 후, 드디어 용기를 내어 바다로 뛰어들었다.

4. 바닷속에도 햇살은 비춰진다

바닷속에 들어가서 느낀 것은 차가움이 아닌 따스함이었고, 무서움이 아닌 포근함이었으며, 어둠이 아닌 빛이었다. 바닷속은 물 밖보다 따뜻했고, 파도가 세차게 넘실거리는 표면과는 달리 평온하고 고요했다. 마치 햇볕에 잘 말려진 보송보송한 솜이불에 파묻혀 누워 있는 느낌이었다. 중심을 잡기 위해 발버둥칠 필요가 없었다. 서 있기 위해 다리에 힘을 주고 있을 필요도 없었다. 가만히 있으면 내 몸을 감싸고 있는 물이 나를 자연스럽게 지탱해 주었다. 물속에서 편히 쉬던 나는 문득 위쪽을 올려다보았다. 햇살이 바다의 표면을 통과해 물속까지 스며들어 있었다. 나는 모든 생각을 멈추고 그저 물살을 따라 출렁이며 바닷속까지 닿아 있는 빛을 지켜보았다. 말로는 도저히 표현할 수 없는 광경이었다. 그때 나는 깨달았다. 내가 지금까지 걱정하던 모든 일들과 그것으로 인해 느끼던 불안감은 아무것도 아니었다는 것을. 바닷속에 들어오기 전까지만 해도 극단적인 경우에 대한 걱정을 했으나 실제 바닷속은 그것과는 정반대였던 것처럼 말이다. 대학에 대한 불안도 마찬가지일 터였다. 아무리 걱정해도 시간은 흐를 것이고, 아무리 상황이 나빠진다 해도 희망의 빛은 어디에나 비춰질 것이었다. 그것을 깨닫고 나는 부모님을 따라 내키지 않는 여행을 온 것이 참으로 다행이라고 생각했다.

5. 걱정하지 마

여행을 다녀온 후 나는 모든 걱정과 불안을 내려놓고 최선을 다해 입시에 임했다. 바닷속에서 보았던 한 줄기 빛을 믿으며 말이다. 그리고 결과적으로 경희대학교에 입학하여 이렇게 글쓰기 과제를 할 수 있게 되었다. 언젠가 어두운 지하 주차장을 걸어가는데 지붕이 없는 곳을 통해 햇살이 비치는 것을 보았다. 우리는 괴

로움을 피하기 위해 머리 위에 지붕을 만든다. 그 속에서 어려움
이 지나가길 한없이 기다리며 불안에 떠는 것이다. 다르게 생각해
보면, 괴로움을 피하기 위한 지붕은 괴로움을 헤쳐 나갈 수 있게
도와주는 빛마저도 막고 있는 것이다. 바닷속에도 빛이 비추는데,
하물며 물 밖에 있는 우리에게 빛이 안 비칠까. 희망을 막는 것은
스스로가 만들어 낸 쓸데없는 걱정이다. 불안해하지 말자. 우리의
머리 위에는 언제나 희망의 빛이 내리쬐고 있다.

병원에서의 값진 한 달

우은재 (국제학과)

나는 전교생이 인정하는 불쌍한 애였다. 우리 고등학교에는 1
년에 한 번 전교에서 10명을 뽑아 방학 동안 중국 연수를 보내 주
는 프로그램이 있다. 우리 학교의 자랑이자 내 1년의 목표이고 꿈
이었다. 나는 누구보다도 노력했고 결국 수많은 지원자를 제치고
중국행 티켓을 얻었다. 하지만 출국 일주일 전, 갑자기 내린 폭설
에 사고를 당하고 말았다. 중국에 있어야 할 시간에 병원에서 치
료를 받게 된 것이다. 꿈을 이루기 위해서는 해야 할 일이 매일매
일 너무 많았는데 꿈이 좌절되고 나니 내가 할 수 있는 일은 전혀
없었다. '난 왜 이렇게 재수가 없을까'라는 생각만 되뇌며 병원 침
대에 누워 시간을 보냈다.

사고가 나서 입원을 했고, 중국에는 다른 친구가 갔으며, 나는
매일 울고 있다는 사실을 친구와 학교에 알리고 싶지 않았다. 말
을 하면 모든 사람들이 나를 더 불쌍하게 볼 것 같았기 때문이다.

담임 선생님 말고는 아무에게도 이 사실을 알리지 않았기에 텅 빈 병실에 하루 종일 혼자 있으면서 수술 날짜를 기다리고 있었다. 그런데 언제부터인가 친구들이 하나둘 병실을 찾아오기 시작했다. 그것도 한 번이 아니라 매주 나를 번갈아 가며 찾아와서 나를 지루할 틈이 없게 만들었다.

월요일에는 중학교 친구들이 아이스크림을 사왔고, 화요일에는 반 친구들이 놀러와 매직으로 내 붕대에 낙서를 하며 놀다 갔다. 수요일에는 사촌 언니들이 노트북 가득 영화를 다운받아 왔다. 나는 오히려 바빠졌다. 심지어 수술 당일에 수술을 마치고 눈을 떠 보니 친구들이 케이크를 들고 성공적인 수술을 축하해 주었다. 우리는 옥상에서 휠체어를 타며 인간 카트라이더 게임을 하고 놀았다. 덕분에 감기 몸살에 걸려 나의 퇴원이 조금 더 늦어지긴 했다.

이렇게 하루도 지루할 틈 없이, 어쩌면 중국에서보다 더 즐겁게 하루하루를 보내며 눈 깜빡할 사이 병원 생활을 마쳤다. 다시 학교로 돌아가 친구들과 바쁘게 지내던 어느 날, 갑자기 내가 입원한 병원을 친구들이 어떻게 알았는지 궁금증이 들었다.

"그런데 너희, 내가 입원한 병원 어떻게 알았어? 선생님께서 이야기하셨어?"

나는 그냥 지나가는 말로 친구들에게 물어보았는데 돌아온 대답은 내 기대와는 전혀 다른 것이었다. 나는 한동안 멍하게 앉아 있었다. 병원을 알려 준 사람은 내 동생이었다. 내 동생이 친구들에게 연락해 내가 어느 병원에 입원을 했고, 몇 호실에 있으며 언제부터 언제까지 언니가 혼자 있으니 찾아가 달라고 말했다는 것이다. 중학교, 고등학교 친구들은 물론이고 친척들에게도 한 명 한 명 연락해 마치 시간표를 짜듯 서로의 방문 시간을 조율해 주었다고 했다. 생각해 보니 친구들은 마치 약속한 것처럼 순서대로 나를 방문했고, 진료 시간이나 다른 가족들과 면회 시간이 겹쳐 난처했던 경우가 없었다. 내 앞에서는 단 한 번도 그런 티를 내지 않았고 늘 티격태격하던 동생. 학교가 끝나면 내 옆에 와서 늘 숙제를 하며 친구들이 오면 집으로 가던 동생의 모습이 생각났다. 나는 고맙고 미안한 마음에 마음이 먹먹해졌다.

중국 가기 일주일 전 사고가 났을 때, 나는 내가 제일 재수 없는 사람이라고 생각했다. 왜 나한테만 이런 일이 일어났는지 원망도 많이 하고 뭘 해도 짜증나고 화나는 마음이 앞서 힘이 들었다. 하지만 지금은 내가 중국에 가는 대신 병원에 있었다는 사실에 감사한다. 그 시간 동안 내게는 무엇과도 바꿀 수 없는 친구가 있고 항상 내 편인 가족이 곁에 있다는 사실을 깨달을 수 있었기 때문이다. 또 가족이라는 이름으로 평생 내 옆에 함께할 동생이 누구보다도 나를 생각해 주고 나를 위해 주었기에 나는 더욱 건강한 몸과 마음으로 일상으로 돌아올 수 있었다고 생각한다. 비록 하나의 꿈은 이루어지지 않았지만, 나는 다시 다른 꿈을 이뤄 낼 수 있는 든든한 동력을 얻게 되었다. 이렇게 병원에서의 한 달은 내 인생의 가장 행복하고 소중한 시간이었다.

연기, 또 다른 삶

이재빈 (글로벌커뮤니케이션학부)

아버지는 영화를 좋아하셨다. 아버지께선 늘 연기자가 되고 싶은 로망이 있으셨고, 영화를 보면서라도 이루지 못한 꿈을 위로하시는 것만 같았다. 주말 밤마다 아버지와 단둘이 영화관에서 포스터를 들고 돌아오는 길, 아버지와 영화 평론을 하는 시간은 일주일의 마무리였다. 특히 쌀쌀한 가을밤에 심야 영화를 보고 돌아오는 길, 한적한 도로에 가끔씩 지나가는 자동차, 정적 가운데 풀벌레 소리와 시원한 밤바람은, 아버지와 나의 영화 평론에 곧잘 어울리는 밤 풍경이었다. 그런 분위기 탓일까 나는 매주 아버지에게 영화관을 가자고 졸라 댔고, 어느덧 영화 감상이라는 취미를 갖게 되었다.

영화 감상을 취미로 삼다 보니 자연스레 나는 영화에 관심을 갖게 되었다. 영화 촬영 기법, 감독의 취향, 영화와 비슷한 연극까지 관심을 갖게 되었고, 특히 영화 촬영, 특수 효과 및 연출에 흥미가 생겼다. 그러나 평범한 일반고에 진학해 여느 고등학생으로 공부만 했던 나는 극문학을 단순 취미로 여겼을 뿐, 연기자는 물론 연극 연출 쪽으로 공부할 생각도 못했다. 수능을 치고 나는 대학에 진학했다. 그러던 중 신입생 오리엔테이션 때, 연극 동아리에 대해 알게 되었다. 영어로 연극을 하는 원어 연극 동아리 'aura'였다. 고등학생 때까지만 해도 연극 연출에 관심이 많던 나는 3월, 동아리에 들어가게 되었고 연출을 하고 싶어 하는 열정을 보인 탓일까 기장(期長)이 되었다.

　기장이 된 후 알고 보니, 신입생이 주축이 되어 연기를 하고 선배들이 연출을 맡는 시스템이었다. 연극 연출을 기대하고 들어간 동아리였지만, 연기를 해보는 것도 나쁘지 않겠다 싶어 그러려니 했다. 동아리에서는 1학기 정기 공연을 위한 극을 정했다. 우리가 정한 극은 30분짜리 살인극이었다. 친한 친구가 주인공의 아내를 가로채기 위해 주인공에게 살인 누명을 씌우는 내용이었다. 의외였다. 연극 영화과도 아니고 그저 동아리일 뿐인데 꽤나 무게감 있는 극을 한다는 것이다. 그것도 영어로! 나는 살인마 역을 맡았다. 극을 정한 지 일주일이 채 지나지 않아 나는 동아리 가입을 후회했다. 실제로 30분짜리 극임에도 불구하고 외워야 할 대사의 분량은 A4 용지 25장 정도였다. 게다가 내 대사만 외워서는 상대방과 대사를 주고받을 수도 없는 노릇이었다. 그렇게 열흘을 꾹 참고 관객들 앞에서 연기를 할 생각만 하며 대본을 외웠다. 일주일이 지난 후 첫 대본 리딩, 서툰 영어 발음으로 상대역 친구와 대사를 주고받아 보았다. 더듬거리기 일쑤였고, 심지어 상대 대사를 내가 말하기도 했다. 그렇게 대본 리딩을 5일 동안 했다. 어느덧 대본 없이도 대사가 나왔고 영어 대사의 뜻도 이해하게 되었다. 이야기의 흐름이란 걸 느낄 수 있었다. 그 뒤로는 수월했다. 적어도, 액팅이 들어가기 전까지는 말이다.

주말이 지나고, 의자에서 일어나 대본 없이 상대방의 표정을 보며 대본을 읊조렸다. 나도 모르게 표정이 굳었다. 난생 처음 사람들 앞에서 해 보는 연기에 발음마저 엉키게 되고, 상대역을 맡은 친구도 혼란에 빠졌다. 그렇게 1주일은 책을 읽는 듯한, 연기 아닌 연기를 했다. 실제로 매일 밤 감정 없는 액팅이 고민이었고, 연극 영화과의 아는 사람에게 이 고민을 털어놓기도 했다. 많이 힘들고 포기하고 싶은 순간도 있었다. 그러나 많은 관객 앞에서 30분 동안 나 자신이 아닌 이야기의 주인공으로써 또 다른 삶을 보여 준다는 일은 쉽게 경험할 수 없을 순간임에 틀림없었다. '아빠가 보시면 좋아하실 거야.' 매일 다짐하며, 두 달간 하루도 빠짐없이 연기 연습을 했다. 거울을 보면서, 표정 연기를 하고, 화를 내는 부분에서는 셔츠 단추를 풀어헤치는 설정도 넣어보았다. 살인을 하는 장면에서는 미친 듯이 웃어 버리는 장면도 생각해 내었다. 모두 대본에는 없는 설정들이었다. 연출자가 되지 못해 아쉬워했던 순간들은 어느새 머릿속에서 잊혀졌다. 갈수록 늘어나는 연기 실력과 함께 두 달이 지나고 6월 4일, 정기 공연일이 다가왔다.

정기 공연 날 아침 리허설 무대. 연출자 선배의 액션 신호가 떨어지자마자, 정적이 흐른다. 첫 대사가 머릿속에 없었다. 긴장한 탓일까, 아무런 생각이 나지 않았다. 그러다가 문득 대사가 떠올랐고, 기계적 응답을 하다가 얼렁뚱땅 리허설이 끝났다. 리허설을 끝내고, 화장을 하다 보니 어느덧 공연 시간이었다. 오프닝 음악이 끝나고, 연극이 시작되었다. 첫 대사를 하러 무대에 오른 순간 심장은 미친 듯이 요동쳤다. 쿵쾅거리는 심장은 긴장 때문이 아니라 희열 때문이었던 것 같다. 난생 처음 서는 무대, 눈앞엔 100여 명의 관객이 있었다. 수많은 관객들 앞에서 내가 아닌 다른 사람의 모습을 보여 준다는 것, 내가 두 달 동안 바라 왔던 순간이었다. 상대역 친구를 보자 리허설 때는 전혀 떠오르지 않던 대사가, 마치 대본을 보고 읽듯 술술 나왔다. 나는 그 순간 상대역에게 진짜 분노를 느끼고 정말로 살인마가 되었다. 연기를 하며, 온몸엔 전율이 돋았다. 그렇게 30초 같은 30분이 지나갔다.

연극을 본 관객들이 박수를 치는 순간, 연기의 매력을 알게 되었다. 세 달간 열심히 연습했던 순간들이 주마등처럼 머릿속을 지나갔다. 그러나 더 선명한 기억은 어릴 적 아버지와 함께 영화관을 갔던 기억들이었다. 늘 연기자로 살아 보고 싶었다고 말하는 아버지의 말씀이 공감 가는 순간이었다. 단순히 관객들의 즐거움을 위하기보다는 또 다른 삶을 경험해 보고, 그 삶의 주인공으로써 남에게 기억으로 남아 있다는 것 또한 연기의 숨겨진 매력이 아닐까 생각했다. 사람들은 누구나 다른 삶을 살아 보고 싶다는 생각을 할 때가 있다. 연기하는 과정, 적어도 러닝 타임 동안에는 내가 아닌 다른 삶을 겪어 보고, '다른 삶의 나'는 사람들에게 기억된다. 늘 연기는 나와 거리가 멀다고 생각했다. 신입생이 되어 우연히 접한 연기는 생각보다 나에게 큰 의미가 있었고, 2학기가 된 지금, 살인마로 연기했던 순간은 아직까지 내 인생 최고의 순간으로 기억되고 있다.

오이도, 눈, 그리고 우리

강주영 (응용물리학과)

2013년 겨울 어느 일요일 아침 나는 여느 때처럼 예배를 드리고 자전거를 타고 집에 가고 있었다. 오르막길을 힘들게 올라가고 있을 무렵 규호에게 전화가 왔다. '주영, 자전거 타고 오이도 갈래?' 나는 아무 생각 없이 콜을 외쳤고 12시까지 만 원 들고 학교 앞으로 오라는 말과 함께 오이도 여행이 결정되었다. 약속 시간이 되자 우리는 학교 앞으로 모였다. 딱 한 놈만 빼고. 여행을 가자고 선동하고 길잡이를 자처한 재석이는 '오이도 가는 길을 못 알아봤다.'라는 무책임한 말과 함께 1시가 되어서야 나타났다. 친구들이 열심히 재석이를 욕하고 있을 때 나는 네이버 지도를 켰다. 그리고 '송호고등학교'와 '오이도' 두 단어가 만들어 낸 길을 유심히 관찰했다. 거리는 약 17km, 방향은 북서쪽. 5분 뒤 '이제 그만 가자.'라는 내 말과 함께 우리는 출발했다.

처음엔 그저 지하철을 따라 달렸다. 두세 개의 역을 지나니 낯선 풍경이 반겼다. 역이라는 이정표가 사라졌지만 당황하지 않았다. 나는 머릿속에 기억한 지도를 보며 핸들을 돌렸다. 차도, 인도, 비포장 도로, 논길, 공장들 사이사이 많은 곳을 느낌 가는 대로 지났다. 친구들은 그저 웃고 떠들면서 나를 따라왔다. 공장 숲을 거의 다 지났을 때쯤 친구 하나가 '저거 바다 아니냐?'라고 말했다. 하늘과는 또 다른 푸른빛을 발견한 우리는 소리를 지르며 경주하듯 달려갔다. 나의 인간 내비게이션은 꽤나 잘 작동해서 출발한 지 1시간 반 만에 우리는 오이도에 도착했다.

긴 여정에 지치고 시간도 시간인지라 허기를 느낀 우리는 출발 전부터 노래를 불렀던 바지락 칼국수를 먹기로 했다. 하지만 오이도 앞에 칼국수 집이 한두 개일 리 없다. 우리는 고질적인 결정 장애 때문에 고민에 고민을 거듭하고 있었다. 그때 각각 80kg과 95kg에 달하는 찬욱이와 규호가 '이럴 땐 돼지들의 감을 믿어라.'라는 말을 하곤 한 가게로 당당히 발걸음을 옮겼다. 그 둘의 오뚜기 같은 뒤태가 그토록 멋있던 적이 없었다. 기대 반 걱정 반으로 따라 들어간 나는 곧 걱정이 부질없었음을 깨달았다. 칼국수가 나오기 전에 현미밥, 고추장, 나물의 삼중주는 혀를 춤추게 했고 바지락 칼국수가 선사하는 깊은 바다 맛과 국물의 열기는 우리의 주린 배와 지친 다리에 활력을 넣어 주었다. 단언컨대 내가 먹었던 칼국수 중 최고의 맛이었다.

만족스러운 식사를 마친 우리는 "살이 찌는 데는 이유가 있지!" 하고 농담을 던지며 집으로 가기 위해 몸을 일으켰다. 황당하게 들릴지 모르지만 오이도행 목적은 칼국수였다. 정말 우리는 사진

한 장 찍지 않고 바다 구경 한번 하지 않고 칼국수를 먹자마자 다시 자전거에 올랐다. 하지만 호사다마라고 했던가, 우리 머리 위로 먹구름이 드리우기 시작했다. 처음에는 그저 진눈깨비인줄 알았던 것이 어느새 함박눈이 되어서 내리기 시작했다. 엎친 데 덮친 격으로 재석이의 자전거 뒷바퀴가 터져서 이동할 수가 없었다. 결국 재석이는 지하철을 타고 떠났고 우리는 동료를 잃은 슬픔을 무릅쓰며 페달을 밟았다. '어디서 엘사가 Let it go를 부르고 있나.'라는 생각이 들 정도의 폭설이었다. '한 치 앞도 보이지 않는다.'라는 말은 그날을 위해 준비된 것이었다. 옷은 하얗게 얼어붙었고 안경은 더 이상 그 기능을 수행하지 않았다. 나는 선두에 서서 친구들이 잘 따라오는지 계속 확인하며 이동했다. 엄홍길 대장이 된 것 같은 기분이었다. '허리는 꼿꼿이 피고 시선은 앞과 뒤를 반복하며 바라본다, 핸들의 움직임은 최소화하고 허벅지 외의 신체 부위는 움직이지 않는다.' 무의식적으로 세운 행동 강령 속에서 나는 전진했다. 미끄러운 길과 눈 속에 수많은 함정들이 도사리고 있었지만 나는 몸의 신경을 모두 곤두세우고 안전히 통과했다. 얼마나 지났을까, 익숙한 풍경이 눈에 들어올 때쯤 눈은 그치기 시작했고, 그제야 주위를 둘러볼 여유를 가질 수 있었다. 마치 흑백 사진 같았다. 고결한 백색은 아름다움을 넘어서 끝없는 흰 방에 갇혀 있는 것 같은 두려움마저 불러일으켰다. 모순적일 정도로 까만 밤하늘은 눈 덮인 나무로 만든 액자에 끼워져 나를 내려다보았다. 가끔씩 들려오는 차 소리와 앞서간 누군가의 발자국만이 내가 현실에 있음을 깨닫게 했다. 멍한 감각 속에 친구들과 하나둘 헤어지고 장장 2시간 만에 집에 도착함으로써 나의 여정은 끝이 났다.

단 한 통의 전화만으로 무작정 모인 우리. 오이도는커녕 동네 지리도 잘 모르는 나를 의심 한 번 하지 않고 따르던 친구들. 겨우 칼국수 한 그릇 먹으려고 17km를 무작정 달려갔던 우리. 지하철을 타고 가면 될 것을 굳이 넘어지면서 눈보라를 뚫고 돌아왔던 우리 …… 더 오랜 기간 동안, 더 많은 돈을 들인 편리한 여행들이 있었다. 하지만 만 원만 들고 떠난 이 당일치기 자전거 여행이 가장 특별한 이유는 맛있는 칼국수와 아름다운 풍경보다 지금의 나는 잃어버린 멍청함에 가까웠던 무모함과 힘든 상황에서도 그저 친구들과 함께 있는 것만으로 즐거웠던 그 순수함을 그리워하기 때문일 것이다.

잊을 수 없는 작은 손

내 생애 최고의 순간은 너무나 짧고 강렬했다. 생각해보면 누구나 공감하고 인정할 만큼 위대한 일도 아니었다. 아주 소소한, 그때는 아마도 무모하다고 생각하며 했던 내 행동으로 생긴 찰나의 느낌에 가까웠다. 그러나 직접 나서서 누군가를 보호해 줄 수 있다는 용기를 심어 준, 내 인생에 있어 가장 큰 영향을 끼쳤던 중요한 순간이 아닐까 싶다.

초등학교 1학년, 입학한 지 얼마 되지 않았던 때였다. 반 아이들이 운동장에 둥그렇게 모여 옆 친구의 손을 잡고 움직이는 활동을 하게 되었다. 자연스레 양옆 두 친구의 손을 잡고 어떤 활동을 할까 기대에 부푼 마음으로 서 있는데 어디선가 웅성거리는 소리가 들려왔다. 주위를 둘러보니 저 왼쪽 끝 한 여자아이가 인상을 찌푸리며 담임 선생님과 승강이를 벌이고 있는 게 아닌가. 선생님은 계속 무언가 타이르고 계셨고 다른 한쪽에는 유독 창백한 얼굴의 남자아이가 고개를 푹 숙이고 손을 만지작거리며 서 있었다. 워낙 말수가 없어서 존재감이 별로 없었던 '유빈'이라는 친구였다. 자초지종을 들어보니 여자아이가 유빈이의 손이 더러워서 옮을까 봐 잡기 싫다는 것이었다. 단순한 아토피였지만 당시에는 흔하지 않았고, 누구나 겪을 수 있는 피부 질환이라는 사실을 이해하기엔 어린 나이였기에 우리에게 그것은 옮으면 죽는 무시무시한 '병'이었던 것이다.

힐끗 바라 본 유빈이의 손은 허물이 벗겨져 거칠었지만 정말 희고 작았다. 하얀 손만큼 창백한 얼굴과 몸집에 비해 큰 파란 체크무늬 남방을 입고 식은땀을 흘리며 서 있는 모습이 마치 뜨거운 태양의 시선에 녹아내리는 슬픈 눈사람 같아 보였다. 이 상황이 두려우면서도 미안한 듯 금방이라도 닭똥 같은 눈물을 뚝뚝 흘릴 듯한 큰 눈이 이리저리 불안하게 흔들리고 있었다. 선생님께서는 절대 옮는 게 아니라며 잠시만 손을 잡으면 된다고 부드럽게 타이르셨지만, 깍쟁이 같은 여자아이는 완고했다. "싫어요! 더럽단 말이에요!" 앙칼지게 쏘아붙이는 그 말에 유빈이의 툭 고개가 떨궈졌다. 순간 나는 한 치의 망설임도 없이 성큼성큼 걸어가 그 친구의 손을 낚아채듯 잡았다.

손 전체에 느껴지는 차가운 감촉과 까끌까끌한 이물감에 살짝 소름이 돋았다. 어쩌면 해냈다는 성취감의 전율이었을지도 모르겠다. 주위를 둘러보니 어떤 아이들은 놀란 눈으로, 또 어떤 아이들은 걱정스러운 눈빛으로 나를 쳐다보고 있었다. 그런 시선을 의식한 듯 점점 움츠러드는 유빈이를 보자 치약을 삼킨 듯 가슴 저

깊은 곳에서부터 화한 기분이 들었다. 쿵쾅쿵쾅. 겉으로는 태연한 척 했지만, 심장이 입으로 튀어나올 듯 요란하게 고동쳤다. '뭐 어 때, 옮으면 옮는 거지.' 하고 생각하며 당당히 손을 잡고는 있었지 만 어린 마음에 한편으로 걱정되는 건 사실이었다. '정말 병이 옮 아서 온몸에 퍼지면 어떡하지?', '이러다 죽는 건 아닐까?' 하지만 이런 생각 속에서도 꿋꿋이 손을 놓지 않았다. 오히려 미안한 듯 자꾸 손을 빼려는 유빈이에게 절대 놓지 않으리라 보여 주듯 잡은 손에 더욱 힘을 주었다. 그렇게 뿌듯함 반, 두려움 반, 콩닥거리는 마음으로 시간이 지나갔다.

그 일이 있었던 후 '병'에 옮지 않은 나를 본 친구들은 유빈이에 게 조금 더 다가갔고 유빈이도 점차 적극적으로 바뀌어 친구들과 함께 잘 어울리게 되었다. 2학년이 되고 헤어지면서 나에게 정말 고마웠다며 진심 가득한 편지에 쓰인 삐뚤빼뚤한 글씨를 보고 나 니 당연한 일을 했다는 생각이 들면서도 왠지 나 자신이 기특했 다. 그 짧은 순간 나의 '무모한 도전'이 한 친구에게, 다른 친구들 에게, 그리고 나 자신에게 큰 변화를 불러왔다는 사실이 무척 뿌 듯했다. 아직도 잊히지 않는 유빈이의 눈빛과 고사리같이 작고 흰 손의 감촉이 너무나 생생하고 소중하기에, 그 찰나는 절대 잊을 수 없는 내 생애 최고의 순간으로 기억될 것이다.

중학교 3학년 여름 방학

김형근 (화학공학과)

　지금까지 살면서 기억에 남을 만한 일을 뽑아 보았다. 초등학교 축구부에서 처음으로 골을 넣었을 때, 무슨 대회에 나가 상을 받았을 때, 반에서 1등 했을 때, 경희대에 합격했을 때, 모두 나에겐 중요하고 기억할 만한 일이다. 그러한 일들 중에 내 생각을 바꾸게 했던 사건이 있었다. 나는 그 일을 내 생애 최고의 순간이라고 하고 싶다. 바로 중학교 3학년 2학기 때의 일이었다.

　나는 중학교 내내 다른 과목들은 몰라도 과학 점수는 항상 바닥이었다. 과학 등수도 항상 하위권이었고 자연스럽게 과학에는 관심이 가지 않고 재미도 없어 했다. 그런 나를 부모님께서 보시더니 안타까우셨는지 나를 설득하셔서 중학교 3학년 여름 방학만이라도 과학을 집중해서 공부하기를 원하셨다. 초반에는 과학에 흥미도 없고, 하고 싶지도 않았던 나는 당연히 거절했고 하지 않으려고 했다. 하지만 계속되는 부모님의 설득에 못 이겨 반강제적으로 과학 인터넷 강의를 들었다. 솔직히 초반에는 관심도 없었고 재미도 없었기에 조는 일이 허다했고, 그 전까지 공부해 놓은 것이 별로 없었기 때문에 진도를 잘 따라가지도 못했다. 이렇게 해도 내 성적은 잘 오르지 않을 것이라 생각했던 나는 거기서 포기하고 싶었다. 하지만 부모님께서도 계속해서 지원해 주시고 응원해 주셔서 포기할 수는 없었다. 그렇게 계속해서 노력하며 들어 보고, 반복해서 들어 보니, 이 과학이라는 과목이 점점 재미있어지고 생각보다 쉽다는 것을 알게 되었다. 내가 처음으로 배우는 것들 하나하나가 내 머릿속에 박혔고, 그것들이 점점 이해되는 것을 느낄 수 있었다. 그렇게 중학교 3학년 여름 방학 기간 동안은 정말 과학 하나만 파고들었던 것 같았다.

내가 그렇게 과학에 푹 빠진 채, 여름 방학이 끝나고 중학교 3학년 2학기의 중간고사가 다가왔다. 나는 평소처럼 시험공부를 하고 시험을 쳤다. 그런데 시험 결과를 보고 매우 놀랐다. 다른 과목들은 이전에 받았던 시험 점수에 비해서 점수의 변동이 거의 없었다. 그러나 그동안 가장 낮았고 언제나 하위권이었던 과학 점수가 이번 시험에서는 가장 높은 점수를 받았고, 반에서도 상당히 높은 축에 속해 있었던 것이었다. 그때의 기분은 정말 날아갈 것만 같았다. '노력은 배신하지 않는다.'라는 것을 충분히 알 수 있었던 일이었다.

그때 이후로 나는 과학에 푹 빠져 과학을 좀 더 많이 공부하였고, 고등학교 때는 더 좋은 성적을 얻을 수 있었다. 과학 잡지도 많이 보았고 과학 상식을 많이 접해 보았다. 또한 연구자로서 현재 환경적 · 양적으로 문제가 되고 있는 화석 연료를 대체할 수 있는 신재생 대체 에너지를 개발하여 과학사에 이름을 남기고 싶다는 꿈이 생겼다. 더 노력해서 대학교 전공도 내가 관심 있고 내 꿈과 관련된 화학공학과에도 진학할 수 있었다.

그 전까지 나는 '노력해도 난 그저 그런 결과를 얻을 것 같다.', '열심히 해도 좋은 결과를 얻지 못할 것 같다.', '노력해도 타고난 재능은 못 이길 것 같다.'는 등의 생각을 많이 했었다. 하지만 나는 그 시험 이후로 '내가 노력만 한다면 원하는 것을 얻을 수 있었다. 그리고 내가 열심히 노력한다면 그에 상응한 대가를 충분히 얻을 수 있다', '노력하면 재능 있는 자를 이길 수도 있을 것 같다.'는 것을 깨달았고, 이전의 부정적인 내 생각을 바꿨다. 그때 이후로 나는 과학뿐만 아니라 다른 과목에서도 항상 열심히 공부하였고, 좋은 결과를 얻었다.

물론 실패할 때도 있었다. 항상 노력한다고 해서 매번 좋은 결과를 가져올 수는 없다. 노력한다고 해도 내가 원하는 결과를 얻지 못할 수도 있고, 그 의도가 잘못돼서 다른 사람들에게 피해만 주고 좋지 않은 결과를 낼 수도 있다. 하지만 계속해서 노력하면 남들이 알아 주고 더 좋은 결과가 나올 수 있다는 것을 알기에 나는 계속해서 노력하고자 한다. 그 다음에 더 좋은 결과를 내서 이전의 실패를 메울 수 있도록 열심히 노력하고자 한다. 계속 실패할지라도 계속해서 노력한다면 그에 걸맞은 보상이 나에게 올 것이라고 믿는다.

내가 만약 그 과학 시험에서 높은 점수를 받지 못했다면, 아마 금방 과학에 관심을 잃을 것이고 다시 처음의 마음을 가질 수도 있었을 것이다. 하지만 나는 좋은 결과를 얻었고 과학을 더욱 좋아하게 되었으며 그로 인해 현재 화학공학과에도 진학할 수 있었다고 확신한다. 사람에게는 누구에게나 기회가 오듯이 나에게도 그 시험이 바로 기회였던 것이다. 나는 그 기회를 얻었고, 성공적인 결과를 낼 수 있었다. 내 생각을 바꾸게 해주었던 중학교 3학년 그 당시의 일이 바로 내 생애 최고의 순간이었다.

진정으로 내가 하고 싶은 일

김다나 (의류디자인학과)

　내 생애 최고의 순간은 아마 내가 하고 싶은 일에 대해 확신이
든 시기가 아닐까 싶다. 어렸을 때부터 내 꿈은 초지일관 옷을 만
드는 사람이 되는 것이었다. 지금 생각해 보면, 꿈에 대한 확실한
목표나 동기 따위는 없었다. 당시의 나는 단순히 화려하게 보이
는 직업의 겉모습을 동경했던 것 같다. 중학생 시절 역시 별다른
변화 없이 평범하고 무난하게 보냈다. 자의적으로 무엇인가 해보
려고 시도하기보다는 그저 또래들이 하는 대로, 어른들이 시키는
대로 행동했다.

　뚜렷한 목표가 없던 나를 완전히 변화시킨 계기는 유기견을 위
해 옷을 제작했던 일이었다. 내가 고등학교 1학년이었을 때, 아
파트 단지에서 떠돌아다니는 강아지는 주민들에게 눈엣가시 같
은 존재였다. 동물을 좋아하고, 특히 유기견에 관심이 많았던 나
는 그 강아지에게 도움을 주고 싶었다. 사정상 내가 그 강아지를

거두어들일 수도 없었기 때문에 대신 그 강아지에게 옷을 만들어 주기로 했다. 직접 강아지의 몸 치수를 재고, 동대문 원단 시장에서 고른 분홍색 천으로 옷을 만들어 입혔다. 지금 생각해 보면 꽤 볼품없는 형태의 완성품이었다. 그러나 놀랍게도, 평소 무관심했던 주민들이 새 옷을 입은 강아지에게 관심을 보이기 시작했다. 그러더니 언제부터인가 유기견 입양에 대한 논의가 오고 가게 되었다. 정말 기적처럼 그 강아지는 친한 친구의 집에 입양되어 새로운 보금자리를 찾을 수 있었다. 사람에게 버림받은 상처를 치유해 주고자 시작했던 나의 행동이 그 강아지에게 소중한 가족을 만들어 준 셈이었다.

옷 만드는 일을 심미적인 작업으로만 여겼던 나에게 이 경험은 굉장히 신선한 충격으로 다가왔다. 이를 통해 의류 디자인이라는 직업이 단순히 옷만 만드는 일이 아님을 확신했다. 그것은 사람들의 인식을 변화시킬 수도 있는 일이었으며, 행복을 나누는 수단이기도 했다. 막연히 화려한 겉모습에 이끌려 패션의 꿈을 키워 왔던 나는 이 일을 계기로 크게 변화할 수 있었다. 이런 짜릿한 경험을 맛본 후부터는 확고한 의지를 갖춘 사람으로 성장할 수 있게 된 것이다. 고등학교 내내, 목표로 두고 있는 대학, 학과에 합격하기 위해 치열하게 공부했다. 노력의 결과가 항상 성공적이었던 것은 아니지만, 실패를 통해서 더 큰 배움을 얻기도 했다.

또한 열심히 살다 보니 내 나름대로 지향하는 가치관이 생기기도 했다. 단순히 옷을 만드는 사람이 꿈이었던 과거와 달리, 이색적인 슬로건을 내세우는 디자이너가 되고 싶어졌다. 'One for

One'이 바로 그것인데, 소비자가 내 옷을 하나 구매하면 같은 옷을 가난한 나라의 아이에게 일대일로 기부하는 방식을 의미한다. 이러한 캠페인은 패션이 기부를 이끄는, 즉 선행의 시작이 되는 좋은 발판이 될 것이다.

나에게 의미 있었던 이러한 경험을 통해, 앞으로 삶을 살아가는 데 있어 수동적인 자세를 버려야겠다는 다짐을 하기도 했다. 내가 하고 싶은 일을 직접 찾아 나서고, 그 일에 대해 확고한 의지를 갖는다면 지금보다 훨씬 더 많은 것을 배울 수 있을 것이기 때문이다. 평생을 바쳐 하고 싶은 일에 확신이 든 그 순간, 그때가 바로 내 생애 최고의 순간이었다.

함께이기에 아름답다

이지현 (원예생명공학과)

중학교 1학년, 어느 가을날의 음악 시간. 그날은 리코더 수행평가일이었다. 수행평가 곡은, '미뉴에트'였다. 우리는 알토, 메조소프라노, 소프라노 세 파트를 전부 다 암기하여 셋 중 한 파트를 불어야 했다. 리코더는 초등학교 시절, 아니 어쩌면 훨씬 더 오래전부터 접해 왔던 익숙한 악기였다. 그렇기에 나는 내가 잘한다고 생각했다. 자신 있었다. 역시나, 예상대로 나는 A⁺라는 좋은 결과로 수행평가를 마무리하였다.

수행평가가 끝난 후, 선생님께서는 수행평가 성적이 가장 좋다며, 나와 다른 아이 둘을 지목하셨다. 그리고 우리에게 각각 파트를 나누어 주시곤, 함께 연주해 보라고 말씀하셨다. 나는 소프라노가 하고 싶었다. 하지만, 나에게 주어진 파트는 알토였다. 주 멜로디가 아니기에 재미없는 파트, 잠깐이라도 정신을 놓으면 다시 따라가기 힘든 파트였다. 불만스러웠다. '저 친구보다 내가 더 잘

하는데, 어째서?'라는 생각도 들었다. 하지만 별 수 없었다. 시키시니 할 수밖에 ……. 이윽고, 우리들의 합주가 시작되었다. 그래도 '이왕 맡게 된 거, 열심히 해보자.'라는 생각으로 리코더를 불었다. 낮고 서로 연관성 없는, 반복되는 음들. "투, 투, 투." 내가 맡은 부분은 전혀 아름답지 않았다. 단조롭고 이상했다. 재미도 없었다.

하지만 곡의 초반부가 지나가고 중반부에 접어들면서 '우리들이 만들어내는 음악'이 들리기 시작했다. '내 선율'에만 집중할 땐 들리지 않았던, 아니 듣지 못했던, 우리들의 음악. 마치, 수조에 물감을 하나씩 풀어 넣을 때 그 색들이 부드럽게 서로를 휘감으며 섞이듯 우리들의 선율은 섞였고, 그렇게 섞인 선율은 봄바람처럼 내 온몸을 부드럽게 휘감았다. 시간이 멈추는 듯했다. 눈이 커졌다. 몸이 붕 뜨는 것 같았다. 발가락 끝부터 머리끝까지, 온몸에 전율이 흘렀다. 머리카락 한 올 한 올이 쭈뼛쭈뼛 서는 것만 같았다. 마치 어릴 때 책받침을 머리에 문질러 머리카락을 세웠던 정전기 실험처럼. 번개에 맞는다면 이런 느낌일까. 전기에 감전된다면 이런 느낌일까. 순간, 눈앞이 하얘지며 아무것도 보이지 않았다. 숨 쉬는 법을 잊어버린 걸까? 숨쉬기가 힘들었다. 하지만 음악은 멈추지 않았다. 나는 계속해서 멜로디를 좇아가야만 했다. 기절할 것만 같았다.

어찌 어찌 합주가 끝나고, 나는 한동안 멍해 있었다. 친구들의 박수 소리가 아득하게 들려왔다. 소용돌이치는 감정들을 갈무리하기가 어려웠다. 지난 4분간 내가 느꼈던 그 감정들, 그 느낌들을 한 단어로 표현할 수 있다면, '황홀하다'라는 단어일 것이라는 생각이 들었다. 그 단어의 의미를, 음악의 아름다움을 그토록 뼈저리게 온몸으로 느꼈던 적이 있었던가? 그 '황홀함'은 내가 주선율이 아니었기에 느낄 수 있었던 감정이었다. 내가 맡았던 알토 파트의 역할은 전체적인 음악을 들으며 아래를 받쳐 주는 역할이었으니까. 그렇기에 우리가 만들어낸 그토록 아름다운 선율을 몸으로 느끼면서 연주할 수 있었던 것이겠지. 내가 소프라노였다면? 보나 마나 내 잘난 맛에 취해 시원하게 불어 젖혔을 거다. 당연히 우리의 선율을 들을 기회는 없었을 것이고, 그토록 '황홀한' 경험은 하지 못했겠지. 내가 무시했던 파트, 하고 싶지 않던 파트를 연주하며 행복함을 느낄 수 있다니 ……. 전엔 감히 상상도 하지 못했었다. 하지만 그랬다. 너무나 놀라웠다. 짧지만 강렬했던 그 순간은 내 인생의 가치관을 송두리째 바꿔 놓았다. 나는 그 순간을 6년이 지난 지금까지도, 여전히 잊지 못하고 있다.

어느 노래 가사에 이런 말이 있다. '함께 있기에 아름다운 안개꽃처럼' 그렇다. 꼭 '주인공'만이 행복을 느낄 수 있는 것이 아니었다. 주인공이 아닌 주변 인물이라도, 불만을 품거나 기죽을 필요가 없다. 혼자일 땐 별것 아닌 것 같아 보일지라도 우리 모두는 어딘가에서 하나의 선율을, 하나의 작품을 만들기 위해 한몫하고 있을 테니. 오히려 주인공이 아니기에, 더욱더 빛나고 아름다울 테니까.

함께이기에 아름답다.

헹가래

김민섭 (환경학 및 환경공학과)

　'헹가래'의 사전적 의미는 사람의 몸을 번쩍 들어 자꾸 내밀었다 들이켰다 하는 일, 또는 던져 올렸다 받았다 하는 일이다. 그리고 기쁘고 좋은 일이 있는 사람을 축하하거나 잘못이 있는 사람을 벌을 줄 때 한다고 한다. 고등학교 1학년, 내가 느끼기에 사전적 의미와는 조금 다른 '헹가래'를 받았었다.

　나는 중학교 때 축구를 본격적으로 시작했다. 발재간이 없던 탓에 골키퍼라는 자리를 맡았고, 이에 익숙하게 되자 내 주 포지션은 골키퍼가 되었다. 고등학교에 올라와서도 골문을 지켰다. 고등학교 체육대회 당시, 나는 반별 축구 대항전에 참가하였다. 우리 반은 많은 열세의 자리에 있었음에도 불구하고, 16강에서는 2학년과 우여곡절 끝에 승리를 거두었다. 하지만 승리의 기쁨도 잠시 8강을 준비하는 과정에서 우리 팀은 분열되었다. 미드필더인 한 친구는 16강전에서 문제가 된 몇 명의 이기적인 플레이를 지적했고, 이로 인해 서로 감정 대립을 하였다. 어쩔 수 없이 이 상태로 경기에 임했다.

경기가 시작되고 공이 움직였다. 세월의 힘이었을까? 3학년인 상대 팀은 패스 플레이가 딱딱 맞아 떨어졌고, 공격도 날카로웠다. 경기가 무르익을 때 쯤, 결정적인 기회들을 상대 팀에게 내주었다. 그에 반해 우리 팀은 패스하는 숫자가 현저히 적어 보였다. 전반전이 종료되고, 우리는 서로 둥글게 모였다. 이대로 가면 지는 상황이 뻔하였다. 이때 팀의 주장을 맡고 있는 친구는 서로를 믿어 보자는 의견을 냈고, 우리 팀은 이에 수긍하며 적극적으로 열의를 다졌다. 후반전이 시작되자 무언가 바뀐 모습이 나타났다. 눈에 띄게 늘어난 패스 숫자와 이타적인 플레이들이 보였고, 전반에서는 볼 수 없었던 여러 공격 기회들을 잡았다. 경기의 열기는 더욱 뜨거워졌고 치열한 접전 끝에 결국 승부차기까지 이어졌다.

두 팀 모두 한 골이 절실했다. 우리 팀 키커가 공을 차는 순간에는 그 키커를 믿으며 응원하는 수밖에 없었고, 내가 막으려고 할 때도 그럴 수밖에 없었다. 스코어는 3-4. 상대방의 다섯 번째 공. 내가 공을 한 번 막으면 이길 수 있는 상황이다. 공을 막으려고 골문 앞에 선 순간, 나는 다리가 후들거렸다. 막지 못할 것 같은 두려움과 동시에 이 공을 꼭 막아야겠다는 필사적인 의지가 내 심장을 조여 왔다. 자세를 잡고, 손을 흔들며 골대를 좁아 보이게 하였다. 상대 키커가 오른발잡이인 것을 감안하여 왼쪽 구석 감아차기를 예상했다. 정신이 멍 해졌고 무언가가 '툭' 하는 소리가 들렸다. 나에게 친구들이 달려온다. 나의 몸이 붕붕 뜨기 시작했다. '

이긴 건가?' 하는 생각과 함께 멀리서 비참해 보이는 3학년 형들의 얼굴이 보였다. 나는 '헹가래'를 받고 있었다. 그 순간 나의 살들이 솟아올랐고, 온 몸에 전기가 온 듯 전율이 느껴졌다. 우리는 4강에 진출했다.

4강전을 이기진 못했지만, 이때의 경기는 나에게 큰 의미가 있었다. 특히 '헹가래'를 받을 때 나는 무언가가 느껴졌다. 축구할 때 선수들의 마음은 '헹가래'와 같아야 한다. '헹가래'는 밑에서 떠받드는 사람들의 몸과 마음이 맞아야 할 수 있는 세리머니다. 친구들을 보면서 '우리가 서로를 믿지 않았다면, 과연 이길 수 있었을까?'라는 생각을 하였다. 우리가 살고 있는 공동체에서도 이와 같을 것이다. 나는 이날의 기억을 자주 회상하며 단합의 중요함을 되새겼다. 이것은 곧 내가 어떤 때는 리더로서, 어떤 때는 일원으로서 '하나'가 되기 위해 노력할 수 있는 원동력이 되었다. 일반적인 '헹가래' 보다는 단합심의 중요함을 일깨워 준 '헹가래'를 받았을 때가 '내 생애 최고의 순간'이었다.

2장

나는 무엇을 사랑하는가

'나'는 끊임없이 관계를 형성하는, 변화하는 주체이다. 그렇다면 나를 나이게 하는 타자들, 그 타자들과의 관계를 주목해야 한다. 내가 사랑하는 사람, 내가 좋아하는 사물이나 상태, 또는 내가 두려워하는 대상과의 관계 속에서 나를 재발견할 수 있다. 나와 타자 나와 객체 사이에서 형성되는 관계가 나의 정체성에 결정적 영향을 미치기 때문이다.

– 나를 발견하는 글쓰기 중에서

나만의 야상곡

송유리 (시각정보디자인학과)

새벽의 밤공기를 나는 무척 좋아한다. 중고등학교 시절엔 밤늦게까지 밖에서 돌아다니지 못했으므로 화창한 낮이 좋았다. 그 땐 새벽 밤이 나에게 얼마나 소중한 시간인지 몰랐다. 대학에 입학하면서부터 밤늦도록 하고 싶은 것을 할 수 있는 자유가 주어졌다는 것은 내게 정서적으로 많은 변화를 일으켰다. 특히 밤 시간에 나를 가장 많이 변화시킨 것은 바로 술이다.

마음이 맞는 친구들과 함께 술을 마시는 것은 나의 삶에 새로운 활력소가 된다. 물론 술이 맛있어서 좋아하는 것은 아니다. 목구멍 아래쪽 긴 통로를 타고 술이 점점 흘러 들어가면서 정신이 멀쩡함과 취함의 경계에 딱 걸쳐 있을 때 느껴지는 황홀함을 원하고 있는 것 같다. 그러면 이성보다 감정이 앞선다. 사람들 사이에서 인간관계의 친밀함 정도에 집착할 때면 점점 지쳐 갔고 나 자신을 잃어버릴 때가 많았다. 그러나 술을 마시게 되면 오로지 내 인생의 주인은 내가 되어 있다. 나와 마음이 맞는 친구들과 함께 술을 마시며 별 시답잖은 얘기를 이어 가도 그것이 그렇게 즐거울 수가 없다. 웃음이 많아지고 그들에게 애정 공세를 퍼붓게 된다. 그들이 내게 더 애틋하게 느껴지는 것은 이런 나를 진정으로 사랑해 주기 때문이 아닐까 싶다. 그런 행동으로 인해 만약 내가 싫어져 떠날 사람들이었다면 이렇게 이어지지도 않았을 인연이었으리라.

새벽까지 친구들과 공원에서 술을 마시며 얘기하고 있노라면 그 분위기 속에 심취하기 마련이다. 선선하게 불어 들어오는 밤공기와 밝은 달은 나를 설레게 한다. 그때는 귀뚜라미의 울음소리조차 청명하게 느껴진다. 가장 중요한 건 이 순간에 그들과 함께 있다는 것이다. 그것이 내 마음을 아리고 따뜻하게 만들어 준다. 아리다는 것은 이 모든 것들에 감동했기 때문일 것이다. 이것은 나의 학창 시절 은사님과의 추억을 떠올리게 해준다. 그 시절 밤공기 속 운동장에서 돗자리를 깔고 누워 달을 관측했을 때, 밤공기에 설레었고 달이 무척이나 아름다워 보였던 건 마음을 나누는 친밀한 사람과 함께해서였으므로 이 순간 또한 풋풋했던 추억으로 남은 것이다.

친구들과 함께한 술이 곁들어진 새벽 밤이란 아롱다이 내 마음을 울리지만 혼자만의 새벽 밤 또한 내 자신을 위한 소중한 시간이다. 새벽 밤은 감성을 풍부해지도록 만든다. 좋아하는 음악을 가장 낮은 볼륨으로 틀어 놓고 한 획을 그을 때마다 사각사각 소리를 내는 연필로 일기장에 글을 써 내려간다. 그곳에 그때의 감정을 솔직하게 표출해 내고 나를 돌아보는 시간을 가진다. 그 순간의 느낌을 잊지 않기 위해 그림으로 남겨 놓기도 한다. 이것은 누구에게도 방해받거나 상처받지 않는 오직 나만을 위한, 아주 조용한 우주 속에 둥둥 떠다니는 시간이다.

앞으로도 여전히 새벽 밤을 좋아할 것 같다. 내 사람들과 함께하는, 또 나만의 시간을 갖는 이때는 나에게 있어 더욱 애틋한 시간이 될 것 같다. 그 새벽 밤이 지나고 점점 아침이 밝아 오면 너무나도 아쉬움에 돌아가는 발걸음이 차마 떨어지지 않는다. 마치 사랑하는 사람과 항상 붙어 있어 떨어지고 싶지 않은 감정이 이것이 아닐까 싶다. 아아, 나는 새벽 밤을 사랑하나 보다.

나만의 힐링 타임 '목욕'

황비한 (기계공학과)

"쉬아악~~" 나는 오늘도 샤워기를 틀며 목욕을 한다. 내가 하루 중 가장 좋아하는 시간이 찾아온 것이다. "야, 대충 씻고 빨리 나와!", "황비한! 너 때문에 난방비가 이게 뭐야.", "목욕을 하루 진종일 하고 앉아 있네!" 내가 어릴 때부터 지금까지 항상 듣던 잔소리이다. 나는 하루 중 목욕하는 시간을 제일 좋아한다. 그래서 남들보다 더 오래 더 자주 목욕을 한다. 집에 있을 때는 하루에 두 번씩, 기숙사에 있을 때는 더 자주하는데 잔소리 걱정을 하지 않아도 되기 때문이다. 아침에 일어나자마자 비몽사몽한 상태로 화장실로 들어가 자연스럽게 따뜻한 물을 튼다. 따뜻한 물이 내 몸에 흐르며 잠이 깨는 순간 기분은 날아갈 듯이 좋다. 밤에는 목욕을 하면서 하루의 일과를 정리한다. 고민이 있을 때면 욕조에 물을 받아 놓고 한참 동안 생각을 한다. 한참 동안 가만히 앉아 생각을 하고 있으면 어느새 고민과 스트레스는 물과 함께 씻겨 내려간다. 이처럼 목욕은 나에게 커다란 '힐링'이 되어 준다.

나의 목욕 사랑은 초등학교 때 처음 대중목욕탕에 가면서부터 시작되었다. 초등학교 1~2학년 때인가 부모님과 함께 대중목욕탕을 방문했다. 처음에는 옷을 홀딱 벗고 들어가 전혀 알지 못하는 낯선 사람들과 함께 목욕을 한다는 것이 어색하고 쑥스러웠다. 그래서 번개처럼 빠르게 달려가 따뜻한 탕 안으로 들어갔다. 탕 안에 들어간 순간 그 느낌은 아직도 잊을 수가 없다. 몸의 힘이 풀리면서 나른해지는 느낌이 마치 천국에 온 기분이었다. 내가 숫자 중 38을 가장 좋아하는데 이유가 그 탕 안의 온도가 38℃였기 때문이다. 탕 안에 들어갔을 때 온도계에 적혀 있던 빨간색 숫자가 아직도 눈에 선하다. 그 후부터 대중목욕탕에 자주 자주 놀러 갔던 것 같다. 특히 아버지랑 자주 갔는데 주말마다 놀러 가곤 했다. 그러나 점점 시간이 흐르면서 바빠 자주 가지 못했고 그 대신 목욕하는 것을 즐겨하며 오래하기 시작했다. 학교를 마치고 늦게까지 도서관에서 공부를 하고 오면 항상 피곤하고 지쳐 쓰러지는데 목욕하는 것만큼은 빼놓지 않는다. 하루를 꼭 목욕을 하면서 마무리하고 잠에 든다.

이러한 나의 목욕 시간은 스트레스를 해소하고 고민을 홀홀 털어 버릴 수 있는 나만의 방법으로서 내 삶에 많은 힘이 된다. 고등학교 3학년 미국 과학 연구대회(ISEF)를 앞두고 있던 때였다. 수능 준비와 과학 대회 준비를 동시에 해야 했기 때문에 매우 바쁜 날들을 보냈다. 씻는 시간, 먹는 시간들을 아껴 가면서까지 수능과 대회에 집중을 했다. 이러한 생활이 반복되다 보니 속에 많은 스트레스가 쌓여 갔다. 그러다 문득 들었던 생각이 '내가 왜 이런 생활을 하고 있을까?'였다. 그 순간 갑자기 의욕이 없어지고 펜을 잡기가 싫었다. 하늘만 바라보며 멍하니 앉아 있기만 했다. 이렇게 시간을 낭비하며 보내던 중 하루는 욕조에 따뜻한 물을 받고 가만히 앉아 반신욕을 했다. 30분 동안 아무 생각 없이 따뜻한 물에 담겨 있으니 정신이 점점 맑아지는 기분이었다. 그러면서 마음의 짐이 점점 풀렸지만, '혹시 지금 나의 행동이 공부하기 싫어서 부리는 어리광이 아닐까?'라는 생각이 확 들었다. 그 후 마음을 다시 다잡고 학업에 집중하기로 결심했고 수능과 대회 준비를 열심히 하였다. 그 결과 두 가지 모두 좋은 성적을 얻을 수 있었다. 이처럼 목욕은 나의 정신을 긍정적으로 전환시켜 주며 약한 모습이 나타날 때마다 강한 의지를 심어 주는 소중한 존재이다.

그러나 목욕이 나에게 좋은 영향을 끼친 것만은 아니었다. 가끔 목욕은 나와 다른 사람들 사이에 갈등을 만드는 존재가 되기도 한다. 집에서 어머니는 내가 목욕할 때 항상 잔소리를 하신다. "물 아까워! 대충 씻고 나와라!!" 가장 좋아하는 순간 들려오는 가장 듣기 싫은 소리, 그럴 때면 나는 툴툴거리며 조금만 더 시간을 달라고 얘기하고 어머니와 언쟁을 벌인다. 기숙사에서는 룸메이트와 갈등이 일어날 때가 있다. 내 긴 목욕 시간 때문에 볼일을 보거나 양치를 하는데 많은 불편함을 느낀다고 이야기한다. 하루는 진짜 나의 목욕 시간 때문에 룸메이트가 수업에 지각을 한 적이 있었는데 나는 너무 미안하여 거듭 사과를 했었다. 이때 나는 진정한 힐링이란 남에게 피해를 끼치지 않는 선에서 이루어져야 한다는 것을 느꼈다.

나는 아직도 목욕을 하는 것이 좋다. 동아리에서 대회를 준비하고 학점 관리를 위해 시험공부에도 정신이 없는 요즘 이곳저곳에서 많은 스트레스를 받는다. 그럴 때마다 생각나는 것은 목욕이다. 물론 다른 사람에게 조금 불편함을 줄 때도 있지만 그것은 원만한 의사소통으로 해결할 수 있을 것이라 생각한다. 여러 고난과 역경에 이리저리 치이는 현대 사회에서 나만의 스트레스 해소법을 갖게 되었다는 것은 어쩌면 엄청난 행운이 아닐까? 글도 다 작성했으니 이제 목욕을 하며 하루의 일과를 마무리해야겠다!

내 기억 속의 콩자반

박재현 (일본어학과)

콩자반은 슬프다. 이따금 몇 번씩 반찬으로 올라오는데, 볼 때마다 슬프다. 씹을 때마다 보고 싶다. 목에 넘길 때마다 다시 그때로 되돌아가고 싶어진다. 우리 증조할머니께서는 콩자반을 많이 먹으라고 하셨다. 콩자반은 우리 증조할머니를 생각나게 한다.

증조할머니께서는 콩자반을 좋아하셨다. 만드시기도 잘 만드셔서 시골에 내려갈 때마다 밥상에는 언제나 콩자반이 올라와 있었다. 내가 왜 콩자반에 증조할머니와의 추억이 남아있는지는 모르겠다. 하지만 무의식적으로 콩자반을 보면 증조할머니가 떠오른다. 그때는 아이 입맛이라 콩자반이 왜 맛있는지도 몰랐지만, 증조할머니께서 콩자반을 먹어야 똑똑해진다고 하셔서 그 때문에 잘 먹은 것으로 기억한다. 뭔가 달짝지근하면서도 콩 맛은 살아있고 짭조름한 맛이었다. 지금 생각하면 기막힌 맛이었다. 할머니께서 돌아가신 뒤로는 그러한 맛이 나지 않는다. 증조할머니께서는 나에게 콩자반 같은 분이셨나 보다.

증조할머니를 마지막으로 뵌 지가 초등학교 5학년 때였으니까, 거의 8년이 넘게 지났다. 증조할머니에 관한 짤막하고 인상 깊은 기억들 몇 장면들이 가끔씩 떠오른다. 당신의 무릎을 베고 어린 내가 누워 있던 장면, 예전 집에서 여기저기 걸어 다니시는 장면, 빗자루로 청소하시던 장면, 어릴 때 밤에 무섭다고 달려가면 재워 주시던 장면, 할아버지가 돌아가셨을 때 슬퍼하시던 장면 ……. 사실 그렇게 많이 생각나지는 않는다. 이 사실이 제일 슬프다. 그 희미한 기억 중에서 제일 기억에 남는 세 장면은 어릴 때 자장가를 불러주신 것, 내가 할머니에게 투정부린 것, 그리고 당신을 마지막으로 보던 날의 기억이다. 증조할머니께선 언제나 자장가로 찬송가 '복의 근원'을 불러 주셨다. 나는 어릴 때 그저 자장가인 줄 알고 들으면서 잠이 들었다. 신기하게도 이 노래를 들으면 금방 잠에 빠졌다. 그래서 기억은 나지 않지만 부모님의 말씀으로는 내가 잘 때마다 증조할머니께 맨날 복의 근원을 불러 달라고 떼를 썼다고 한다. 지금은 이 노래를 들으면 눈물이 난다. 예전의 기억이 그리우면서도 희미해졌기 때문이다. 기억나던 당신의 얼굴이 점점 희미해져 간다. 눈물이 나면서도 이 기억은 행복했던 추억으로 남아 있다.

두 번째 기억은 내가 제일 후회하는 기억이다. 예전에 가족끼리 외식을 나갔을 때 밖에서 놀다가 다른 사람을 가족으로 착각하고 잘못 부른 적이 있었다. 그 일이 나는 매우 부끄러웠던지라 얼굴이 빨갛게 달아 올라 있었는데 증조할머니께서 그 일을 듣고 재

있으신지 웃으셨나 보다. 그래서 어린 마음에 속상해 할머니 팔을 때렸다. 할머니는 매우 아파하셨다. 내가 인생에서 제일 후회하는 일 중 하나이다. 어린 마음에 그랬다지만, 아무리 곱씹어 봐도 너무나 후회된다. 다시 되돌릴 수 없음이 한탄스럽다. 이를 계기로 나중에 현재를 되돌아보았을 때 후회할 만한 일은 하지 않기로 결심하였다. 할머니와의 추억은 내게 교훈을 주기도 한다.

마지막 기억은 제일 슬픈 기억이다. 당신께서 돌아가시던 날의 기억으로, 병실에서 거친 숨을 내쉬시는 증조할머니를 보고 나는 너무 무서웠다. 당신께선 그저 누워 계셨다. 눈물이 나지 않았다. 무서워서 아무 생각이 나지 않았다. 당신께서 결국 세상을 떠나셨을 때, 갑자기 눈물이 나오기 시작했다. 눈물이 뚝뚝 떨어졌다. 무서웠다. 다시는 그 목소리를 들을 수 없음이 무서웠다. 뭔가 더 해 드리지 못해서 너무 아쉽고도 죄송했다. 더 잘해 드릴 걸, 더 행복하게 해 드릴 걸. 그 날은 하루 종일 정신없이 울기만 했다. 보고 싶다.

지금도 가끔 콩자반을 볼 때면 증조할머니가 생각난다. 지금의 나를 있게 해 주신 당신께 감사한다. 그리고 앞으로 어떻게 살아가야 할지도 당신을 생각하면서 찾아갈 수 있을 것 같다. 나는 콩자반을 좋아한다. 당신을 잊지 않기 위해 앞으로도 콩자반을 좋아할 것이다.

사랑 식탁

신혜현 (정보전자신소재공학과)

아침 7시, 우리 가족의 하루가 시작된다. 엄마께서는 아침에 늦게 일어나셔도 우리 가족의 아침 끼니를 챙겨 주지 않던 적이 없으셨고, 아침밥을 먹지 않고 잠을 자는 나 역시 가만히 놔두지도 않으셨다. 잠에서 덜 깬 상태로 비몽사몽인 채 식탁에 앉으면 엄마가 지어주신 밥과 찌개, 반찬이 놓여 있었다. 밥을 먹는데도 꿈속에서 밥을 먹고 있는 건지, 내 입으로 밥이 넘어가기는 하는 건지 모를 만큼 잠에 취해 있었다. 그렇게 "잘 먹겠습니다 ……."라는 말과 "잘 먹었습니다 ……."라는 말로 하루를 시작한 것이다. 이때까지는 엄마의 하루 역시 7시에 시작되는 줄로만 알고 있었다. 그리고 귀찮게만 느껴졌던 식사가 하루의 일상처럼 평생일 것만 같았다.

때는 중학교 3학년, 전주로 고등학교 진학을 결심하였다. 16년간 자그마한 부안이라는 시골에서 살아온 나에게 버스로 1시간

거리인 전주에 있는 학교에 다닌다는 것은 그야말로 유학을 가는 거나 다름없었다. 엄마는 기숙사에 당당히 붙은 나를 칭찬해 주셨고, "우리 딸, 뭐 먹고 싶은 거 없어?"라며 물어보셨다. 평소에 엄마가 해 주신 음식이 너무 익숙하고 습관처럼 먹어 왔기 때문에 딱히 먹고 싶은 건 없다고 답했다. 사실 전주에서 맛있는 음식을 먹고 기숙사에 입사하고 싶은 마음이 컸던 것일지도 모르겠다. 엄마는 나를 위한 아침 식사 메뉴를 한참 고민하시더니 시장으로 부랴부랴 달려가셨다. 한참 뒤, 양손에 한 아름 장바구니를 들고 오시는 엄마를 보았다. 기숙사 입사하는 날이면 평소에 먹어 오던 집 밥 말고 가족끼리 외식하면 더 좋을 텐데 굳이 무겁게 반찬거리를 사 들고 오시는 엄마가 그때는 어린 마음에 미웠다. 엄마에게 투정도 부렸다. 엄마는 이걸 먹으면 맛있는 것도 사 주시겠다며 나를 달래 주셨고 난 "그럼 꼭 전주에서 맛있는 것도 먹어야 해!"라고 말하며 짐을 쌌다.

그날 저녁, 아무리 잠을 자려 해도 잠이 오지 않았다. 머리는 띵하고 잠이 쏟아질 만큼 어지러운데 눈은 감기지 않았고, 설레는 마음을 주체할 수가 없었다. 잠이 안 와도 상관없었다. 도시에서 지내는 나의 모습을 상상하는 게 오히려 더 좋았다. 그때 누군가 부엌으로 들어가 냉장고를 여는 소리가 들렸다. 엄마였다. 시계를 보았다. 새벽 5시였다. 냉장고에서 재료를 꺼내 칼질하는 소리도 들려오고 쌀을 씻는 소리도 들렸다. 그렇게 엄마의 하루가 시작된 것이다. 난 몰랐다. 16년간 엄마의 하루도 7시에 시작되는 줄로만 알았다. 항상 웃으면서 우리를 깨워 주시던 엄마를 보면서

'엄마는 피곤하지도 않으신가?' 하고 항상 궁금해했지만, 그냥 넘겼었다. 언제 우리를 위해 식사를 준비하는지 내 앞에 있는 음식이 어떻게 만들어지는지 전혀 생각해 보지 않았다. 새벽, 방은 깜깜하고 부엌에서 들려오는 소리만 들으니 마음이 싱숭생숭해지기 시작했다. 그 순간 엄마가 내 방에 살며시 들어오셨다. 내 옆에 앉으시며 내 머리를 만져 주셨다. 그리고 말씀하셨다. "전주 가서도 지금처럼만 지내고, 움츠러들지 말았으면 좋겠다 ……."라고 말이다. 순간 울음이 터져 나올 것만 같았는데 꾹 참았다. 이제 전주에 가면 2주에 한 번씩 집에 오는 건데 정작 엄마와 떨어져야 하는 슬픔에 대해서는 생각하지 않았다. 그때는 그 슬픔을 느껴 보지 않아서 그 감정을 몰랐던 것인지도 모르겠다.

그리고 날이 밝았고, 아침밥을 먹을 시간이 왔다. 내 앞에는 엄마가 갓 지어 주신 고슬고슬한 밥과 몽글몽글 김이 새어 나오는 따듯한 찌개, 색색의 반찬이 놓여 있었다. 전에는 몰랐던 엄마의 슬픔과 사랑이 아침 식탁에 보였다. 지금까지의 철없었던 나의 모습이 너무 싫었고, 내일부터 엄마의 아침밥을 매일 보지도, 먹지도 못한다는 게 슬펐다. 밥을 먹으면서 이젠 졸려서가 아니라 목이 막혀서 밥을 제대로 넘길 수가 없었다. 너무 늦게서야 깨달은 것이다. 결국 눈물을 흘렸고, 눈물 흘리는 나를 보면서 엄마도 참아 왔던 눈물을 훔치셨다. 그렇게 눈물 젖은 아침 식사가 끝났고, 난 전주에 가기 전에 엄마를 꼭 안아 주면서 "엄마 다음다음 주 토요일에 오면 그때 꼭 더 맛있는 거 해 줘야 해!"라며 말했고 엄마는 당연하다며 기다리고 있겠다고 말씀하셨다. 그렇게 3년이 지난 후 아침 8시인 지금, 방금도 엄마와 아침 식사 시간을 보내고 왔다. 엄마의 아침 식탁은 바뀌지 않았다. 나를 위한 사랑과 정성이 여전히 담겨 있었다. 다만 바뀐 게 있다면 나의 마음가짐이랄까? 어렸을 땐 몰랐던 엄마의 아침밥의 사랑을 알게 되었고, 이제는 피곤하고 눈물 젖은 식사가 아닌 웃음꽃이 피는 아침 식사 시간으로 말이다.

상상, 그 자유로움

손정아 (도예학과)

　나는 꿈꾸는 책들의 도시 부흐하임에서 벌어지는 이야기를 다룬『꿈꾸는 책들의 도시』(발터 뫼르스 저, 들녘, 2014)를 읽어 본 적이 있다. 이 책을 펼친 순간부터 책 속에 빠져 쉬지 않고 정신없이 책장을 넘겼고, 다 읽은 후에도 강한 여운과 함께 묘한 느낌이 오래도록 남아 있었다. 내가 실제 주인공이 되고, 가상의 인물들이 내 옆에서 속삭이는 듯한 기분이 들기도 했다. 내가 읽었던 많은 책 중 유독 이 책을 인상 깊게 기억하는 이유는 작가의 독특하면서도 개성 있는 상상력 때문이다.

　나는 어릴 적에 할머니, 할아버지께서 집에 오시면 즉흥적으로 이야기를 지어내어 들려 드리곤 했다. 지금 떠올려 보면, 그때 내가 지어낸 이야기에 주제가 정해져 있는 것도 아니었고 내용도 터무니없는 것이었다. 그럼에도 불구하고 두 분 모두 웃으며 들어주셔서 나도 즐겁게 조잘대며 말했던 기억이 난다.

내가 상상하는 것을 좋아하는 이유는 상상 속에서는 무엇이든 가능하기 때문이다. 부자가 되어 사고 싶은 것을 모두 살 수도 있고, 예쁜 연예인이 될 수도 있으며, 신비의 섬으로 여행을 떠날 수도 있다. 현실에서 가능한 일이든 불가능한 일이든, 혹은 비현실적인 세계에서나 일어날 법한 일들이든 그 어느 것에도 구속되지 않고 원하는 것을 자유롭게 상상하다 보면 기분이 좋아지는 것은 물론이고, 힘든 일이 있을 때에는 기분 전환이 되기도 하고, 스트레스가 해소되기도 한다. 또한 시험을 보거나 무대에 서야 할 일이 있을 때 그 장면을 상상하면서 내가 멋지게 해내는 모습을 머릿속에 그려 보면 실제 상황에서는 훨씬 여유롭고 자신감 넘치는 나를 발견하게 되곤 한다. 이렇게 상상하는 것은 일곱 살 때 발레 콩쿨을 나갔을 때부터 습관이 되었던 것 같다. 어머니께서는 내게 머릿속으로 발레하는 모습을 계속 떠올려 보라 하셨고, 그 덕분에 나는 단 한 번의 실수도 없이 대회를 마칠 수 있었다.

상상을 하다 보면 꼬리를 물고 더 다양한 상상을 하게 된다. 그러다 보면 창의적인 생각이 떠오르고, 이것이 발전하여 번득이는 아이디어가 된다. 사람들은 머릿속의 작은 생각을 시작으로 오늘날의 많은 것들을 실제로 만들었다. 하늘을 난다는 상상을 했기에 인간은 하늘을 날게 되었고, 우주로 나아가게 되었다. 로봇이나 첨단 기기들도 모두 상상력에서 비롯된 것이다. 상상력은 터무니없다고 무시당했던 생각들이 현실이 되는 엄청난 일이 일어나게 한다. 또한 나의 상상은 내가 그림을 그리고 무언가를 만드는 데 영감을 주며, 항상 그동안 생각하지 못했던 것을 생각하게 만든다. 나는 창작을 해야 하거나 아이디어가 떠오르지 않을 때에는 길을 가거나 밥을 먹을 때에도 끊임없이 그것에 대해 상상한다. 내 머릿속에서 수십 개, 수백 개의 작품이 만들어졌다 허물어지고 다시 만들어진다. 머릿속으로 하는 작업 덕분에 실제로는 훨씬 적은 시행착오를 겪게 된다.

상상을 하다가 현실로 돌아오면 종종 상상이 현실이 되었으면 하는 마음이 들기도 한다. 내가 정말 힘들거나 불만족스러운 일이 있을 땐 더더욱 그렇다. 그럴 땐 내가 어려움을 이겨 내는 모습을 상상해보고 그렇게 될 거라고 믿고 행동한다. 상상을 현실로 만들고 원하는 것을 이루기 위해 열심히 노력하다 보면 정말로 그 꿈에 한 걸음 더 가까워질 것이다. 상상력은 내게 기쁨을 주고 역경을 이겨 내는 에너지를 준다. 나는 상상하는 행위를 진정 사랑한다.

요즘 바쁜 일상 속에서 상상하는 시간이 줄어들고 있다. 오늘은 일부러라도 머릿속을 비우고 새로운 생각들로 채움으로써 나를 돌아보는 시간을 가져야겠다. 혹시 벚꽃 가득한 캠퍼스에서 생각에 잠겨 걷고 있는 나를 발견하게 될지도 모르겠다.

아반떼, 너와 나의 연결고리!

이유림 (환경조경디자인학과)

나에겐 조금 특별한 친구가 한 명 있다. 우리 가족의 행복했던 기억과 순간들을 안고서 어디든지 달리는 친구, 세상에 내 편이 아무도 없다고 생각될 때 아버지와 나의 소통하는 공간이 되어 준 친구. 그는 바로 아버지의 오래된 자가용인 아반떼다. 내가 어머니의 배 속에 있을 때 아버지께서는 내가 태어난 해를 기념해서 그 차를 구매하셨다고 한다. 그러니 나와 동갑인 셈이다. 아버지께서는 언젠가 이런 말씀을 하셨다. "아이구, 유림이가 벌써 스무 살이 되었으니 이 차도 20년이 되었네. 유림이랑 같이 늙는구먼!" 그렇다. 아버지의 '아반떼'는 언제부터인가 나와 우리 가족의 인생에서 빼놓을 수 없는 중요한 존재가 되었다.

누군가는 아버지께 말한다. 고물차를 20년이나 끌고 다녔으면 성능이 떨어져서 멀리는 못 가겠다고. 하지만 그것은 그에게는 적용되지 않는 말이다. 그는 쉴 틈이 없다. 매일 아침 아버지의 무료

한 출근길을 배웅하기도 하며, 나와 동생이 학교에 늦을 때면 우리의 핀잔을 들으며 엄청난 속도로 달려 지각을 면하게 해 주기도 한다. 그뿐만이 아니다. 아버지의 아반떼는 느리지만, 전국 어디든 누빌 수 있다. 얼마 전 대구 토박이인 내가 경희대에 합격하여 수원으로 올라갈 때, 그 낡고 작은 고물차는 큰일을 해내었다. 우스갯소리로 우리 가족은 "수원 올라가기 전에 짐 무게 때문에 차 멈추면 우야노. 견인트럭 불러야 되는 거 아이가."라고 말하며 웃었지만, 우리의 농담이 무색하게끔 그는 엄청난 무게의 짐들을 싣고도 별 탈 없이 수원에 도착했다. 가끔 가족 여행을 갈 때도 그는 우리 가족 구성원의 일부로서 함께했다. 오래된 차 고유의 향을 맡으며 덜거덕거리는 익숙한 엔진 소리 속에서 가족들과 이야기꽃을 피우며 떠나는 여행의 행복은 이루 말할 수 없다. 그는 단순히 목적지까지 도달하는 기능만을 가진 것이 아니라, 내 유년 시절 기억이 깃든, 우리 가족의 소박한 추억의 흔적과 시간이 담긴 장소로서의 의미를 가진다.

아버지의 아반떼는 내가 힘든 순간에 아버지와 소통하며 내 인생의 방향을 설계하고 내적인 성숙이 이루어지는 공간의 역할도 했다. 고등학교 3학년 때, 늦게까지 학교에서 미술을 하는 나를 위해 아버지는 항상 차로 나를 데리러 오셨다. 집으로 가는 차 안에서 아버지와 이야기를 나눈 30여 분의 시간은 온종일 입시에 시달려 지쳐 있는 나에겐 활력소와도 같은 순간이었다. "아빠는 유림이가 실패를 두려워하지 말고 네가 하고 싶은 걸 도전했으면 좋겠다. 나는 가난해서 하고 싶은 걸 못했던 게 너무 후회돼." 아버지께서 차에서 내릴 때쯤 해 주셨던 이 말씀은 당시에는 귀에 딱지가 앉게 들어서 지겨운 말이었지만, 그것은 내게 작은 씨앗이 되어 내 가치관에 변화를 불러일으켰다. 과거에 나는 새로운 일이 닥치게 되면 변화보다는 안정적인 것을 좋아했었다. 그러나 지금의 나는 조금이라도 나를 발전시키기 위해 용기 내어 도전한다. 차 안에서 아버지와 대화를 한 시간은 아주 짧은 찰나였지만, 작은 공간에서 같은 공기를 마시며 나눈 진실한 대화는 정신적으로 성숙해진 나를 만들었고 그래서 내겐 소중한 의미를 지녔다.

하지만 처음부터 내가 그를 좋아한 것은 아니다. "아빠, 저기 저쪽 골목에 세워 주세요, 아니 조금만 더 가서요!" 중학교 때, 지각한 내가 아버지의 차를 타고 학교에 가며 한 말이다. 철없어 보이겠지만 그 당시 나는 아버지의 '고물 차'를 부끄러워했다. 다른 친구들이 신형 고급 차에서 내리는 모습을 보며 부러워했고 그 사이에 있는 아버지의 낡은 차가 한없이 초라해 보이기도 했다. 어떤 때는 도로에서 주행할 때 좀 늦게 간다거나 신호가 바뀌고 출발이 느리면 뒤에서 경음기를 울리기도 하고, 창문을 열고 "꼬물차면 갓 차로로 가지." 하고 욕할 때면, 고물 차 때문에 아버지의 인격 자체가 무시받는 것 같아 속상한 적도 많았다. 이랬던 내가 그에 대한 시각이 바뀐 것은 아버지가 차를 바꾸지 않는 이유를 알게 되었을 때부터였다. 아버지가 나와 동생을 위해 자신에게 투자할 돈을 아까워하시는 모습에 나는 더 이상 낡은 아반떼를 미워할 수가 없었다. 아니, 오히려 사랑스러웠다. 아버지의 우리에 대한 애정, 헌신의 증표라는 생각이 들었기 때문이다. 그 이후, 나에겐 사소해 보이는 일이 누군가에겐 가치 있고 큰 의미를 지닐 수도 있다는 교훈을 배웠고, 나의 생각을 잣대로 남을 평가하지 않겠다고 다짐했다.

내 20년 인생을 함께하며 우리 가족의 파릇한 추억과 숨결이 스며든, 아버지의 오래된 아반떼가 나는 좋다. 가끔 친척들이 아직 고물 차를 몰고 다니느냐며 바꾸라고 재촉할 때도 있다. 하지만 나는 아버지가 퇴근하실 때 멀리서 들려오는 차의 낡은 소리와 어울리는 트로트 음악이 좋고, 아버지 차에 밴 헌신과 열정의 땀내음, 바라만 봐도 왠지 모를 애틋함과 가슴이 뭉클해지는 느낌이 좋다. 나는 여기저기 흠집이 나고 낡아 가고 있지만, 내 인생의 동반자인 아버지의 아반떼를 사랑한다. 내가 운전면허를 따게 되면, 그 차의 운전석에는 내가 앉게 되기를 기약하며 이 글을 마친다.

예쁜 옷

시노하라 아스카 (환경조경디자인학과)

　나는 지금 400일을 넘게 만나 온 남자 친구가 있다. 서울에서 어학당을 다닐 때 우리는 술자리에서 처음 만나게 되었다. 남자 친구는 말을 잘하고 재미있어서 분위기를 밝게 해 주는 사람 같았다. 내가 외국에서 혼자 생활하는 것을 알고서는 '혼자 밥을 먹을 때는 연락해라. 밥 사 줄게.'라고도 해 줬다. 나는 '예의상 하는 말이겠지.' 하고 넘어가고 다시 만나지는 않을 생각이었다. 하지만 어느 날 갑자기 연락이 와서 같이 밥을 먹게 되었고, 그 다음은 같이 영화를 보러 가기도 하였다. 그렇게 몇 번 만나면서 우리는 자연스럽게 사귀게 되었다.

　나는 지금 남자 친구를 만나기 전에 일본에서 사귀었던 사람이 한 명 있다. 그 사람을 좋아했던 이유는 그 사람의 조용하고 상냥한 분위기가 좋았기 때문이었다. 그러나 막상 사귀게 되니 남자를 만날 때 긴장하는 내 성격 때문인지, 단 둘이서 있으면 말이 없어

어색한 분위기가 될 때가 많았고, 그가 무슨 생각을 하고 있는지도 잘 몰라서 섭섭할 때가 많았다. 결국 사귄 지 3개월도 안 됐을 때 우리는 친구 사이로 돌아가기로 했다.

대학에 입학한 뒤, 나는 동아리에서 이성 동기를 만나게 되었다. 뒤풀이에서 마주 보고 앉게 되어 이야기를 조금 했는데, 그 동기가 상냥한 사람인 것을 바로 알 수 있었다. 과묵한 그의 분위기에 일본에서 사귀었던 전 남자 친구 생각이 떠오르기도 했다. 키도 크고, 잘 생기지는 않았지만 훈훈한 성격이 드러나는 얼굴도 매력적인 내 이상형이었다. 하지만 그때 나는 계속 좋은 친구로 지내고 싶다고 생각했고 지금도 동아리 친구로서 잘 지내고 있다.

지금 남자 친구는 내 이상형과는 정반대인 사람이다. 키도 나랑 1cm 밖에 차이가 안 나고, 과묵한 성격이라기보다는 활발한 성격이다. 무엇보다 말이 많고 술자리나 친구 사이에서 인기가 많은 사람이라서 처음에는 나랑 잘 어울리지 않겠다는 생각이 들었다. 그러나 남자 친구는 항상 재미있는 이야기를 하면서 나를 웃게 해 주고, 서로 농담도 하면서 우리는 급격히 친해졌다. 남자랑 단둘이 있어도 긴장을 하지 않고 편하게 있을 수 있었던 것은 처음이라 신기한 기분이었다.

남자 친구한테 고백을 받았을 때 바로 받아들일 수는 없었다. 남자 친구가 내 이상형과 멀다는 것이 나를 고민하게 했었다. 하지만 이상형은 이상일 뿐이다. 쇼윈도에서 봤던 옷이 너무 예뻤는데 직접 입어 보니 나한테는 안 어울리는 것처럼, 내가 매력적이라고 생각하는 사람과 같이 있어도 지루한 시간을 보낼 수도 있다. 내가 그 사람을 어떻게 생각하느냐가 중요한 것이 아니라 내가 그 사람과 있을 때 어떻게 느끼는지가 중요하다.

나는 그때 고백을 받아서 다행이라고 생각한다. 아주 순수하고 풍부한 표정만으로 그의 마음을 전부 보여 주는 남자 친구를, 기분이 좋을 때 실쭉 웃는 사랑스러운 남자 친구를, 내가 상상도 못 했던 즐거움과 행복을 나에게 주는 남자 친구를 앞으로도 많이 사랑할 것이다.

오래된 것의 소중함

김지혜 (의류디자인학과)

어릴 적부터 우리 동네는 나에게 온통 놀이터였다. 아침만 되면 가구점에 사는 친구와 근처 초등학교 놀이터에서 시간 가는 줄 모르고 놀고는 했다. 그리고 배가 고파지면 집에 와서 점심을 먹고, 다시 나가 농구장에서 소꿉놀이를 하고는 했다. 또 날이 어둑어둑해질 무렵이면 주택가 골목골목을 누비고 다니며, 각 집의 저녁 메뉴를 맞혀 보기도 했다. 또 어느 때는 담력 체험을 한답시고 밤에 나와서, 교회 옆에 있는 폐가에 가 보기도 하고, 교회 맨 위층에 있는 종을 치고 내려오기 등과 같은 무모한 일들을 벌이기도 했다.

나는 이런 어릴 때의 추억이 고스란히 살아 있는 우리 동네를 사랑한다. 어릴 때부터 20년 동안 한 동네에 살았기 때문에 더 애착이 가는지도 모른다. 용돈을 받으면 제일 먼저 신나게 뛰어가던 구멍가게부터, 두 개라 어느 쪽을 보아야 하는지 헷갈렸던 신호

등, 매일 하루 종일 나와 놀던 가구점 집 딸, 옥상에서 개들이 짖어 너무 시끄러운 카센터까지, 아직도 그 자리를 지키고 있는 것들을 보면 너무나도 정겹고 따뜻한 기분이 든다. 하루에도 몇 번씩 친구와 싸우고 울기를 반복했지만 지금 생각해 보면 그런 추억들이 모두 다 내게는 무척이나 소중한 기억이다.

이제 나는 많이 변했지만, 그 자리 그곳에 느티나무처럼 따뜻하게 남아 있는 것들은 항상 나를 향수에 젖어들게 한다. 새로운 노래나 스마트 폰, 유행하는 옷 들은 항상 우리를 신나고 즐겁게 만들어 주지만, 이렇게 오래도록 제자리에 남아있는 것들은 우리를 아이처럼 순수하게 만들어 준다. 우리 동네에서는 새로운 것에서는 느낄 수 없는 가치를 느낄 수 있다. 동네에 들어서면 어릴 때 모습 그대로 내가 존재하는 것 같은 느낌이 든다.

하지만 평생 변하지 않을 것 같던 우리 동네도 시간이 흐름에 따라 조금씩 변화고 있음을 알 수 있다. 한 반에 40명 씩 학년마다 세 반으로 나누어져 있던 우리 초등학교부터 많이 변해 있었다. 이젠 학년마다 한 반밖에 없고, 전교생이 40명도 채 되지 않는다고 한다. 그나마 있는 아이들도 학교가 끝나면 스마트폰을 들여다보면서 게임하기 바쁘고, 그들 중 대부분은 학원에 갈 것이다. 예전 같으면, 우리 동네에 사는 아이들이라면 다들 그 학교로 진학을 하고, 운동장은 저녁 늦게까지 아이들의 웃음소리로 가득했을 것이다. 학교가 끝나면 교회에서 군것질거리들을 나누어 주며 홍보하기도 하고, 아이들이 모여서 달고나 뽑기를 하거나, 혹은 병아리를 파는 아저씨 앞에 옹기종기 모여 있기도 했는데 이제 그런 풍경들은 볼 수 없게 되었다. 심지어 운동장에 모여서 놀고 있는 아이들조차 없다. 그나마 최근에 학교를 되살리자는 움직임이 생기면서 학교 도서관 개방을 실행하기도 했지만 그다지 잘 진행되지 않는 것 같다. 매일 아이들이 끊임없이 드나들던 학교 앞 문구점도 주인아주머니의 표정이 어두워지는 날들이 많아지더니 결국 폐업하게 되었다.

나로서는 하나둘 없어지는 소중한 추억들이 너무 아쉽다. 내가 사랑하는 것들은 더 이상 없어지지 않고 내 옆에 계속 남아 있길 바라는 건 나의 욕심일까? 앞으로도 많은 것들을 내가 사랑하게 되겠지만, 과거의 향수만큼의 가치를 지닐 것 같지는 않다. 아직 남아서 존재하는 것들은 그 자체로 고맙게 여겨지는 한편, 이제 사라지고 없는 것들에 대한 그리움은 더욱 깊어 간다. 지금껏 내가 어떤 잘못을 해도 용서를 해 주고 나와 함께 놀아 주던 우리 동네, 그리고 그 안에서 이전 모습을 점차 잃고 있는 나의 모교는 나의 추억이자 부모님 같은 존재였다. 이런 추억들이 내 삶의 원동력이 되어 행복하게 살 수 있게 해주는 것 같다. 변화와 발전도 좋지만, 이따금 뒤돌아보며 지난 시간을 추억해 보면 삶이 더 행복해지지 않을까?

위로는 나의 행복

손지혜 (스페인어학과)

어릴 적부터 나는 주위에 어려움을 겪고 있는 사람들을 많이 알고 있었다. 어린 나이지만 그들을 보며 내 가슴속에서는 타인의 고통에 대한 강렬한 연민이 싹트기 시작했던 것 같다. 가까운 사람들이 겪었던 어려움은 각양각색이었고 그로 인해 일찍부터 직간접적으로 타인의 아픔이 무엇인지 조금이나마 알게 된 나는 그들에게 힘이 되어 주고 따뜻하게 위로해 주고 싶다고 늘 생각했다. 그러한 나의 간절함이 타인을 배려하고 힘든 이들의 마음을 헤아릴 수 있게 한 것 같다. 특히 아빠와의 추억이 나를 힘든 이들의 마음에 대해 깊게 사색하도록 이끈 것 같다.

내가 다른 사람에게 진정한 위로가 되어 주었다고 느낀 것은 중학교 1학년 시절로 거슬러 올라간다. 나는 지금도 그렇지만 그 시절에도 여전히 아빠와 매우 친밀한 관계였다. 아빠는 웃음이 많고 항상 나에게 무언가를 가르쳐 주려 하시는 자상하고 온화한 분이다. 당시 아빠는 오랫동안 몸담았던 직장에서 꽤 높은 직책을 맡고 계셔서, 경제적인 어려움 없이 화목한 가정을 이루어 내셨다. 아빠는 휴일에 종종 두 딸을 데리고 공원에 나가 배드민턴을 치며 놀아 주시고는 했다.

어느 날인가부터 학교가 일찍 끝나 집에 와도 아빠는 항상 집에 계셨다. 나는 엄마의 걱정스러운 표정과 웃음을 찾아볼 수 없는 아빠의 얼굴로부터 실직이 어떤 것인지를 처음 알게 되었다. 부모님은 애써 평소와 다를 바 없이 자식들을 대해 주셨지만 나는 그 힘든 고통을 느낄 수 있었다. 직장을 잃었다는 것은 아빠에게 있어 큰 슬픔이었다. 두 달이 지나도 용기를 잃어버린 아빠는 다시 일어설 기운이 없으신 것처럼 보였다. 우리 가족은 모두 활기를 잃었고 절망뿐이었다.

아빠의 한숨에 나의 가슴조차도 푹푹 땅으로 내려앉는 것 같던 어느 가을날, 나는 책가방을 던져 놓자마자 아빠께 배드민턴을 치고 싶다고 졸라 댔다. 딸의 성화에 못 이겨 아빠는 모처럼 공원으로 발걸음을 옮기셨다. 어린 나에게 힘듦을 내색하기 싫어 애써 웃음으로 아픔을 감추시는 아빠가 너무나 안쓰러웠다. 나는 흰 셔틀콕을 꺼내들었다. 아빠의 눈을 또렷이 올려다보며 요즘 많이 힘들어 보이신다는 것과 우리 두 자매와 엄마가 아빠를 얼마나 사랑하고 있는지에 대해, 그리고 아빠는 언제까지나 우리의 자랑스럽고 든든한 느티나무라는 것에 대해 말씀드렸다. 울적한 기분은 운동하면서 싹 다 떨쳐 버리시라고 장난스럽게 얘기했다. 아빠는 눈시울이 붉어진 채로 웃어 주셨고 우리는 배드민턴을 치며 재미

있는 시간을 보냈다. 배드민턴 공을 보내며 나는 아빠께 강렬한 눈빛으로 여쭤보았다. '저는 아빠를 믿고 있어요. 다시 힘내실 수 있죠?' 아빠는 수월하게 공을 받아치시면서 미소 짓는 얼굴로 끄덕이셨다.

그날 이후 아빠는 지인들을 수소문해 한 달 만에 어엿한 직장을 얻으실 수 있었다. 다시 회사에 출근하고 남들보다 일을 더 많이 하며 회사와 가정을 위해 훨씬 더 노력하시는 아빠를 보며 나는 행복을 느꼈다. 아빠는 내가 따뜻한 위안 그 자체가 되어 주었다고 나중에 말씀해 주셨다. 나의 위로로 아빠는 가족을 위해 세상에서 재기할 용기를 되찾았다고 하셨다. 그때 내가 뿌듯함과 기쁨으로 가슴이 벅차올랐던 기억이 아직도 생생하다.

나는 요즘도 배드민턴 치는 것을 좋아한다. 아니 사실은 내가 타인에게 힘이 되고 희망을 주는 존재임을 알게 되는 순간을 사랑한다. 물론 아무런 대가를 바라지 않고 다른 사람에게 선한 위로를 건네는 것이지만, 그를 통해 전해진 나의 진심이 그 사람에게 감동으로 다가간다는 사실은 정말 놀랍고 기쁘다. 남을 도와준다는 데서 오는 표현하기 힘든 기쁨, 그로부터 전해지는 행복한 감정은 끊임없이 나를 주위의 어려운 사람들에게 눈길을 주게 하는 것 같다.

짜장면

손용훈 (기계공학과)

나에겐 짜장면에 대한 나만의 기준이 있다. '미슐랭 가이드'만큼의 전문적이고 체계적인 방식으로 등급을 매기는 건 아니지만, 짜장 소스, 야채와 고기의 상태, 고명의 어울림 정도, 면의 굵기와 식감, 심지어 가게의 인테리어와 서비스에 대한 평가까지도 내린다. 특히 중요하게 여기는 요소는 짜장 소스와 면인데, 이것들은 짜장면의 전반적의 맛에 직접적인 영향을 미치며 시각적으로도 그러하기 때문이다. 짜장 소스나 면이 거기서 거기라고 생각하는 사람도 있을지 모르겠지만 이 짜장면의 구성 요소들은 나에겐 무척이나 중요한 잣대들이고, 짜장면에 대한 나만의 철학이자 짜장면을 애호하는 나만의 독자적인 방식이기도 하다.

대학교에 진학하기 전까지 가장 맛있는 짜장면을 만들고 있다고 생각한 중국집이 '아리산'이다. 천안시 성정동. 그다지 넓지 않은 사거리 모서리에 '아리산'이 위치해 있다. 수타면을 직접 뽑는 모습을 비추는 큰 유리창, 주문이 끊이질 않아 쉴 틈 없이 엔진 소리를 내는 오토바이. 천안 시내를 돌아다니다 보면 이 중국집의 배달 오토바이를 어렵지 않게 볼 수 있는데, 이는 천안 시민의 입맛을 사로잡았다는 증거로서 '아리산'의 입지를 입증해 주기에 충분하다. 고등학생 시절, 급식비를 냈음에도 불구하고 학교 급식을 대신하여 일주일에 한 번씩은 꼭 짜장면을 시켜 먹었는데, 기숙사 앞 도보 5분 거리에 있던 '신승관'을 제쳐 두고 번번이 '아리산'에 주문을 했다. 왜냐하면 '아리산'은 내 '짜장면 가이드'에 가장 합당한 곳이었으니까.

그러나 '아리산'에 대한 사랑은 경희대학교에 진학하면서 자연스레 희미해졌다. 나는 또 다른 사랑을 위해 학교 부근의 중국집을 순회하였지만, 까다로운 내 입맛을 만족시킬 만한 곳은 마땅치 않았다. 20년 동안 고수해 온 이 미식 기준은 높아지면 높아졌지, 결코 낮아지진 않았기 때문이다.

그러던 1학기 중반, 5월 즈음에 선배들이 학교 근처의 중국집으로 나를 불렀다. 동기들 사이에서 짬뽕 전문점으로 유명한 곳이었다. 짬뽕을 싫어하는 나에게 그곳은 시야 밖의 장소였다. 별 기대 없이 짜장면을 시켰던 나는 금세 내 좁았던 시야를 부끄러워하게 되었다. 적당히 짭짤하면서도 은은하게 달짝지근한 소스, 수타면 못지않은 쫄깃함을 지닌 알맞은 굵기의 면발, 적당한 크기로 다져진 속 재료에 모자라지도 넘치지도 않은 소스의 양까지. 입에 착 붙으면서 감칠맛이 나는 완벽한 짜장면이었다. 짬뽕 전문점이라서 짜장면은 맛이 없을 거라는 선입견으로 멀리했던 그곳은 바로 '착한짬뽕'이다. 나는 2주 넘는 기간을 매일매일 이곳에서 짜장면으로 끼니를 때웠다. 그만큼 '착한짬뽕'의 짜장면은 탁월하고 옹골찬 맛이다.

나는 원래 가리는 음식도 많고 음식에 대한 호불호도 명확하다. 워낙 먹는 음식의 폭이 좁은 나머지 내가 평소에 섭취하는 음식은 소위 '애들 입맛'으로 불리는 뻔한 음식들로 정해져 있다. 짜장면도 그 뻔한 음식들 중 하나지만, 마지못해 끼니로 때우는 음식이 아닌, 내 스스로가 가이드라인을 가지고 찾아서 먹는 음식이다. 나는 짜장면을 사랑한다. 나만의 기준을 두어 짜장면에 대한 애착과 관심을 두고 있는 것이 바로 내가 짜장면을 사랑하고 있다는 증거가 아닌가 하는 생각이 든다.

찐 생선과 외할머니

고은령 (응용수학과)

엄마에게는 비밀이지만, 사실 엄마가 차려 주는 밥상보다 외할머니가 만들어 주시는 반찬이 더 맛있다. 나만 그런 건 아닌 것 같다. 평소에 밥을 많이 먹지 않는 우리 아빠도 외갓집에만 가면 밥한 공기를 뚝딱 비우기 때문이다. 외할머니 손을 거친 반찬이면 평소에 내가 좋아하는 갈비찜보다 매운 파김치가 달달하니 맛있고, 참기름에 무친 시금치가 밥도둑이다. 그 중에서도 으뜸은 찐생선이다. 가리는 반찬은 없지만, 생선은 좋아하기로 손에 꼽는 반찬은 아니다. 하지만 외할머니가 쪄 주시는 생선이면 얘기가 다르다. 어부가 많은 삼천포엘 가도 그보다 맛있는 생선 반찬을 만드는 사람은 없을 것이다.

마산 신포동엘 가면 마산 어시장이 있다. 명절이나 제사 때가 다가오면 외삼촌이 차를 끌고 어시장에 가서 조기, 민어, 돔, 서대 같은 생선 예닐곱 마리를 사다가 실어 온다. 생선을 실어 온다고 한 이유는 생선 한 마리의 길이가 내 무릎까지 오고, 두께도 한 손으로 잡기 버거울 만큼 큼지막해서다. 사 온 생선은 식칼로 지느러미를 쳐내고, 칼등으로 비늘을 긁어내어 시장에서 다 손질하지 못한 부분을 손본다. 생선을 손질하는 외할머니 옆에 앉아서

"할머니, 저는 뭐할까요?"

하고 물으면 니가 못하는 거니 생선 피나 닦으라며 행주를 가져다주신다. 나는 생선에서도 붉은 피가 그렇게 줄줄 흐른다는 것을 외할머니 댁에서 처음 알았다. 외할머니께서 구멍이 숭숭 난 채반에 올려 주시는 손질한 날생선을 손이 느린 내가 한 마리 한 마리 닦고 있으면

"아직도 다 못 닦았나?"

하고 핀잔을 주신다. 나도 빨리 하고 싶지만, 단단하면서도 물컹한 느낌과 부릅 뜨여 있는 생선 눈알은 언제 봐도 적응이 안 될 것 같다.

손질한 생선은 칼집을 낸 후, 포일로 둘둘 말아서 찜솥에 넣는다. 생선은 잊어버리고 여덟 살 난 사촌동생과 끝이 안 나는 숨바꼭질을 하다보면, 방에 흩어져 있던 가족들이 한 사람씩 마루로 나와 상을 펴고, 수저를 놓으며 우리를 부른다. 그러면 이제 깨를 솔솔 뿌린 찐 생선을 먹을 수 있는 것이다. 그 흰 생선 한 점씩을 따뜻한 밥 한 숟가락에 올려 먹다 보면, 한 공기를 싹싹 비우게 된다. 들을 때마다 생선 이름을 까먹는데, 어떤 생선은 퍽퍽하고 어떤 것은 식감이 쫄깃쫄깃하다. 맛은 백석의 시 「국수」의 한 구절처럼 부드럽고 수수하고 슴슴하다. 먹고 남은 생선은 자식들에게

나눠 주시고, 또 동네 사람들과 함께 드신다. 타지에서 혼자 생활하면서 다른 값비싼 음식보다, "이 그지없이 고담하고 소박한" 반찬이 생각이 난다.

항상 외할머니가 음식하시는 것을 도와드릴 수 있지는 않다. 명절에 외갓집에 도착하면, 이미 제사가 다 끝난 한밤중이기 때문이다. 고요하게 어둠이 내려앉아 뒷산 벌레 우는 소리까지 들리는 그 시간에도, 우리 가족이 도착하면 외할머니께서는 항상 밥부터 먹으라고 하신다. 그리고 상 옆에 앉아서 접시에 손으로 생선 살을 발라내 주신다. 나는 찐 생선을 좋아하지만, 그것은 그렇게 정성이 담긴 생선 살을 밥 위에 놓아 주시는 외할머니가 계시기 때문이다. 낯간지러워서 외할머니께 애교 한 번 못 부리는 손녀지만, 그래도 나는 외할머니가 만들어 주시는 찐 생선 반찬이 제일 좋다. 그리고 그릇마다 사랑을 가득 담아 주시는 우리 외할머니가 가장 좋다.

프롤로그

최지영 (스포츠의학과)

언제부터인지 기억도 나지 않는 어릴 적부터 나는 비디오 게임을 사랑했다. 온갖 게임을 보고 즐기고 탐구했으며, 남녀노소를 사로잡는 그 중독적인 매력에 열광했다. 모니터 속에서 현란하게 움직이는 픽셀은 장르와 언어를 불문하고 나를 매료시켰다. 그러면서 가슴 한구석에 나도 언젠가는 비디오 게임 제작자로서 멋진 게임의 엔딩 크레딧에 이름을 올리고 싶다는 작은 꿈을 가지게 되었다.

나는 무작정 이것저것 배우기 시작했다. 좋아하는 게임의 주인공들을 내 손으로 그리고 싶어서 그림을 배웠고, 그들이 입체적으로 살아 움직이는 모습을 보고 싶어서 프로그래밍을 배웠다. 그러나 현실은 나의 꿈에 찬물을 끼얹었다. 아직 저작권 개념이 확립되지 않은 우리나라 소비자들은 고작 게임 따위를 사려고 돈을 내야 한다는 것을 이해하지 못하는 경우도 많았기 때문에, 기업들은 애써 만들어 봤자 모두 불법 다운로드를 할 것이라며 투자와 개발을 꺼리는 눈치였다. 그러다 보니 지속적인 수입이 보장되는 온라인 게임 회사만 넘쳐날 뿐, 돈을 주고 구매해야 하는 비디오 게임을 전문적으로 개발하는 모험을 하는 회사는 없었던 것이다. 남은 방법은 소수의 팀원과 적은 제작비로 인디 게임을 만드는 것이었는데 이것조차 나 혼자서는 도저히 불가능한 일처럼 보였다. 이런 상황에 우연히 같은 꿈을 가진 친구를 만난 것은 행운이었다.

고등학교 자습실에서 옆자리가 되어 만난 우리는 매일 공부는 뒷전으로 하고 딴짓을 하기로 유명했다. 그 애는 음악을 만들었고 나는 그림을 그렸다. 쉬는 시간에는 함께 외국의 게임 회사에 대해 이런저런 토론을 하기도 했다. 평소와 다름없이 자리에 앉아 태블릿과 펜으로 모니터 속에 또 다른 세계를 그려 나가던 어느 날 저녁, 그 애가 툭 던진 한마디로 나의 꿈은 다시 불붙었다. "혹시 게임 만들어 볼 생각 있어?"

그렇게 다섯 명이 모였다. 사운드, 스토리, 그래픽 담당 각 한 명에 프로그래머 둘. 직접 게임을 만들어 보겠다는 패기와 열정만으로 모인 고등학생 동갑내기였던 우리는 아무런 기반 없이 모든 것을 스스로 해결해야 했다. 처음에는 막막했지만 인터넷 검색을 하고 주변에 조언을 구하며 필요한 것을 하나하나 알아 갔다. 약간의 수수료를 내고 사업자 등록과 게임 제작 및 배급업자 등록을 하자 꿈만 같게도 우리 회사가 탄생했다. 내가 그린 회사 로고와 게임의 시작 화면이 홈페이지 메인에 걸렸을 때는 개발자라는 10여 년 간의 꿈에 드디어 한 걸음 다가간 듯한 느낌에 하루 종일 설렜다.

그리고 6개월의 제작 기간 끝에 드디어 우리의 결과물이 빛을 보게 되었다. 'SCARE : prologue'라는 학교를 배경으로 한 1인칭 공포 게임이었다. 이 작품을 시작으로 우리가 다음, 또 그 다음 작품을 만들 수 있게 되기를 바라며 prologue라는 부제를 단 것이었다. 오직 게임을 완성시키려는 의지 하나만으로 매번 도전과 좌절을 반복했던 우리에게 현재는 게임 제작자가 되어 있을 내일을 위한 프롤로그였을 뿐이다. 무료 배포를 결정했지만 아깝다는 생각은 들지 않았다. 그동안의 경험 그 자체로 훌륭한 보상이었기 때문이었다. 출시까지 기다려 준 사람들의 기대에 어긋나지 않게 마무리를 지었다는 뿌듯함, 더 잘할 수도 있었을 것 같다는 아쉬움, 드디어 끝났다는 후련함을 뒤로 한 채 서로에게 수고했다는 인사를 건네자 비로소 실감이 났다. 내 첫 작품이 세상에 나온 것이다. 물론 우리의 작품은 완벽함과는 거리가 멀었지만 첫 술에 배부를 수는 없다. 프로젝트를 시작할 때만 해도 우리가 과연 할 수 있을까 하는 의문이 컸지만 결국 보란 듯이 멋지게 완성해 내지 않았는가. 그것만으로도 우리의 도전에는 성공이라는 마침표를 찍을 수 있었다. 그래서 나는 이렇게 말한다. 무모해 보이는 꿈일지라도 일단 도전하라고. 해 보지 않으면 모른다고. 게임의 부제처럼 우리의 인생은 아직 프롤로그일 뿐이니까.

할머니, 당신은 제가
사랑하는 사람입니다

이수현 (응용화학과)

　5월 8일은 어버이날이었다. 평일이었기에 고향인 구미에 내려
갈 수 없었다. 그래서 어떻게 하면 부모님에 대한 마음을 전할지
고민했다. 가장 단순하면서도 진심이 들어간 편지를 쓰기로 결심
했다. 부모님에 대한 편지를 다 썼음에도, 마음이 어딘가 공허했
다. 할머니를 잊고 있었던 것이다. 어렸을 때부터 맞벌이를 하시
는 부모님 때문에 할머니와 있는 시간이 많았다. 할머니가 나를
길러 주셨다고 해도 과언이 아니다. '어버이'라는 단어에 걸맞지
는 않지만, 할머니를 위한 날도 맞다고 생각했다. 편지를 쓰며 옛
생각에 눈시울이 붉어지기도 했다. 그때 이번 글쓰기 과제인 '내
가 사랑하는 대상'에 할머니에 대한 글을 써야겠다고 다짐했다.
할머니를 떠올리니 옛 기억이 새록새록 떠올랐다.

　"할무이, 나 왔어요."

내가 어렸을 때 입에 달고 살던 말이었다. 또래 친구들이 유치원 버스에서 내려 엄마의 품에 안긴다. 나는 두리번대며 할머니를 찾는다. 할머니는 주름진 얼굴로 웃으며 반겨 주신다. 일을 많이 하신 탓에 거칠고 주름진 할머니의 손. 할머니 손을 꼭 잡고 집까지 행복하게 걸어갔다. 손이 차갑더라도, 나에겐 가장 따뜻한 손이었다.

어렸을 때는 내 방이 없었기에 할머니 방이 곧 내 방이었다. 집에 도착하면 할머니 방으로 달려가 텔레비전을 켰다. 집에 와서 손을 안 씻는다고 뭐라 하시는 할머니의 말을 듣는 둥 마는 둥 하며 만화에 집중한다. 그러다 등짝을 맞고 엉엉 운다. 그러다가도 할머니가 한번 안아 주기만 하면 울음을 그친다. 밤이 되면 할머니 품에 안겨서 잠이 들곤 했다.

그렇게 순박하게 할머니만 쫄래쫄래 따라다니던 아이에게도 사춘기가 왔다. 집에 있기보다는 밖에서 놀고 싶었다. 가족과의 시간보다 친구와의 시간이 중요했다. 할머니가 해 주신 밥을 본 체도 안 하고 나가서 밖에서 밥을 사 먹었다. 할머니와의 시간이 계속 줄어든다. 그뿐만이 아니라 할머니가 잔소리를 하시면 항상 말싸움으로 번졌다. 그 당시에는 내 가치관이 옳고 할머니는 틀렸다고 생각했다. 할머니의 가치관을 고리타분하다고 치부했다. 그래서 항상 부딪혔고 할머니가 나를 때릴 때마다 방에 들어가 나오지 않았다. 지금 생각하면 나는 할머니에게 스트레스를 주는 손녀였다. 어쩌면 그때부터 할머니가 아프셨던 것일지도 모른다.

어느 날 갑자기 할머니의 몸이 안 좋아졌다. 뇌의 핏줄이 터지고 쓰러지셨다. 그제서야 정신이 들었다. '할머니가 내 곁을 떠날 수 있구나.' 어쩌면 당연하지만, 잊고 살았던 사실이다. 언제나 내 옆에 계실 줄 알았던 할머니가 없어진다고 생각하니 마음이 아팠다. 생각이 번지고 번져 최악의 상황에 이르렀을 때 이미 내 눈은 부어 있었다. 머리가 띵해질 때까지 울었다. 그리고 결심을 했다. 늦었더라도 이제라도 정신을 차려야겠다고.

고등학생이었기에 밤늦게 집으로 돌아왔다. 그래도 꼭 할머니 방에 들어갔다. 가서

"할머니 나 왔어요."

라고 말을 했다. 주무시고 계셨지만 내 목소리에 눈을 뜨고 반겨주셨다. 또 할머니 생신 때 처음으로 옷을 사 드렸다. 비싼 옷은 아니었지만 할머니는 진심으로 고마워해 주셨다. 말뿐만이 아니라 옷이 닳을 때까지 매일 입고 다니셨다. 이런 사소한 선물 하나를 이때까지 못한 나 자신이 부끄러웠다. 부족하지만 할머니에게 표현을 많이 했고, 건강도 차츰 나아지셨다.

"익숙함에 속아 소중함을 잃지 말자."

내게 가장 와 닿았던 문장이다. 할머니를 너무 당연하게 생각했다. 살아 계시는 것, 나와 함께인 것. 시간이 지남에 따라 할머니와 있을 시간이 줄어들고 있다. 특히 대학교에 진학한 이래로는 한 달에 한 번밖에 보지 못한다. 먼 곳이지만 할머니를 생각하면 가슴이 미어진다. 열심히 키운 손녀가 너무 못해 드린다는 생각을 한다. 그래서 항상 잘하려고 해도 턱없이 부족하다.

가끔 이런 생각을 한다. '할머니가 주신 은혜의 반이라도 갚고

헤어짐을 맞을 수 있을까?' 생각하고 난 뒤에는 이 의문이 부질없음을 느낀다. 그저 나의 위치에서 최선을 다할 것이라고 다짐한다. 주신 은혜에 보답하지 못하더라도 후회하지 않고 인사하는 날이 오길. 마지막 순간이 오기 전에 꼭 이 말을 전하고 싶다.

"할머니, 당신은 제가 사랑하는 사람입니다."

3장

나를 슬프게 하는 것들

누구에게나 외면하고 부정하고 싶은 그림자가 있다. 성인이 된다는 것은 '내 안의 낯선 나'를 인정하고 서로 화해한다는 것이다. 긍정적인 나와 부정적인 내가 하나가 되어야 온전한 내가 될 수 있다. 홀로 선다는 것, 즉 성인이 된다는 것은 자기 안의 빛과 그림자를 인정하고 이를 통합하고 조절하는 능력을 갖춘다는 것이다.

– 나를 발견하는 글쓰기 중에서

경쟁 사회에서 슬픔을 느끼는 이유

이영훈 (컴퓨터공학과)

우리 선조들은 예부터 서로 돕는 사회를 지향해 왔습니다. 우리만의 문화인 '품앗이'를 보면 선조들의 인간적이고 아름다운 상부상조 문화를 느낄 수 있습니다.

하지만 현대 사회에 들어서면서 우리는 상부상조하는 정신을 잊어버리고, 서로를 경쟁의 대상으로 여기게 되었습니다. 그 결과 물질만능 속에서 저마다 개인주의와 이기주의가 팽배해지고, 다른 사람의 슬픔을 자신의 행복으로 여기는 비정한 사회가 되었습니다. 그리고 몇몇 아이들은 희망을 잃은 채 스스로 목숨을 끊게 되는 사례도 생겼습니다. 이런 현대 경쟁 사회의 상황들이 바로 슬픔을 느끼는 이유입니다. 한 예로 얼마 전 동기 하나가 전공과목 시험공부를 했냐고 물었습니다. 이에 아직 미처 하지 못했다고 답했고, 며칠 후 그 친구의 입에서 충격적인 말을 들었습니다. "아싸, 한 명 밑에 깔고 시작하네. ……" 이 말 한마디는 가끔씩

뇌리에 다가와 저를 슬프게 합니다. 또 얼마 전에는 힘들게 오디션을 본 결과로 드라마 첫 출연 기회를 얻어낸 탤런트 조재현 씨의 딸 조혜정 양에게 '금수저'라는 단어를 사용하며 그녀의 노력을 폄하한다는 소식도 있었습니다. 도대체 서로 돕고 사랑하는 것을 미덕으로 보았던 우리 선조들의 문화는 어디로 가고, 그 후손들의 입에서 이러한 말들이 나오게 된 이유는 무엇일까요? 그것은 우리가 살고 있는 극심한 경쟁 사회에 원인이 있다고 봅니다. 경쟁으로 인해 우리 문화를 대표하던 상부상조 문화와 '정'을 주고받는 문화는 더 이상 우리의 것이 아니게 되었으며, 그 대신 다른 사람의 절망과 좌절, 슬픔으로부터 얻는 즐거움을 향유하는 비정한 문화가 자리 잡았습니다. 우리 사회가 이런 방향으로 바뀌어 가고 있는 사실에 선조님들을 뵐 낯이 없으며 이 사회에 대해 큰 슬픔을 느끼게 되었습니다.

과도한 경쟁 사회가 슬프게 되는 또 다른 이유는 그것이 우리의 '빨리빨리' 문화에서도 그 원인을 찾을 수 있기 때문입니다. 우리는 종종 '강대국'이라 불리는 다른 나라들과 비교하며 그들과 비슷해지기 위해 노력했습니다. 그 결과 현재 우리는 많은 발전을 거듭할 수 있었고, 이제는 다른 나라 사람들의 부러움을 사는 나라 중 하나가 되었습니다. 하지만, 그러한 상황은 무엇이든지 빨리 해서 나온 결과만을 중시하는 문화를 만들게 되었습니다. 우리 선조들은 무엇이든지 꽉 차 있는 것보다는 여백 있는 것이 더 아름답다고 생각했으며, 선비가 되기 위해서는 비가 내려도 절대 뛰지 않을 수 있는 여유로움이 있어야 한다고 생각했습니다. 그러나

이와 반대로 현재 우리나라 사람들은 과도한 경쟁 사회 속에 내몰려 조금이라도 일을 많이 하려고 식사 시간을 줄일 수 있는 패스트푸드를 먹고, 조금이라도 스펙을 쌓기 위해 이것저것 찾아가며 그들의 인생을 채웁니다. 자신의 인생에 여백과 여유를 두지 못하는 현재 우리들의 모습을 보고 있으면, 인간적인 아름다움도 전혀 느낄 수 없고 모두들 지쳐 가는 힘든 삶으로만 느껴집니다. 이것이 우리들에게 이른바 '고속 인생'을 살게 만드는 경쟁 사회에서 바로 슬픔을 느끼는 이유입니다.

매년 수능이 다가오면 일어나는 일들에 늘 가슴이 떨립니다. 몇몇 아이들이 중압감을 이기지 못해 자살했다는 보도가 나올 것을 알기 때문입니다. 경쟁 사회는 또래인 아이들을 이렇게 죽음으로 내몰고 있고, 이것 또한 경쟁 사회에 슬픔을 느끼는 이유입니다. 어렸을 때부터 왜 견뎌 내야 하는지도 모르는 경쟁 속으로 내몰린 기억이 있습니다. 초등학교 때는 청심 국제중학교를 준비하면서 새벽 2시 전에는 학원 밖으로 나올 수 없었고, 중학생이 되자 특목고에 진학해야 한다며 매주 50시간이 넘는 공부를 해야 했습니다. 하지만 그 모든 노력이 물거품이 된 듯 목표로 삼았던 그 어떤 학교도 입학하지 못한 채 평범한 일반 고등학교 학생이 되어야 했습니다. 그 순간 패배자가 되어 혼자였으며, 자살하는 또래 아이들의 마음을 이해할 수 있었습니다. 어른들은 자살하는 아이들에게 성적이 전부가 아닌데 왜 자살하는지 모르겠다며 한심한 눈빛을 줍니다. 하지만 아이들이 느끼는 극심한 경쟁은 그들이 이해할 수도 없는 극한의 고독과 고통 그리고 절망을 주며, 아이들에게 잠깐 동안 절규할 시간도 주지 않습니다. 아이들에게 자살이라는 말도 안 되는 선택을 강요하는 경쟁 사회에 무한한 슬픔을 느낄 수밖에 없습니다.

경쟁이 때론 사람들에게 추진력을 줍니다. 그렇기 때문에 서로 다른 사람들이 모여 경쟁을 하다 보면 서로에게 자극을 주고받아 좋은 결과를 만들어 낼 수도 있습니다. 이처럼 경쟁이 갖는 장점과 매력으로, 경쟁의 단점과 부정적 측면만을 강조할 수는 없습니다. 하지만 경쟁은 언제나 우리를 슬프게 합니다. 남의 아픔으로 즐기게 되고, 심적 여유를 앗아 가며, 아이들에게 희망을 잃은 자살을 권하기 때문입니다. 이 슬픈 경쟁 대신, 우리 선조들이 지켜나갔던 상부상조의 정신이 이 세상에 퍼지기를 오늘도 간절한 마음으로 기도합니다.

끝, 죽음, 슬픔

고지성 (글로벌커뮤니케이션학부)

나는 변화를 싫어한다. 다시 말해서 나는 끝을 싫어한다. 주변에 익숙했던 것들이 끝이 나고 변화하는 것이 너무 서운하다. 그래서 학교를 다닐 때 한 학년이 끝나고 정들었던 친구들과 헤어질때가 싫었고 즐겨 보던 드라마나 읽던 소설이 끝났을 때 느껴지는 공허감이 싫었다. 항상 그 자리에 있는 것은 언제 보든지 그곳에 있어야지 나는 마음이 놓였고 슬프지 않았다. 그리고 이것은 사람을 대할 때도 마찬가지이다. 사람의 끝을 무엇이라 할 수 있을까? 그렇다. 바로 죽음이다. 지난 20년을 돌이켜 보았을 때 나에게 가장 심연의 슬픔을 느끼게 한 것은 바로 죽음이었다.

아직 초등학생이 되기 전, 어느 날 어떻게 알았는지는 모르겠지만 나는 사람이 죽는다는 것을 깨달았다. 어떻게 보면 당연한 이야기지만, 그 이전의 나는 '죽는다'는 개념에 대한 이해가 없었다. 그래서 '모든 사람은 언젠가 죽는다.'라는 말의 의미를 이해한 날, 나는 펑펑 울었다. 어린 마음에 언제까지나 사랑하는 가족들과 친구들과 계속 살 수 있을 것이라고 생각했다. 그러나 그것 역시 끝이 있다는 것을 알았을 때 충격을 크게 받았나 보다. 어쩌면 곧 죽을 수도 있을 것이라는 생각에 두려움도 가졌을 것이다. 이렇듯 죽음이라는 존재가 처음 그 모습을 드러냈을 때, 나는 정말 슬펐다.

그리고 중학교 2학년 때 할아버지께서 돌아가셨다. 내가 사랑했고 나를 사랑해 주시던 분을 '죽음'이라는 것으로 인해 다시는 볼 수 없게 되었다. '죽는다'는 말이 이렇게 슬프고 미운 것인지 느낄 수 있었다. 시골 할아버지 댁에 가면 항상 맞아 주시던 할아버지를 '죽음'이라는 것으로 인해 다시는 만날 수 없게 되었다. 모든 가족들이 슬퍼했고 울었다. 슬픔이라는 감정은 전달도 잘 되는 듯, 할아버지 장례식 기간 동안 정말 많이 울었고 슬퍼했다. 다시는 '죽음'이라는 것 때문에 슬프고 싶지 않았다.

하지만 2014년 4월 16일 죽음은 나를 다시 슬프게 했다. 나와 비슷한 또래의 아이들이 꽃다운 나이에, 아직 해 본 것보다 하고 싶은 것이 많은 나이에 차가운 바닷물 속에서 세상을 등졌다. 세월호 사건은 나에게 있어 큰 슬픔이었고 안타까움이었다. 당시 사고로 목숨을 잃은 故 이다운 군이 작곡하다가 미완성으로 남겨진 곡이 있었다. 그러나 후에 그 곡이 가수 신용재 씨에 의해서 세상에 나온 노래 '사랑하는 그대여'를 들으며 그들이 얼마나 살고 싶었을지, 그리고 추웠을지 느껴지니 눈물이 흘렀다. 그리고 그러한 죽음이 일어나지 않을 수는 없었는지, 우리나라의 부족한 현실에 슬퍼했고 분노했다. 2014년 4월 16일의 죽음은 나를 포함한 대한민국 모든 국민들을 슬프게 했던, 일어나지 않을 수 있었던, 일어나지 않아야 했던 '죽음'이었다.

지난 20년을 살아오면서 나는 가장 깊은 슬픔의 감정을 죽음을 통해 느껴 왔다. 그것은 단순히 어디를 다치거나 누군가와 싸우거나 했을 때 느낄 수 있는 슬픔과는 차원이 다른 감정이자 고통이었다. 몇 번을 겪어도 '죽음'으로 인한 슬픔에는 적응할 수 없을 것이다. 그럼에도 불구하고 나는 앞으로 살면서 많은 죽음을 만나게 될 것이다. 그러므로 매 순간 주변 사람들에게 최선을 다하고 사랑하며 살아야겠다. 그리고 먼 훗날 내가 직접 죽음을 맞이할 때에는 슬프지 않게 후회 없는 삶을 살아야겠다.

낭만에 대하여

오연지 (시각정보디자인학과)

>이제와 새삼 이 나이에
>청춘의 미련이야 있겠냐마는
>왠지 한곳이 비어 있는 내 가슴이
>다시 못 올 것에 대하여
>– 최백호, 「낭만에 대하여」

　우리 아빠가 어렸을 적에, 아빠는 시인이 되고 싶었다고 했다. 아빠의 꿈은 아빠에게 영원히 꿈으로 남았다. 가끔씩 늦은 밤에 아빠는 술에 취해 집에 들어와서는 내 손을 잡고 미안하다고 한다. 내가 하고 싶은 거, 사고 싶은 거 다 못 해 줘서 미안하다고. 우리 집에 돈이 없어서 미안하다고 말하며 내 손을 잡는 아빠의 손은 거칠다. 아빠가 꿈을 이뤘으면 아빠의 손은 지금보다 덜 거칠어지지 않았을까? 칼에 베이고 불에 덴 상처로 굳어진 그 손을 잡고 나는 그런 생각을 했다.

　아빠가 미안하다고 하는 게 아팠다. 아무도 아빠의 꿈이 좌절된 것에 대해 슬퍼하지 않았다. 심지어 아빠 자신조차도. 아빠는 나한테 미안하다고 할 필요가 없었다. 나는 아빠의 꿈에게 미안하다고 사과해야만 했다. 아빠는 내 사과를 받지 않을 것이다. 아빠가 아빠의 꿈에 대해 내가 미안해하는 것을 원치 않는다는 건 나를 눈물 나게 하는 이유 중 하나였다. 아빠의 낭만은 가장이라는 지위에 밀려났다. 그래서 나는 아빠의 꿈에 미안했다. 아빠가 미안하다고 하는 소리, 아빠가 잃은 낭만은 나를 아프게 했다.

　나는 종이의 촘촘한 나뭇결을 밀어내는 흑연의 발자국 소리가 좋았다. 그 소리는 어린 나에게는 꽤 낭만적으로 들렸다. 언젠가부터 그 소리는 시험을 알리고, 책상 앞으로 가라고 독촉하는 알람 소리가 되었다. 그 소리와 조금씩 멀어지면서 나는 그 행위 자체와 서먹해졌다. 글 쓰는 소리, 나는 그 이름을 빼앗겼다. 종이 위에 쓰인 글씨는 시나 노래나 소설이 아니라 수식이나 단순히 외워야 하는 문장으로 남았다. 우리는 시의 한 구절 한 구절을 해부해 씹어 삼켜야만 했고, 지문을 해석하고 암기해야 했다. 책은 내게 점점 멀어져 내 등 뒤로 가 붙었다. 나는 속독을 깨우쳤지만 독서를 잃어버렸다. 내가 읽고 싶은 책은 단지 도움이 되지 못한다는 이유로 읽어야 하는 책 뒤로 밀려나고 말았다. 아빠의 젊은 시절, 아빠에게 책은 낭만이었다. 독서조차 스펙이 되고, 감상조차 이력이 되는 이 사회에서 낭만은 어디로 간 걸까.

　중학교 때, 『해변의 카프카』란 책을 읽었었다. 책 좀 읽는다 하는 지식인이라면 그 이름을 모르는 사람이 없는 '무라카미 하루키'의 소설이다. 누가 사 온 건지도 모르게 책장에 꽂혀 있었던 것을 읽었는데, 나는 이 책이 정말 재미없었다. 그 책은 난해했고, 읽기 힘들었다. 중간에 놓아 버릴 수 있었는데 나는 끝까지 읽어야 했다. 독후감을 써야 했기 때문이다. 그 책은 내 스펙이 되었다. 내가 그 책을 읽었다는 소리를 하면 사람들은 좋은 책을 읽었다고 했다. 내게 그건 좋은 책이 아니었는데, 나는 낭만을 잃은 것을 슬퍼하면서도 그것을 충분히 이용했다. 그럼에도 불구하고 나는 아빠의 말을 들을 때마다 눈물지었다. 아빠의 낭만을 애도했다. 나는 위선적인 사람이다. 내가 위선적이라는 사실 또한 나를 슬프게 만들었다.

이 시대에 다시 낭만을 되찾아 줄 수 있는 것은 무엇일까 생각하면서도 또 굳이 찾아 줘야 하나? 하는 생각이 드는 게 부끄러운 일이다. 시 한 구절 마음에 품고 살 여유도 없는 세상. 시를 접하는 통로가 EBS 참고서가 되는 웃기지도 않는 세상이다. 독서량은 점점 떨어지고, 감성적인 문구들은 다들 '오글거린다', '허세다'라는 말로 칠해진다. 부끄러운 일이다. 잃어버렸다는 것을 깨닫지 못한다는 것이, 아무 노력도 하지 않는다는 것이. 글의 시작에서, 최백호는 시간이 지나서 잃어버린 낭만에 대해 노래했다. 시간이 지난 후에, 우리도 저 노래를 부를 수 있을까? 낭만이라는 글자가 점점 흐려지고 있다. 청춘이 낭만을 가지지 못하는 세상, 나를 슬프게 하는 것. 우리 아빠가 잃었고, 지금을 사는 우리 모두가 잃어버린 것에 대하여.

내 평생의 짐, 안경

정종윤 (컴퓨터공학과)

옛말에 '건강을 잃으면 모든 것을 잃은 것이다.'라는 말이 있다. 사람에게 가장 중요한 것은 건강이라는 의미를 담은 말이다. 건강하지 않다는 것은 불행과 시련을 의미한다. 나를 슬프게 하는 것은 바로 건강이다. 그중에서도 내가 이야기하고 싶은 것은, 바로 나의 시력과 관련된 안경이다. 나를 슬프게 하는 것으로 안경을 꼽은 이유는, 어쩌면 내가 평생 짊어지고 가야 할 짐이 될지도 모른다는 생각이 들었기 때문이다.

나는 아주 어렸을 때부터 안경을 썼다. 초등학교 2학년, 부모님을 따라 안과를 갔다가 충격적인 말을 들었다. 안과 의사는 나의 시력이 0.6 정도이며, 나에게 안경을 쓰는 것을 권장한다고 말했다. 집안 내에 시력이 나쁜 사람이 있었던 것도 아니고, 두 살 터울의 형은 시력이 나쁘지 않았던 터라 부모님은 깜짝 놀라셨다. 안과 의사는 성장기가 멈출 때까지는 계속해서 시력이 나빠질 수 있다고 하셨다. 그러곤 나중에 성인이 되면 라식이나 라섹 등 시력 교정 수술이 있으니, 그때까지 시력 관리에 주의를 기울이라고 하셨다. 집으로 돌아오는 차 안에는 어색한 침묵만이 흘렀다. 그때부터 안경과 나의 떼어질 수 없는 관계가 시작되었다.

그렇게 나는 10대의 대부분을 안경을 쓴 채 지내게 되었다. 안경을 쓰다 보니 불편한 점이 너무 많았다. 먼지나 지문, 물방울 때문에 수시로 안경을 닦아야 했다. 흠집이 나면 시야를 확보하기에도 불편했다. 또한 학교에서 축구나 야구처럼 체육 활동을 하다 보면 안경 때문에 다치는 일도 많았다. 조금만 부딪혀도 안경이 부러졌기 때문이다. 안경에 비쳐진 왜곡된 상은 나를 못나 보이게 만들었다. 남들 앞에서 자신감이 줄어들었고, 주눅 들게 되었다. 안경 없이는 일상생활이 너무 불편하다 보니, 내가 안경에 종속된 것만 같았다. 이런 내 마음을 아는지 모르는지, 시간이 지날수록 내 시력은 더 나빠지게 되었다. 설상가상으로 고도 근시에 난시까지 덮쳤다. 점점 안경알도 두꺼워지게 되었다. 상황이 이렇다 보니, 학창 시절에 나보다 시력이 좋지 않았던 친구들은 손에 꼽을 정도로 적다. 하지만 나는 성인이 되면 시력 교정 수술을 받을 수 있다는 희망으로 학창 시절을 버텼다.

그렇게 안경을 쓴 지도 어느덧 10년이 다 되었다. 나는 수능을 치른 고등학교 3학년이었다. 성인이 되면 할 수 있다는 시력 교정 수술을 받을 수 있는 나이가 된 것이다. 기쁜 마음으로 부모님의 손을 잡고 안과로 향했다. 나는 안과에서 시력 교정 수술이 가능한지 검사를 받게 되었다. 하지만 나온 결과는 충격적이었다. 고도 근시와 난시의 정도가 심각해서, 라식이나 라섹은 수술받는다 하더라도 수 년 내에 백내장이 발생할 가능성이 높다는 것이었다. 렌즈 삽입 수술은 가능했지만, 비싼 비용이 발목을 잡았다. 부모님과 의사 사이에 어색한 기운이 감돌았다. 나는 멋쩍은 웃음을 지으며, 당분간은 계속 안경을 쓰는 게 나을 것 같다고 말씀드렸다. 그렇게 나는 부모님과 안과에서 나와 집으로 향하는 차에 올라탔다. 창밖에 희뿌연 하늘, 영혼 없이 떠다니는 구름을 보며 공허함이 느껴졌다. 내가 여태껏 의존하고 있었던 믿음의 대상이 무너져 내린 기분이었다. 내가 남들보다 더 일찍 안경을 썼고 시력이 더 나빴기 때문에, 내가 겪어 온 불편함을 계속 마주해야 한다는 것은 처참했다. 일종의 '선언'이었기에, 내가 굴복할 수밖에 없다는 것이 너무나도 슬펐다.

지금은 많이 익숙해진 상태이다. 하지만 문득 내가 안경을 쓰는 것이 아니라, 내가 안경에 맞춰지고 있다는 느낌이 들 때가 있다. 바로 사진을 볼 때 그렇다. 어린 시절의 앨범을 펼쳐 보면 다 안경을 낀 사진들뿐이다. 졸업사진도, 증명사진도, 그리고 지금도. 두꺼운 안경 때문에 자신감이 없고 주눅 든 모습이 사진에 담겨 있다. 여태껏 내가 겪어온 불편함, 그리고 불편한 시선이 나에게는 스트레스였기 때문이다. 안경 때문에 진정한 나의 모습을 잃어 가는 것, 그리고 이런 모습에 익숙해진 것이 나를 슬프게 한다.

더 슬퍼지려 하기 전에

윤지수 (국제학과)

봄이 왔습니다. 아직은 쌀쌀하지만 학교 안은 색색의 생명들로 넘쳐납니다. 벚꽃 나무는 벌써 여름을 향해 달려가는 것 같습니다. 파릇파릇 초록잎을 내고 자신의 아들딸들과 작별을 하고 있으니까요. 바람이 불어오는 길목에서 하늘하늘 흩날리는 연분홍 꽃잎의 아름다운 작별 인사를 보고 있으면 순정 만화의 여주인공이 된 마냥 마음이 들뜹니다. 꽃잎은 떨어진다기보다 하늘을 자유롭게 나는 것 같습니다. 날아가는 연분홍 빛의 봄들이 아쉽긴 하지만 슬프지는 않습니다. 내년에, 또 내후년에도 다시 그 아름다움을 뽐내려 태어날 것임을 알기 때문입니다. 그러나 세상에는, 저를 아프게 하는 꽃잎들이 있습니다.

그 꽃잎들의 날아가는 모습은 마냥 슬플 뿐입니다. 그 앞에선 저는 한없이 부끄럽고 울고 싶고 화가 납니다. 바람은 차갑게 불어옵니다. 꽃나무들은 흩날리는 꽃잎을 보며 처절히 몸을 떨었습니다. 겉으로는 멀쩡할지 몰라도 그 나무에게 더 이상의 봄은 없습니다. 아니, 여름도, 가을도, 겨울도 없습니다. 영원히 2014년 4월 16일, 그 봄의 한 가운데에 멈춰 있습니다. 이 사실이 저를 슬프게 합니다. 그들의 비어 버린 몸통에서는 앞으로도 눈물의 메아리가 끊임없이 울릴 것 같습니다.

가장 꽃다운 나이에 꽃잎처럼 날아가 버린 아이들. 바람 앞에서 꽃잎의 노래는 멈췄습니다. 바람이 어디서 다시 불어닥칠지 몰라 두렵습니다. 봄바람인 척 날카로운 칼날을 숨기고 불어와 그 자그마한 꽃잎을 갈기갈기 찢어 버립니다. 이럴 때 보면 선량하신 하나님이 왜 이런 일을 계획하셨는지 원망의 목소리가 새어 나옵니다. 하지만 우리는 현실을 봐야 합니다. '신'이 아닌 '바람'을 찾아야 합니다. 우리 눈에는 보이지 않는 바람에 물감을 칠해 확실히 봐야 합니다. 사람의 악한 마음속에서부터 조용히 칼날을 모아 불어온 그 녀석을 볼 수 있어야 합니다. 색을 입히면 입힐수록, 그 크기에, 그리고 흉측한 칼날의 모습에 마음이 무너질지도 모릅니다. 그러나 우리는 똑똑히 머릿속에 새기며 봐야 합니다. 언제 또다시 불어올지 모릅니다. 음흉한 그 바람이, 날다 지쳐 바닥에 누운 꽃잎들마저 저 멀리 쓸어버릴지도 모릅니다. 그런 날이 오면 우리는 손톱보다 작은 그 여린 꽃잎과 지구, 아니 우주 끝까지라도 함께 가 줄 준비가 돼 있어야 합니다.

그런데도 저는 너무 쉽게 그 꽃잎들을 잊고 살아갑니다. 꽃잎들이 손톱보다 작아서일까요? 아닙니다. 그 꽃잎은 눈으로 보는 게 아닙니다. 마음으로 느끼는 것입니다. 마음으로 그 꽃잎들을 느낀다면 그 꽃잎 하나하나가 꽃나무보다, 지구보다 큰 존재라는 것을 알 수 있습니다. 또, 그 꽃잎을 마음으로 느끼기 위해 노력한다면 그 꽃잎들이 땅에 눕는 그 순간, 지구가 갈라지는 듯한 큰 울림을 느낄 수 있습니다. 저는 마음에서, 생각에서 그 가여운 꽃잎들을 느껴 보려 하지 않았습니다. 생각하는 것만으로도 마음이 울렁이고 우울해졌기에, 한낱 감정에 지배받는 나약한 제가 견딜 수 없는 일이라 치부해 눈을 감아 버렸습니다. 그 사실이 눈물나게 부끄럽고 슬픕니다. 저 말고도 많은 사람들이 그럴 것이라는 사실 앞에서는 꽃잎들 앞에 무릎 꿇고 울고 싶습니다. '미안합니다.' 이 말이 너무나도 가슴에 사무칩니다.

두 번 다시는 이런 일이 없어야 합니다. 내가 먼저 꽃잎 앞에서 감아 버린 눈을 뜨지 않으면 세계는 눈 뜨지 못합니다. 너무 슬퍼서 눈을 뜨지 못하겠거든 날카로운 바람에 베일 수 있는 다른 꽃잎들을 생각하며 억지로라도 눈을 떠 주십시오. 슬픔은 영원히 가시지 않을 겁니다. 영원히 2014년 4월 16일에 머물러 있을 수도 있습니다. 그러나 우리는 슬픔 앞에 눈을 감으면 안 됩니다. 또 다시 찾아올 봄에 새롭게 필 또 다른 꽃잎들을 마음속에 그릴 수 있어야 합니다. 그래서 지금의 슬픔으로 다음의 슬픔을 미리 치유해야 합니다. 두 번 다시는 바람 앞에 흩날리는 꽃잎의 춤을 보고 싶지는 않습니다. 또 다른 작별로 더 슬퍼지려 하기 전에, 그 꽃잎을 영원히 마음에 새겨야겠습니다.

봄이 갑니다. 질끈 감았던 눈을 떠 보면 눈앞의 광경 속에서 꽃잎의 노래를 찾을 수 있습니다. 바닥에 사뿐히 내려앉은 꽃잎들과 이제는 푸른 잎으로 더 성숙해진 나무들, 여름을 닮아가는 새파란 하늘까지 모두 꽃잎의 노래이고 우리들이 들어야 할 얘기입니다. 눈을 떠 보십시오. 노래의 아름다운 선율이 우리의 마음을 어루만져 줄 것입니다.

봄이 가고 있습니다. 잊혀지지 않을 이 봄이 천천히 흐르고 있습니다.

떠오르다

조주연 (한국어학과)

4월 16일. 그날이 돌아왔다. 아침부터 기분이 이상했다. 며칠 전부터 범국민추모대회에 참여할지 말지 고민했지만 답은 나오지 않았다. 시험 기간에 서울까지 다녀온다는 것이 부담스럽기도 했지만 서울까지 같이 갈 사람이 없다는 게 가장 큰 문제였다. 하루 온종일 친구들에게 "나랑 같이 시청 다녀올 사람?"하고 물어 보고 다녔지만 선뜻 나서는 사람은 아무도 없었다. 그래서 정 같이 갈 사람이 없으면 그냥 학교에 남아 시험공부나 해야겠다고 생각하고 있었을 때, 친구에게 이런 대답을 들었다. "시험 기간인데 공부해야지 어딜 가."그 순간, 그 한마디가 나를 참 슬프게 했고, 동시에 부끄럽게 했다.

언제부터였는지 정확히 기억이 나지는 않지만 아마도 고등학교에 진학하면서부터, 나는 내가 학생이라는 이유로 사회의 이야기에 무관심해지지 않으면 좋겠다고 생각했었다. 그래서 자주 뉴스를 보면서 학교 밖에서 무슨 일들이 일어나고 있는지 듣기 위해 나름대로 노력했고, 학교에서 토론 수업을 듣고 꾸준히 외부 토론대회에 참가하여 사건에 대한 다양한 의견을 들어 보려고 했다. 그러나 돌이켜 생각해 보면 여전히 '아직 어리니까', '공부를 해야하니까' 하는 비겁한 이유들로 귀를 닫고 지나친 사건들도 참으로 많았다. 한참 '안녕들하십니까'로 시작하는 대자보가 게시되고 있을 때, 영어 단어 하나 더 외우고 수학 문제 하나 더 푸는 데 급급해서 학교 복도에 걸려 있는 대자보들을 무심히 지나쳤다.

대자보들을 지나칠 때만 해도 내가 공부를 해야 한다는 이유로 사회에서 무슨 일이 일어나고 있는지 궁금해하지 않고 있다는 것에 대해 알지 못했다. 하루하루 해야 하는 공부를 마치고 잠을 보충하기에도 빠듯한 시간이었다. 가끔씩 정치적 혹은 사회적 이슈들에 대해 이야기할 때마다 심드렁한 반응을 보이는 친구들 사이에서 나는 그나마 이런 일이 있다는 것을 알고는 있으니까 하면서 점점 사회에서 일어나는 일들에 대해 무심해졌다. 고등학교 3학년 수험생이라는 꼬리표를 달면서는 무관심에 가까웠던 것 같다. 밖에서 무슨 일이 일어나고 있는지 아는 게 거의 없었다. 그리고 4월 16일. 온 국민을 슬픔 속에 빠뜨렸던 세월호 사건이 일어났다. 이 사실도 선생님이 수업 시간에 말씀해 주셔서 알게 되었다.

세월호 사건 이후로 많은 일들이 일어났다. 세월호 사건이 워낙 큰 사건이었기 때문에 그때만은 고3의 교실에도 텔레비전을 틀었다. 쉬는 시간마다 뉴스를 보고 핸드폰으로 인터넷 뉴스를 검색하며 상황을 파악했다. 세월호 사건의 진상 조사를 시작하면서 한국 사회의 어두운 면이 속속 드러나기 시작했고, 국민들은 분노했다. 세월호 사건 희생자의 추모와 동시에 무능하고 소통조차 하지 않으려는 정부의 태도에 분노한 국민들의 집회가 이어졌다. 집회가 시작될 무렵에는 다시 고3의 교실로 돌아왔던 것 같다. 각자 필요한 공부를 하기에 바빴고, 나도 그랬다. 그리고 이때, 여기저기서 일어나는 추모제와 집회와 집회에서 일어난 시민과 경찰의 충돌 등을 접하면서 내가 외부 소식에 귀를 닫고 들리는 소식에도 무감각해지려 노력하면서 스스로를 합리화하기 위해 했던 말이 "시험 기간인데 공부해야지 어딜 가."였다.

한국 사회에서 학생 신분으로 정치적 관심을 드러내는 일은 매우 힘든 일이다. 학교에서 친구들에게 이야기 해 보아도 들어 주는 사람이 거의 없다. 어른들도 고등학생이 정치에 관심이 많다거나 특히나 시위 등에 참여했다고 하면 부정적으로 보는 경우도 있다. 학생들도 대한민국 사회의 구성원이고 곧 투표권자로서 대표를 선출하고 정치에 참여할 사람들인데 그저 학생이라는 이유, 수험생이라는 이유만으로 정치적 관심을 차단해야 한다는 것이 나를 참 슬프게 했다. 그리고 그 속에서 이런 현상은 옳지 않다고, 나는 다를 거라고 다짐했으나 같은 이유로 자신을 합리화하고 있는 나를 발견했다. 친구의 "시험 기간인데 공부해야지 어딜 가."라는 한마디에서 그때의 슬픔을 다시 떠올리고 있었다.

모르는 사람에게 쓴 돈

박우진 (컴퓨터공학과)

저를 슬프게 한 순간을 써 보겠습니다. 반강제적으로 돈을 쓴 일입니다. 그 일이 일어난 후 저는 일주일 넘게 슬픔에 빠져 밥 먹을 때 빼고 기숙사를 나오지 않았습니다.

1학년 여름 방학 때였습니다. 저는 기숙사에 연간으로 입사하여 방학 때도 집에 내려가지 않고 기숙사에 있었습니다. 방학 때 돈을 모아 보자는 심정으로 돈을 잘 쓰지 않았습니다. 돈이 아까워서 매일 밥을 하루에 한 끼 먹던 시기였습니다. 어느 날 기숙사에 같이 있던 친구가 영통역 옆 홈플러스에 장 보러 오라고 하였습니다. 친구는 먼저 홈플러스에 가 있었고 저는 혼자 기숙사에서 출발하였습니다. 홈플러스로 가던 도중 내리막길에서 길을 건너야 했습니다. 저는 먼저 길을 건너서 갈까 아니면 가서 길을 건널까 고민하던 중 주머니에 있던 동전을 던져 결정하기로 하였습니다. 동전이 앞면이 나와서 먼저 길을 건너서 가기로 결정하였습니다. 이 결정이 모든 일의 시초가 되었습니다.

　길을 건너서 가던 중 20대 후반에서 30대 초반으로 보이는 어떤 사람이 저에게 갑자기 서점이 어디냐고 물어보았습니다. 저는 서점이 어디 있는지 몰라서 영통역 근처에 있다고 하였습니다. 그런데 갑자기 저에게 좋은 이야기를 해 주겠다면서 홈플러스에 있는 롯데리아로 가자고 하였습니다. 그 사람이 일방적으로 주문을 하더니 저에게 계산하라는 손짓을 하였습니다. 갑자기 그런 순간이 오니 저도 모르게 카드를 주고 12,000원 정도를 계산하게 되었습니다. 저는 매일 밥을 하루에 한 끼 먹던 시기였는데 처음 보는 사람에게 돈을 썼다는 생각을 하니 매우 슬퍼져서 아무 생각이 없어졌습니다.

　아무 생각 없이 롯데리아에 앉아서 그 사람의 말을 듣고 있었는데 갑자기 무슨 제사를 지내라고 했습니다. 저는 정중히 거절했지만 그 사람은 자기 친구까지 데려오더니 제사를 지내지 않으면 제 일상생활에 귀신 같은 것이 저를 안 좋게 할 수 있다며 저를 위협했습니다. 그러면서 가려는 저를 보내 주지 않으려 했습니다. 제가 계속 정중히 거절했더니 그러면 최소한으로 귀신 같은 것이 저를 안 좋게 하는 것을 자신들이 손써 보겠다며 돈을 달라는 겁니다. 저는 친구가 저를 기다리기도 하고 빨리 이 상황에서 빠져나가야겠다는 생각을 하며 1만 원짜리 지폐를 주고 겨우 빠져나왔습니다. 좋은 이야기를 해 주겠다고 해서 따라간 건데 유해한 이야기에다가 돈까지 뺏기는 일이었습니다. 그 사람들은 몽둥이만 들지 않았지 강도나 다름없는 사람들이었습니다.

저는 이 일이 일어난 후 많은 생각을 해보았습니다. 만약 그때 동전이 뒷면이 나왔다면 어땠을까 하는 생각도 하였고 거절을 잘 하지 못하는 제 성격에도 문제가 있다고 생각했습니다. 저는 그 이후로 혼자 길을 가다가 처음 보는 사람이 말을 걸려고 하면 빠르게 도망갑니다. 지금도 이 일을 생각하면 돈 없어서 하루에 한 끼씩 먹던 시절에 모르는 사람에게 돈을 썼다는 것에 매우 슬퍼집니다. 다음부터는 조심해야겠다는 생각이 듭니다. 착한 사람들이 이런 악한 마음을 가진 사람들 때문에 피해를 받고 있다는 사실이 정말 슬프다는 생각이 듭니다.

상처

진영주 (화학공학과)

　초등학교 2학년 때 우리 집은 항상 난장판이었다. 깨져 있는 거
울, 부서진 액자, 엎어져 있는 의자. 멀쩡한 물건은 찾아보기 힘들
었다. 그리고 방문 너머로 들려오는 부모님들의 대화. 집안 분위
기와 마찬가지로 대화 내용의 절반은 욕설이 섞여 있었다. 얼마
후 아버지가 먼저 나와 집을 나가고 어머니는 방에서 눈물을 흘
리셨다. 부부 싸움의 원인은 아버지의 외도 때문이었다. 이런 일
은 학교를 다녀오면 항상 일어나는 일이었다. 그래서 나는 집에
들어갈 때마다 '부모님이 또 싸우시지 않을까?'라는 걱정이 들었
고, 집에 들어가는 걸 꺼려하게 되었다. 집에 들어가도 좋을 것이
하나도 없었으니 말이다. 결국 집에 들어가면 또 싸움이 날까 봐,
초조하고 불안할 뿐이었다.
　2학년 때는 내가 맹장염에 걸린 해이기도 하다. 맹장염 수술 때
문에 입원을 하게 되었다. 하지만 부모님은 싸움 중이었기 때문

에, 내 병실에는 자주 들르지 못하셨다. 오시더라도 한 분씩 오시고, 절대 두 분께서 같이 있는 모습은 볼 수 없었다. 병실은 6인실이었다. 병실에 혼자 누워 있으면, 다른 환자 가족들의 목소리가 들렸다. 화장실을 가려고 일어나면, 다른 환자들을 볼 수 있는데 환자 혼자 있는 모습은 보기 힘들었다. 가족들이 보호자용 침대에 앉아 말 상대를 해 주거나, 간호를 해 주었고, 간호를 하다 피곤하셨는지 환자용 침대에 엎드려서 잠을 청하는 분도 있었다. 그에 비해, 나는 혼자 누워 TV를 볼 뿐이었다. 다른 환자 자리와 달리, 내 자리는 매우 조용했다. 외로웠다. 이렇게 아픈데 아무도 없는 상황이 서러워서 눈물이 났다.

결국 2학년이 끝나갈 무렵 두 분은 이혼을 하시게 되었다. 나와 동생은 어머니가 맡기로 하였다. 어머니는 우리를 돌보기 위해 일을 나가시게 되었다. 그러면 나와 동생은 둘만 남아 집을 보게 되었다. 주말도 다르지 않았다. 내 친구들은 주말에 부모님과 놀러 가거나, 공원에서 같이 산책을 하는 등 부모님과 함께하는 시간이 많았다. 하지만 나는 동생과 집을 볼 뿐이었다. 친구들이 부러웠다. 4학년이 되고, 어머니는 재혼을 하셨다. 새아버지가 생겼다. 지금의 아버지는 우리들을 잘 대해 주셨고, 우리도 그런 아버지를 잘 따르게 되었다. 하지만 그렇다고 해서 상처가 지워지는 것은 아니었다.

고등학교 2학년이 되어 학교에 다닐 때, 친아버지께 전화가 왔다. 당황스러웠다. 이제 와서 무슨 일로 전화를 하신 걸까? 간단한 안부 인사가 끝나자 곧 어색해져 서로 할 말이 없었다.

"별 건 아니고, 잘 지내는지 궁금해서 전화해 봤다. 너만 괜찮다면 얼굴 한번 보고 싶구나."

"주말엔 시간이 되니 그때 뵐게요."

전화를 끊으며 생각했다.

'과연 나는 친아버지를 제대로 마주할 수 있을까?'

걱정 속에서도, 약간의 기대감이 들었다.

'과연 아버지는 어떤 모습을 하고 계시며, 어떻게 지내 오셨을까?'

주말이 되었고 약속 장소인 카페로 나갔다. 긴장된 마음으로 자리에 앉아 기다리는데 친아버지가 오셨다. 사실 어느덧 시간도 흘렀으니 괜찮을 줄 알았다. 그렇지만 불편한 느낌이 확 왔다. 그리고 당황스러웠다. 아버지는 머리가 새하얗게 세셨고, 어렸을 적에 보았던 생기 넘치는 모습은 온데간데없었다. 얼굴도 늙고 주름져 지친 표정이셨다. 내내 아버지를 원망하는 마음이 있었지만, 그런 모습을 보니, 아버지가 어떤 생활을 하고 계시는지, 약간 걱정도 들었고, 갑자기 늙으신 아버지의 모습은 내 마음을 아프게 하였다. 아버지와 대화를 나누면서, 마음 한 구석이 묵직하였다.

어디 있어요?

김예은 (디지털콘텐츠학과)

초등학교 1학년, 그러니까 내가 8살 때 대전에서 파주로 이사를 했다. 자동차 경적 소리와 도시의 화려한 불빛은 보이지 않고 끝없이 펼쳐진 논과 밭, 나무와 꽃이 가득한 산이 우릴 반기고 있었다. 집에 마당이 생기면서 나와 동생은 500원짜리 병아리를 샀다. 하지만 병아리는 얼마 키우지 못하고 사라졌다. 항상 그런 식이었다. 학교를 갔다 돌아오면 병아리든 햄스터든 강아지든 사라져 있었다. 그 사실을 뒤늦게 알고 "어디 있어요?"라고 물으면 아빠는 그제서야 그들의 죽음을 알려 주었다.

가장 처음 키운 강아지는 하얀 말티즈 쫑아였다. 쫑아는 아빠가 밥을 주고 뒤처리를 하는데도 불구하고 나와 동생을 가장 좋아했다. 우리는 어디든지 따라다니는 쫑아를 자랑스럽게 안고 다녔다. 그래서인지 어릴 적 사진 속에 쫑아를 데리고 찍은 모습이 유독 많았다. 그러던 어느 명절날 쫑아를 마당에 풀어 놓은 채 친척집으로 갔다. 평소 밖에서 풀어 놓고 키우고 있었기 때문에 걱정을 하지 않았고 아빠 차를 뒤쫓아 오다 마당 끝자락에 멈춰 선 쫑아에게 나는 손을 흔들어 주었다. 그것이 마지막 인사인 줄도 모르고 말이다. 3일 후 돌아온 집 마당에는 강아지 짖는 소리가 없었다. 나와 동생은 울면서 매일 마을을 돌아다니며 쫑아를 찾아다녔다. 하지만 우리는 결국 손끝에 익숙하게 남아 있던 쫑아의 작고 하얀 털 뭉치의 감촉을 잊어야만 했다.

알리는 쫑아가 사라진 뒤 받은 강아지다. 쫑아와는 달리 알리는 온통 까맸다. 알리는 마당 밖으로 나갔다가 혼난 이후로 다시는 멀리 가지 않았고, 산책을 갈 때는 목줄에 매이지 않고도 우리를 잘 따라올 정도로 영리했다. 알리는 언제나 우리 곁에 있었다. 버스를 타기 위해 마을 어귀로 걸어갈 때면 언제나 뒤를 쫄래쫄래 쫓아왔고, 부모님께 혼나 마당 구석에서 울고 있는 내 옆을 가만히 지켜 주었다. 오랜만에 집으로 돌아오면 해맑게 꼬리를 흔들어 반겨 주었으며 다른 사람이 먹을 것으로 유혹해도 한사코 우리에게 돌아와 주었던 알리. 내가 초등학생 때부터 대학교에 합격할 때까지도 알리는 곁에 있었다.

부천의 고등학교에 진학하게 된 이후로, 나는 일주일에 한 번만 집에 머무르게 되었다. 하지만 집에 와도 시간이 없다며 마당으로 잘 나가지 않았고 그렇게, 중학생 때까지만 해도 만져 주었던 그 까만 털을 고등학생 이후로 보지도 않았다. 알리와 함께 산책을 하자며 재촉하는 부모님의 말 또한 듣지 않았다. 변함없이 내곁에 있을 거라 자만한 것이다. 고등학교 3학년, 목줄에 묶인 알리를 우연히 발견한 날이었다. 이유를 물으니 아빠는 알리가 청력이 나빠져서 부르는 소리를 잘 듣지 못하고, 가끔 마당으로 들어오는 자동차나 오토바이를 피하지 못하기 때문이라고 하셨다. 그때도 그런가 보다 하고 말았다. 심지어 입시 때문에 바쁘다며 가끔 창문을 통해 알리를 보곤 했던 시간조차 없앴다. 대학교를 합격하고 얼마 후, 오랜만에 마당을 힐끗 보니 까만 털 뭉치가 보이지 않았다. "어디 있어요?" 아빠는 그제야 2주 전에 알리의 몸이 차갑게 굳어 버렸다는 사실을 알려주었다. 2주 후였다. 알리가 사라졌다는 것을 2주나 지나서야 안 것이다. 순간 숨이 막히고 시야가 흐려졌다. 하지만 울음을 삼켰다. 이리도 형편없는 내게는 울자격조차 없었다.

지금 생각해 보면 나는 알리와 많은 시간을 보내면서 알리의 죽음이 다가옴을 무의식중에 알고 있었던 것 같다. 그래서 입시를 앞두고 과도한 상처를 받고 싶지 않아서, 절망의 순간이 오더라도 태연하게 있고 싶어서, 알리를 멀리할 이유를 스스로 만든 것일 수도 있었다. 아무튼 나는 소중한 알리를 허무하게 보내야만 했다. 스스로를 보호하기 위해 만들어 낸 무관심한 태도는 몇 배의 고통과 슬픔으로 내게 다시 돌아와 아프게 했다. 마무리 단계에 접어든 수능 공부마저 방해받을까 봐 무심하게 행동하면서 알리가 느꼈을 쓸쓸함을 전혀 생각하지 않았다. 알리에게는 절박했을 그 마지막 순간에도 나는 끝까지 이기적이었던 것이다. 항상 함께 있기 때문에 소중한 것이다. 아무리 가까운 사이라도 나의 이기심, 비겁함까지 허용되는 것은 아니다. 알리를 잃은 슬픔을 통해 뒤늦게 알게 된 이 깨우침을 통해 나는 부모님께 먼저 주중에 있던 일상들을 꺼내어 대화하고 친구들에게 안부를 묻고 연락하고 있다. 아직도 떠올리면 가슴 치도록 후회하게 하는 그러한 무관심의 결과를 다시 겪고 싶지 않기 때문이다.

왕이모부

김봄누리 (환경조경디자인학과)

나는 가끔 후회한다. 그때 그 일이 노다지였을지도 모르는데. 그때
그 사람이, 그때 그 물건이 노다지였을지도 모르는데. 더 열심히 말
을 걸고, 더 열심히 귀 기울이고, 더 열심히 사랑할 걸. 반벙어리처
럼, 귀머거리처럼 보내지는 않았는가. 우두커니처럼 더 열심히 그
순간을 사랑할 것을. 모든 순간이 다아 꽃봉오리인 것을. 내 열심에
따라 피어날 꽃봉오리인 것을.

— 정현종, 「모든 순간이 꽃봉오리인 것을」

　시를 읽고 마음 한 귀퉁이에 아련히 떠오르는 '그대'는 남의 것
이라고 여겼다. 동생이 입에 침이 마르게 자랑한 몽골 밤하늘 찬
란한 별들의 잔치도 나의 것이 되길 원한 적 없었다. 반백 살에 가
까워지고 있지만 애기 사과나무 꽃을 나의 결혼식 부케로 결정했
다고 문자 오는 소녀 감성 우리 엄마 배 속에서 꽃 '냄새'를 싫어

하는 내가 어떻게 태어났는지가 우리 집안 최대의 미스터리였다. 그렇지만 문득 읽게 된 저 감상적인 시로 인해 봄볕에 눈이 부셔 앞이 안 보이던 순간처럼 한참을 그 자리에 묶여 움직일 수 없었다. 누군가가 떠날 때는 반가운 웃음을 띠며 잘 지냈냐는 진심어린 인사와 함께 도란도란 이야기 나눌 수 있는 기회가 당연하게 다시 찾아올 것이라 믿어 의심치 않았다. 그랬던 내가 큰 이별에 당하고 난 후 자꾸만 엄마를 닮아 간다.

"통다리 통다리 통통통 통통다리 통통다리 통통통"이게 무슨 요상한 주문인가 싶겠지만 우리 이모부가 지랄맞은 나를 놀리려고, 다시 말하면 지랄맞은 나의 반응이 보고 싶어서 굳이 만들어 낸 노랫가락이다. "하지 마!" 빚어 놓은 마늘쪽같이 야무진 얼굴에 털을 바짝 세운 고양이처럼 앙칼진 목소리로 울어 젖히는 모습이 뭐가 재미있다고 달래지도 않고 껄껄 웃기만 했는지. "따악 보믄 봄누리는 키 안 크게 되았구먼. 저렇게 다마네기같이 생긴 애들은 근분 저러다 말어." 어렸을 때부터 온 몸이 딱딱하고 동글했어도 지금은 딸 셋 중에 제일 날씬한데, 이 다리로 계주 뛰어서 역전승의 히어로로 우뚝 서기도 하고 엉덩이에 뿔 나도록 공부해서 멋진 대학생이 되었는데. 이모부는 경운기 한번 타고 싶어서 아이스크림 물고 마당에서 하루 종일 기다리던 내 모습만 눈에 담은 채 어느 날 갑자기 떠나셨다.

정 많고 흥 많은 우리 이모부는 내가 끝까지 걱정되어서, 슬픔한테 지지 말라고, 또 옛날처럼 온 동네방네 떠나가도록 울지 말라고, 돌아가시고 난 후 그토록 사랑하던 마누라도 아니고 딸도 아니라 내 꿈에 나타났다. 갈색빛이 가득 돌고 어두컴컴한 복도 끝에 불 켜진 방 하나, 공사장 인부, 밭 갈다 잠시 새참 먹으러 들어온 농부, 노름으로 땅을 잃은 한량 등 하나같이 허름한 행색의 사람들이 삼삼오오 모인 형국 속에 우리 이모부는 누구보다 신난 표정으로 고스톱을 치고 있었다. "이모랑 언니랑 다 기다리고 있으니깐 나랑 같이 가자." 나의 말에 "너만 가아, 나는 여그서 충분 즐거워야." 하던 이모부. 그렇게 그 옆에서 쭈그려 잠든 나를 깨워 무심하게 보내더니 이젠 꿈에서조차 코빼기도 안 비치는 이모부. 내 마음을 아는지 모르는지. 나는 애꿎은 이모부 사진만 줄기차게 그려 대면서 그리움을 삭히는데 말이다.

봄이면 지퍼 잔뜩 달린 누런색 조끼 입고 농약 사러 나온 이모부, 여름이면 갈라진 시멘트 마당에 형광 주황색 물탱크 자루로 풀장 만들어 준 자상한 이모부. 가을이면 유난히 그을린 얼굴 사이로 소처럼 큰 눈이 더 왕방울만 하게 보이던 부지런한 이모부. 겨울이면 영원한 이모부의 애마, 갤로퍼 끌고 심심해서 왔다며 현관문을 벌컥 열고 들어오던 선물 같은 이모부. 나는 결국 사계절 내내, 1년 내내 마음으로도 이모부를 그린다. 이모부는 뉴스에 나오는 김연아를 보고 봄누리 닮은 애라며 좋아했지만, 나는 내가 보는 세상이 다 이모부를 닮아 있어서 볼 수 없어 더 애타는 심정으로 우리 왕이모부가 날이 갈수록 더 보고 싶다.

일찍 어른이 되어 버린 오빠

민지원 (글로벌커뮤니케이션학부)

누구나 남들에게 말하지 못하는 비밀을 하나쯤은 가지고 있을 것이다. 나에게도 남들에게 쉽게 꺼내지 못하고 혼자 꽁꽁 싸매고 있는 비밀이 하나 있다. 바로 나에게 가장 아픈 손가락인 우리 오빠의 이야기다. 오빠는 나보다 4살이 많다. 우리는 가끔 티격태격 싸우기도 하지만 오빠는 어렸을 때부터 나를 무척이나 예뻐했고 지금도 20살이 된 나를 어린아이 취급하며 살뜰히 챙긴다. 나의 친구나 주변 사람들도 항상 여동생한테 이렇게 잘해 주는 오빠는 없을 거라며 입이 마르도록 칭찬을 한다. 오빠에게 고마움을 느끼면서도 표현에 서툴러 무심하게 대하기는 하지만 항상 오빠를 생각하면 마음 한구석이 먹먹해진다.

오빠가 유난히 나를 살뜰하게 챙길 수밖에 없었던 것은 어려운 집안 사정 때문이었다. 어렸을 적부터 맞벌이를 하신 부모님 때문에 자연스럽게 오빠와 가장 많은 시간을 보내며 살아왔다. 그리고 내가 초등학교 5학년 때, 예상치 못했던 큰일이 우리 가족을 덮쳤다. 운송업을 하시던 아버지께서 큰 교통사고를 당하신 것이었다. 아버지는 며칠 동안 의식을 잃은 상태로 중환자실에 계셨다. 그때 이렇게 아버지를 잃는 건가 생각했다. 다행히도 몇 번의 대수술 끝에 의식을 찾으셨지만 오랫동안 병원 생활을 하셔야 했다. 어머니는 아버지의 간호에 매달리시느라 매일 병원에서 생활하셨다. 외할머니가 우리 남매를 돌봐 주셨지만 그 당시 어렸던 우리에게 부모님의 빈자리는 매우 컸다.

아버지가 완전히 회복을 하시고 집에 돌아오셨을 때 집안 형편은 수술비와 병원비, 사고 처리비를 부담하느라 많이 기울어진 상태였다. 아버지께서 당장 일을 하실 수도 없는 상황이었고 당신에게 일어난 큰 사고를 받아들이지 못하셔서 하루하루를 악몽과 괴로움 속에 보내셨다. 어머니 또한 몸도 마음도 많이 지친 상태였다. 결국 다투시는 날이 많아졌고 갈등의 골이 깊어지면서 부모님은 이혼이라는 선택을 하셨다. 그래서 오빠와 나는 어머니와 함께 생활하게 되었다. 아버지의 사고는 초등학생이던 나에게 감당할 수 없는 충격이었다. 게다가 더불어 생긴 아버지의 빈자리는 나를 더 아프게 했다. 그랬던 당시에 나를 보듬어 주고 아버지의 빈자리를 너무나도 훌륭하게 채워준 사람이 바로 중학생밖에 되지 않았던 오빠였다. 오빠는 좋은 곳이 있으면 항상 나를 데리고 다녔고 맛있는 것이 있으면 항상 내가 맛볼 수 있게 해 주었다. 그렇게 우리는 서로를 살뜰히 챙기며 성장해 갔다.

오빠가 고등학교 2학년일 때, 우리 가족에게 또 한 번의 큰 아품이 찾아왔다. 한동안 오빠가 다리와 허리가 뻐근하다고 말을 해 왔는데 몇 달 동안 물리 치료를 받았지만 상태는 더욱 악화되었 고 결국 걷는 것에도 지장이 생겼다. 그래서 의사 선생님의 권유 로 대학 병원에서 CT와 MRI, 조직 검사까지 받게 되었다. 그리고 오빠는 강직성 척추염이라는 진단을 받았다. 강직성 척추염은 유 전적 원인에 의해 척추에 염증이 생기고 점점 움직임이 둔해지는 완치의 방법이 없는 병이다. '이런 무시무시한 질병이 오빠의 몸 속에 자리하고 있으며 상태가 악화되면 침대에 가만히 누워서 평 생을 보내야 한다.'라는 청천벽력 같은 소리를 들으며 나는 충격 과 혼란에 빠졌다. '내가 의지할 곳은 오빠밖에 없는데 ……' 너무 나 두렵고 무서워서 혼자서 많이 울었다. 오빠 자신은 훨씬 더 놀 라고 현실을 받아들이기 힘들었을 텐데도 나의 앞에서는 아무렇 지 않은 척, 애써 담담한 척을 해 보였다. 그 후 꾸준히 약물 치료 와 정기 검진을 받으면서 다행히도 오빠의 건강 상태는 많이 호 전되었다. 그러나 언제 어떻게 다시 악화될지 모르기에 안심할 수 없다. 솔직히 너무나도 두렵고 겁이 난다.

작년 이맘때쯤, 내가 수능을 치고 온 날 저녁에 오빠가 나에게 통장 하나를 건넸다. 통장 앞에는 '지원이 졸업 선물'이라는 글씨 가 적혀 있었다. 통장을 열어 보니 100만 원이 조금 넘는 돈이 들 어있었다. 자신이 아르바이트를 해서 모은 돈이라며 그 동안 공 부한다고 수고했다고, 친구들이랑 놀러 다니고 필요한 거 사는 데 쓰라고 했다. 고마운 마음에 그 자리에서 왈칵 눈물이 쏟아졌다. ' 오빠도 먹고 싶은 거, 사고 싶은 게 많을 텐데 ……' 나를 위해 참고 양보했다는 것이 마음을 아프게 했다. 내가 타지 생활을 하고 있는 지금도 오빠는 자신의 월급 일부를 종종 용돈으로 쓰라며 보내 주곤 한다. 항상 자신이 하고 싶은 것을 참고 나에게 양보하는, 일찍 어른스러워져야 했던 오빠를 생각하면 너무나 고마우면서도 가슴 한편이 아려온다. 든든한 버팀목이 되어 큰 방황 없이 나의 유년 시절을 보내게 해 준 오빠. 이제는 나도 오빠에게 힘이 될 수 있는 존재가 되고 싶다. 지금까지 그래 왔듯 서로에게 의지하며 평생을 좋은 남매 사이로 남고 싶다.

첫째라는 숙명

김영선 (환경학 및 환경공학과)

큰언니, 큰누나, 맏딸, 장녀, 영선이. 가족들이 나를 부를 때 사용하는 호칭들이다. 나는 오남매 중 셋째도 다섯째도 아닌, 첫째 장녀이다. 막내 남동생과는 7살 차이가 나고, 둘째와는 3살 차이가 난다. 3째, 4째는 일란성 여자 쌍둥이이고 나와는 5살 차이이다. 우리 집은 7명이 서로 의지하고 화목하게 살아가는, 요즘 보기 드문 대가족이다.

어렸을 때는 동생들이 많은 게 싫었다. 방은 항상 둘째 동생과 같이 써야 했고 다른 사람의 옷, 학용품, 심지어는 속옷도 물려 입어야 했다. 밥을 먹을 때도 맛있는 반찬이 금방 없어질까 봐 눈치 보며 먹어야 했고 계란을 10개 삶아도 1개씩밖에 먹질 못했다. 늘 원하는 만큼 얻지 못했고 부족했다. 나는 그게 동생들이 많아서라고 생각했었다. 동생들은 우리 집 사정을 어렵게 만들고 나의 것을 빼앗아 가는 약탈자일 뿐이었다. 동생들이 조금만 잘못해도 혼을 냈고 매일 동생들의 행동을 비난하며 자존감을 떨어뜨리게 했다. 특히 중학생이었을 때 나는 공부에 미쳐 나의 시간을 낭비하는 상황을 용납할 수가 없었다. 어느 한 날은 12시까지 독서실에서 공부하고 아빠가 데리러 왔었는데 동생이 친구도 같이 데려왔다. 동생은 아빠에게 친구를 집까지 태워 달라고 부탁했다. 아빠는 흔쾌히 데려다주었지만 정작 나는 화가 너무 났다. 갑자기 예상치 못한 변수가 나타나 내가 차 안에서 10분을 낭비하게 됐기 때문이다. 동생 친구가 차에서 내리자마자 나는 하이에나가 먹이를 발견하듯 정신없이 쏘아붙였다. "너 때문에 내가 왜 공부도 못하고 10분을 버려야 하냐, 도움이 안 된다, 왜 그렇게 남을 방해하냐?"라고 말이다. 지금 생각해보면 나는 그때가 제일 나쁜 아이였던 것 같다. 동생들이 조금만 잘못해도 이해해 주지 못하는 그런 언니였다.

고등학생이 되면서 나는 기숙사 생활을 하게 되었다. 드디어 동생들에게서 벗어날 수 있게 된 것이다. 기숙사 입사 날, 나는 오후 7시까지 입사하면 되는데도 불구하고 최대한 빨리 집을 벗어나고 싶어 아침에 입사했다. 부모님과 마지막 인사를 했을 때 엄마는 우셨지만 나는 웃고 있었다. 나에게 기숙사 입사는 드디어 나 혼자만의 공간이 생긴, 오로지 나 자신만 생각할 수 있는 자유가 생긴다는 것을 의미했다. 처음에 몇 주는 너무 행복했다. 혼자 침대에 누워서 자고 혼자 맛있는 거 배 터지게 먹고 화장실도 오랜 시간 사용해도 재촉하는 사람이 아무도 없었기 때문이다. 그 누구의 간섭도 받지 않고 눈치도 보지 않는 기숙사 생활이 영원했으면 좋겠다고 생각했다. 한 달의 시간이 흘러 집에 돌아가는 귀가 시간이 되었다. 집에 별로 가고 싶지 않았지만 전 기숙사생 귀가라 어쩔 수 없이 집에 갔다. 아무런 설렘 없이 집에 갔는데 4명의 동생들이 현관까지 나와서 나를 반겼다. 색종이로 포장한 선물들과 편지를 주었다. 그리고 이 세상에서 제일 행복한 표정으로 나를 바라보았다. 나는 그때 느꼈다. 내가 제일 나쁜 언니, 누나라는 것을. 동생들은 나에게 단 한 번도 악의로 행동한 적이 없었다. 항상 내가 동생들을 미워하고 혼냈을 뿐이었다. 더욱 슬픈 건 그렇게 미워하고 혼냈어도 동생들은 나에게 단 한 번도 불평을 안했다는 것이다. 언니, 누나라는 이유로 나의 질책과 모진 비난을 묵묵히 듣고만 있었다. 이 사실을 깨달은 이후 한동안 많은 생각을 했었다. 사실 우리 집이 경제적으로 힘들었던 건 동생들 때문이 아니었다. 그것은 다른 집과 경제적으로 비교하고 낙담했던 내 자신의 문제였다. 그리고 동생들은 나의 것을 빼앗는 존재가 아니었다. 애초부터 나의 것은 없었다. 우리 가족 모두의 것이었다. 하지만 나의 욕심이 나의 눈을 멀게 했고, 배려심이 없는 사람으로 만들었다. 결국 모든 문제는 동생들이 아닌 나에게 있었다는 것을 깨닫게 되었다. 그 후로 동생들을 먼저 생각해 주는 큰언니, 큰누나가 되어야겠다고 다짐했다.

귀가하는 날이면 동생들에게 음식을 만들어 줬다. 맛없어도 맛있게 먹어 주는 동생들이 너무 고마웠다. 소풍이나 수학여행 갈 때면 나의 것은 안 사고 그 돈으로 동생들의 선물을 사 줬다. 비록 비싼 건 아니지만 비싼 것처럼 소중히 다뤄 주는 동생들이 대견스러웠다. 동생들을 나보다 먼저 생각하며 살았다. 그동안 못되게 군 죄를 어느 정도 갚았다고 생각하며 내 자신도 죄책감에서 서서히 벗어나고 있었다. 하지만 대학생이 된 지금, 동생들을 챙기면서 정작 내 자신을 돌보지 못하고 있다. 그러면서 또 한 번의 괴리에 빠지게 되었다. 내가 원하는 걸 하고 싶지만 그렇게 되면 동생들에게 기회가 없어진다. 요즘 해외로 어학 연수를 다녀오고 싶다는 소망이 생겼다. 어학 연수를 다녀오면 적어도 1년은 부모님의 돈으로 해결해야 하는데 그 비용이 만만치 않다. 뿐만 아니라 하루 일찍 취직을 해서 가족에게 경제적으로 도움이 되어 동생들을 부양해야 하는데 내가 어학 연수를 가버리면 부모님이 전부 다 책임을 지셔야 한다. 부모님, 동생들을 위해서라도 하루 빨리 취직을 해야 하지만, 나는 아직 경험해 보지 못한 것들이 많다. 혼자 유럽으로 배낭여행도 가고 싶고, 휴학하면서 내가 하고 싶은 일들을 해 보고 싶다. 하지만 내가 그렇게 자유를 누리는 만큼 부모님이나 동생들에게는 부담이 될 수밖에 없다. 첫째라는 책임감 때문에 내가 하고 싶은 일에 어느 정도 제약이 있다는 것을 느꼈다. 그 제약을 벗어나려 발버둥쳐 봐도 나는 이미 첫째이고, 첫째의 책임감을 알고 있는 장녀이다. 내가 첫째이기 때문에 내가 잘 되어야 동생들도 잘 따라올 수 있다는 책임감. 무겁기만 하다.

지금은 내가 하고 싶은 일과 내가 짊어지고 있는 책임감 사이에서 절충을 찾으려 노력하고 있다. 사실 이 둘은 서로 상반되는 개념이다. 그래서 그 중간을 찾기가 너무 힘들다. 내가 하고 싶은 일을 하며 살아야 내 인생인데 이 세상은 나 혼자 살아가는 게 아니다. 나의 가족들과 함께 살아가는 것이다. 그래서 동생들을 위해 내가 양보하는 부분도 있어야 한다. 하지만 이 양보가 어디까지가 적정선인지 모르겠다. 내가 어디까지 책임감을 느껴야 되는지도 아직 고민 중에 있다.

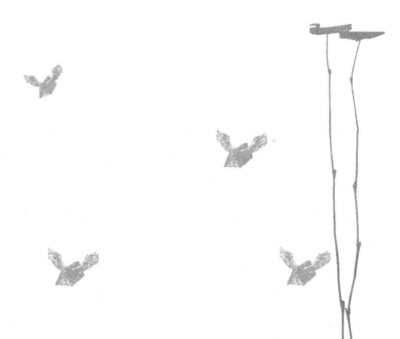

4장

나는 대학생이다

"나는 대학생이다"는 주어를 공유하는 이들이 상당히 많은 포괄적 진술이다. "나"의 정체성을 큰 틀로 느슨하게 설명할 뿐 정확히 드러내지는 못한다. 내가 누구인지 분명히 말하기 위해서는 세밀한 진술, 묘사, 비유, 증명 등이 필요하다. 구체성은 주체성과 창의성을 여는 열쇠이다. 내가 주인이 되는 삶, 무언가를 새로 찾고 만드는 삶은 구체적인 목표와 실천 없이는 불가능하다. 살아가기와 글쓰기의 원리는 '구체적으로, 생생하게, 온몸으로'라는 점에서 같다. 삶과 글의 주체로서 나는 '그냥' 대학생이 아니라 '어떤' 대학생인지 말해야 한다. ― 사회를 성찰하는 글쓰기 중에서

나 자신에게 길을 묻다

이정민 (식품생명공학과)

꿈이라는 단어는 막연하다고 하는 것이 가장 적합한 표현인 것 같다. 어릴 적부터 장래 희망이 무엇이냐는 질문에 수도 없이 대답해 왔지만 진로가 정해져야 할 현 시점에서는 확실한 답은커녕 우물쭈물하고 있다. 초등학생 때부터 줄곧 내 꿈이었던 선생님? 아니면 전공을 살린 식품 관련 연구원? 여러 갈래로 나뉜 갈림길 앞에서 나는 오늘도 길을 잃고 헤매고 있다.

대학교에 입학하고 얼마 지나지 않아 단과 대학에서 성공적인 대학 생활을 위한 새내기 특강을 진행했다. 1학년은 무조건 참여해야 한다는 의무감도 있었지만 대학 생활을 시작한 지 얼마 지나지 않았기 때문에 관심이 생기는 것은 사실이었다. 대학에 대해 중요한 내용을 전해 줄 것 같았기 때문이다. 하지만 막상 특강이 시작되고 나서는 마음이 180° 변했다. 제목만 봤을 때는 희망찬 내용일 것만 같았던 특강은 줄곧 비관적인 내용으로 일관했다.

좋은 대학교를 나와 잘나가는 외국계 컨설팅 회사에서 많은 임금을 받고 일했다는 강연자의 말, 나를 비롯한 주변 사람들은 이건 신입생을 위한 강연이 아니라 강사의 PR인 것 같다고 말했다. 뒤로 갈수록 내용은 더 가관이었다. 성공적인 대학 생활을 할 수 있는 방법을 알려 주지는 않고 경희대학교 생명과학대 그 자체를 비꼬는 내용이었다. 우리 학교의 취업률도 높은 편은 아니지만 생대의 취업률은 너무 낮아 보여 줄 수도 없다는 강연자의 말은 충격으로 다가왔다. 그러면서 일부 성공한 사례를 보여 주며 지금부터 준비하면 성공적인 대학 생활이 될 수 있다는 내용으로 강연은 마무리되었다. 하지만 강연이 끝나고 내 머릿속에 남은 내용은 긍정적 부분이 아닌 저조한 취업률, 진로를 정해 놓지 않으면 펼쳐지게 될 절망적인 미래뿐이었다. 새내기 특강이 앞으로의 대학 생활에 대한 설렘이나 기대보다는 두려움과 암울함을 먼저 던져 준 것이다.

이날 이후 정말 많은 생각을 하게 되었다. 고등학교 때부터 재수 생활을 거치면서까지 꿈꿔왔던 대학 생활은 여행도 다니고 내가 원하는 전공을 배우며 차근차근 진로를 설정해 나가는 것이었다. 하지만 현실은 이상과 달랐다. 내가 차근차근 진로를 탐색하고 정해 가는 사이 누군가는 이미 진로를 결정하여 화려한 스펙을 준비하고 있다. 내가 진로를 결정하면 그들은 이미 취업을 준비하고 있을 것이다. 꿈꿔 왔던 대학 생활을 즐기면 발 빠른 남들보다 언제나 한 발짝 뒤에 있을 것이다. 나는 현실을 직시했다. 1학년 때는 놀아도 된다는 말은 이상적인 말에 불과했다. 생대로 프로그램은 내가 조금 뒤처졌다는 것을 보여 주는 단적인 예이다. 사실 새내기 특강에 대해 모두가 부정적인 생각을 갖고 있는 것은 아니었다. 현실이 만만하지 않으니 지금부터 준비하라는 경고를 우리에게 보냈고 우리는 준비하면 된다는 것이다. 잠시 여유를 갖고 새로운 생활을 맞이하려던 내가 한심해 보이는 순간이었다.

내 자신이 한참 초라해 보이던 그때, 친구들과 고등학교를 찾아가게 되었다. 서로 근황을 물으며 웃고 떠드는 사이 친구들이 먼저 고민을 털어놓기 시작했다. 2학년이 되니 전공이 적성에 맞는지 모르겠다는 내용부터 벌써 취업 걱정을 하는 친구까지 각양각색이었다. 자연스레 나도 고민을 얘기했다. 말없이 듣기만 하시던 선생님은 문득 우리에게 질문을 던지셨다. 지금 다니고 있는 대학에 입학하게 될 줄 처음부터 알고 있었냐는 것이었다. 그 질문이 우리 고민에 대한 정답이었다. 미래가 정해져 있는 것이 아닌데 암울한 미래를 미리 걱정한 것이었다. 20대, 실수해도, 꿈이 확실하지 않다고 해도 너무 두려워할 필요는 없다. 그것 또한 아직 20대이기에 용납이 되는 것이다. 이것이 고민이 많은 우리들에게 내놓은 선생님의 결론이었다.

솔직히 경쟁 사회에서 아직 진로가 정해지지 않은 것은 무척이나 두렵다. 새내기 특강이 부정적인 내용으로만 이루어져서 절망적이었던 것은 변명에 불과할지도 모른다. 단지 이미 그 현실을 어느 정도 직시하고 있었기 때문에 부정하고 싶었다고 하는 것이 맞을 것이다. 미래는 아무도 모르기 때문에 두려움과 절망을 가질 수밖에 없다. 그 두려움을 희망으로 바꾸는 것은 이제 내 몫이다.

그리고 내게 꿈이 없는 것은 아니다. 식품 관련 연구원, 약대 진학, 교사 등 하고 싶은 일이 많아서 아직 갈등 중인 것이다. 길이 아직 정해지지 않아서 시행착오를 겪으며 진행될 뿐이라고 생각한다. 그렇기에 진로가 확실히 정해지지 않았다고 해서 조바심을 낼 필요도 없다. 올해 목표를 진로를 설정하는 것으로 삼아 노력하고, 또 노력하는 중이다. 아직 다가오지 않은 미래를 꿈꾸며 오늘도 난 그 꿈을 향해 달려 나갈 것이다.

남들과는 다른 나를 만들어라

신일섭 (컴퓨터공학과)

경희대학교 학우 여러분 안녕하십니까. 이 자리에서 후배 여러
분께 제 보잘것없는 대학 생활 이야기를 하게 돼서 영광입니다.
대학 생활, 하면 역시 친한 과 동기나 동아리원들끼리 여럿이서
몰려다니면서 술을 마시거나 피시방을 가거나 노래방을 간다든지
하는 것들이 생각나시겠죠? 낭만적인 캠퍼스커플이 생각나는 분
이 계실지도 모르겠네요. 하지만 유감스럽게도 제가 이쪽으로는
조언을 드리기가 힘듭니다. 저는 북적북적한 것보다는 조용한 것
을 좋아하고 친한 친구와 2~3명이서 소수로 몰려다니는 것을 더
선호하기 때문이죠. 대학 생활을 동기들과 즐기는 방법은 후배분
들이 더 잘 아시리라 믿고 저는 대학생의 일과 후 남아돌지도 모
르는 시간의 활용에 대한 제 이야기를 해보려 합니다.

첫째로 자신만의 취미를 가지세요. 전 대학교 1학년 때부터 기
타를 배우기 시작했습니다. 고등학교 때부터 대학만을 바라보고

공부하던 시절에는 딱히 남는 시간 같은 것은 없었습니다. 물론 있다 하더라도 복습과 예습만이 당시에는 후회를 남기지 않는 방법이었죠. 기타에 대한 관심은 예전부터 있었지만 시간이 없었기에 남들이 연주하는 동영상으로만 대리 만족을 했었습니다. 그리고 대학생이 되었고 시간이 남기 시작했죠. 사실 무언가를 배우기 시작해 손에 익히는 것의 어려움을 알고 있었기에 기타를 직접 쳐 볼 생각은 하지 않고 있었습니다. 그런데 어느 강의에서 활동으로 서로의 취미를 묻는 부분이 있었습니다. 말문이 턱 하고 막혔습니다. 눈앞이 깜깜해졌습니다. '공돌이 짓 빼고 내가 할 줄 아는게 뭐가 있지?' 하는 생각이 들더군요. 공부하는 기계로 살아왔는데 대학에 가서도 학점만 쫓아가는 기계로 살긴 싫었습니다. 그렇게 그날 바로 기타 학원에 등록했고 부끄럽지만 지금도 배움의 어려움을 겪으며 기타를 배우고 있습니다. 누군가 '넌 취미로 뭘 잘해?'라고 물어보면 자랑스럽게 말할 수 있는 취미를 키우세요. 당신만의 재능을 가지세요.

둘째로 전공 관련 독학을 하세요. 공부에서 한 걸음 물러서란 이야기를 했는데 뭔 소리인가 싶을 겁니다. 제 말의 의미는 전공과 관련되어 있지만 교육 과정에는 없는 그런 번외적인 공부를 하라는 것입니다. 시험 기간에는 시험 범위 내용 빼고는 논문을 읽어도 재밌다는 우스갯소리가 있죠? 정말 의외로 그렇습니다. 시험과 학점이라는 압박에서 벗어나 여러분이 여러분의 전공을 결정했던 그 순간의 마인드로 전공을 접해 보세요. 잊었던 초심의 취미가 살아날 것입니다. 저도 자바, 파이썬 등의 프로그래밍 언어,

즉 교육 과정인 C 계열에서 벗어난 언어를 공부했고 재미를 찾았습니다. 별 특별한 이유가 있는 것이 아닙니다. 단지 내가 하고 싶어서 하는 공부였기 때문입니다. 저도 프로그래밍이 좋아서 컴퓨터공학과를 갔지만 시험 범위의 프로그래밍은 싫고 그 외의 프로그래밍에는 흥미를 느낍니다. 여러분도 그럴 것입니다. 자신의 적성이 의심이 가면 남는 시간에 취미 말고도 시험 범위 외 전공 공부를 시도해 보세요.

마지막으로 여행을 다니고 시야를 넓히세요. 여행 좋죠. 저 같은 경우는 소수로 가는 걸 좋아하지만 다수도 좋습니다. 여행은 즐겁기도 하지만 자신이 살아왔던 환경이 아닌 새로운 환경을 접하면서 생각 자체의 틀을 넓혀 줍니다. 개구리가 우물 안에 있으면 하늘은 좁게 보게 보일 수밖에 없고 하늘이란 게 넓을 수 있다는 자각 자체를 할 수 없듯이 한 곳에만 머물러 있으면 아무리 발버둥쳐도 시야를 넓힐 수 없습니다. 대학을 졸업하기 전 마지막으로 유럽을 여행해 보려고 돈을 모으고 있습니다. 그 시야란 제 여행으로 보자면 현지인들의 한국인들과 완전히 다른 사고방식, 다른 자연환경, 기존과는 다른 여러 도구들과 길, 언어, 시설 등이 있겠죠. 이 여행이 어떤 각도로 어떤 도움을 줄진 모르지만 제가 앞으로 경험할 여러 시련들을 좀 더 넓은 시야에서 바라볼 수 있다면 그 시련을 보다 쉽게 넘어갈 수 있는 길을 찾을 수 있겠죠.

학점도 좋고 스펙도 좋습니다. 우리 미래에 당연히 영향을 끼칠 것들이죠. 하지만 여유 없이 저런 것들만 챙긴다면 우린 과연 행복할까요? 나중에 대학을 졸업할 때쯤 우리를 돌아보면 내가 대학에서 남들과 달랐던 것이 무엇인가. 고등학교 때와 다른 무언가를 얻었는가에 대한 질문에 대답할 수 있을까요? 전 할 수 있습니다. 즐겁게 기타를 치고 학교에서 가르치지 않은 내 전공의 즐거움을 스스로 찾았으며 여행을 하면서 이 세계의 넓음을 깨달았다고요. 여러분의 '자신'을 만드시길 바랍니다.

내가 꿈꾸던 대학 생활의
환상과 현실의 차이

유재상 (컴퓨터공학과)

다들 대학에 들어오면서 대학 생활에 대한 몇몇 환상들을 가질 것입니다. 그것은 오랜 기간의 대입 공부에 대한 보상 심리이며 대학이 좋은 곳이라고 알리기 위한 어른들의 말입니다. 저 역시 대학 생활에 대한 환상이 있었습니다. 대학에 가면 사람들은 교양 넘칠 줄 알았고, 수업에 들어가면 다들 학업에 열중하며 어떤 수업들은 사회의 문제에 대해 무게 있는 토론을 할 줄 알았습니다. 마치 제가 봤던 마이클 샌델의 '정의란 무엇인가'의 강의가 진행되는 모습처럼 진지함이 가득한 학습 분위기를 꿈꿨습니다. 그러나 현실은 제 상상과는 좀 달랐습니다.

대학에 들어오고 나서보니, 고등학교와 다를 바 없었습니다. 고등학교와는 달리 정말 흥미롭고 현실과 밀접한 학문을 배울 줄 알았지만, 대부분의 강의는 고등학교의 연장선상의 것들이었습니다. 또한 저처럼 맨 뒤에 앉아 떠드는 이도 있었고, 수업 시간 내내 핸드폰을 하는 이도 있었으며, 이유 없이 수업에 결석하는 이들도 있었습니다. 사람들은 그것을 대수롭지 않게 여겼고 흔히 있는 일 정도로 생각합니다. 좀 다른 게 있다면, 수업이 끝난 후 술 먹으러 간다는 정도일까요. 물론 다들 그렇다는 건 아닙니다. 일부일 수도 있고 대부분일 수도 있지만 물론 전부는 아닙니다.

또 한 가지는 교양 수업이었습니다. 학과 특성상 교양을 들을 여유가 없어 후마니타스칼리지 수업밖에 들을 수 없었는데, 저는 그 강의가 참 좋았습니다. 제가 정말 바라던 과목이었습니다. 지금껏 다루지 않았던 지식들이었고 각 단원이 저에게 영향을 끼치는 것들이 느껴졌습니다. 하지만 다른 사람들에겐 그렇지 않았나 봅니다. 그들은 그저 공부해야 할 과목 정도로 생각했으며 정말 거기 있는 주제들에 대해서 생각하는 것이 아닌 암기 과목 정도였습니다. 제가 누군가에게 인간의 가치 탐색, 우리가 사는 세계, 시민 교육의 내용에 관해 물어봤을 때 대부분은 골치 아프다며 기피하기 일쑤입니다.

그리고 마지막으로 여담이지만, 많은 사람들이 대학에 들어오면 캠퍼스 커플을 꿈꾸는 청춘의 모습들도 그려봅니다. 그러나 현실은 이상적인 캠퍼스 커플을 만들기에는 어려움이 많습니다. 그리고 대학에 오면 예쁜 여학생들을 많이 만날 수 있다고 하는 데 이 또한 현실은 그렇지 않습니다. 남고 · 여고의 경우보다 분명 이성을 접할 기회는 많겠지만, 그렇다고 그게 그린 라이트는 아니니 괜히 지레 짐작하고 고백하는 일은 없길 바랍니다.

분명 꿈꿔 왔던 대부분이 환상과 현실의 차이에서 오는 허상이었지만 그렇다고 대학이 부질없다는 건 아닙니다. 분명 누군가는 깊은 생각을 하며, 열심히 강의를 듣고 있을 것입니다. 그러나 강의를 열심히 듣는다는 것이 여러분에게 있어서 대학의 가치가 학점이 되게 하지는 마십시오.

 대학생들의 모습은 곧 우리들의 모습이며, 그걸 바꾸어가는 것역시 우리라고 생각합니다. 대학 생활의 환상이 깨졌다고 낙담하지 말고 그 환상을 현실로 만들어 보세요. 그러면 대학을 다니는 것이 즐거워질 것이며, 자신이 대학생이라는 것이 어느 순간 자랑스러워질 것입니다.

내가 만들어 가는 대학 4년

김성훈 (국제학과)

안녕하세요, 사랑하는 경희대학교 후배님들. 반갑습니다. 여러분 학교생활은 잘 하고 계신가요? 고등학교 때와 달리 매일 놀 수 있어 행복하신가요? 혹은 자신이 생각했던 대학과 달라 지루하기도 하고, 불투명한 미래를 두려워하며 힘들게 대학 생활을 하고 계신가요? 신입생 시절, 저는 전자보다는 후자에 더욱 가까웠습니다.

모든 게 대학에 가면 해결될 것이라는 생각을 갖고 고등학교에서 열심히 공부했고, 또 남들이 말하는 소위 SKY만을 바라보며 열심히 공부했습니다. 다소 아쉽지만 경희대학교에 입학하게 되었고, 제 기대에는 미치지 못했지만 3년 동안 열심히 공부해 만들어 낸 결과라는 생각에 긍정적으로 학교생활을 시작했습니다. 학과 활동에 활발히 참여하고자 학과의 자치 기구에도 가입하고, 동아리에도 가입하며 학과 활동에 열심히 참여했습니다. 그러나 제가 생각했던 대학과 현실의 대학은 많은 차이가 있었습니다. 나만의 시간을 많이 갖고, 내가 공부하고 싶은 것을 배우며, 사람들과 깊은 관계를 가지는 것이 제가 생각했던 대학 생활이라면, 현실은 매일매일 과제에 치이고, 인간관계에 치이기 부지기수였습니다. 이렇게 대학 생활이 생각만큼 순조롭지 않다 보니, 학교에 대한 자부심도 떨어지고 반수를 해서 좋은 학교를 가고자 생각했던 것 같습니다. 그리고 오류를 수정하기보다는 계속해서 다시 시작하려고 했습니다.

그렇게 몇몇 친구들에게 반수에 대한 고민을 털어놓았습니다. 다시 대학 생활을 시작하고 싶고, SKY에 가고 싶다고 말했습니다. 대다수의 친구들이 해 볼 만하다고 말해 주었지만, 한 친구가 제게 물었습니다. "SKY에 가서 무슨 전공 하고 싶은데?" 제 대답은 이랬습니다. "어떤 전공이든 상관없어, 연·고대면 돼." 즉, 저는 '내가 뭘 공부하든 상관없으니 껍데기를 원한다.'라고 말했던 것입니다. 대답은 이렇게 했지만 그 친구의 질문에 상당한 충격을 받았던 저는 짧지만 제 대학 생활을 돌아보았습니다. 저는 제 전공인 국제학을 사랑했습니다. 제가 정말 좋아하는 영어로 다양한 학문을 배울 수 있다는 메리트는 우리나라에서도 몇 되지 않으므로, 이 전공을 공부하게 된 것은 큰 행운이었습니다. 단지 남들의 시선, 껍데기 때문에 반수를 생각하고 있다는 제가 많이 부끄러워졌습니다. 또한 '연·고대에서 원하지 않는 전공을 공부하는 것이 과연 지금의 대학 생활보다 좋은 삶을 낳을까?'라는 생각은 반수를 접고, 내가 사랑하는 공부를 하며, 지금의 오류를 수정해 나가자는 생각으로 이어졌습니다.

이런 생각을 갖게 되니, 이제는 삶에서 발생하는 문제들을 회피하려고 하기보다는 수정하게 되었던 것 같습니다. 지나치게 많은 학과 활동을 하려던 욕심을 버리고, 내가 원하는 것을 많이 함으로써 행복한 대학 생활을 하고자 했습니다. 그래서 '춤' 동아리에 들어갔고, 내가 재미있어하고 좋아하는 활동을 하니 생활에 활기가 생겼습니다. 지나치게 학점에 집착하기보다는 내실을 채우려고 노력했습니다. 욕심을 버리며 저만의 시간도 많이 만들었습니다. 이 시간들을 통해 계속해서 자신을 성찰할 수 있었던 것 같습니다. 깊은 인연을 유지하기 위해 동아리 활동 하나는 꾸준히 열심히 했던 것 같습니다. 이렇게 살다보니, 나름 제가 꿈꿔 왔던 대학 생활에 근접해지는 듯했습니다.

사실, 대학이라는 곳이 그렇게 큰 곳이 아닙니다. 단지, 우리의 사회가, 그리고 우리의 교육이 대학을 고등학생의 선망, 워너비로 만드는 것이 문제지요. 대학은 고등학교보다 깊은 학문을 연구하는 하나의 학교이며, 사회를 미리 경험해 볼 수 있는 작은 사회 집단일 뿐입니다. 그렇기 때문에 학생들이 대학에 와서 마냥 즐거워하지는 않습니다. 자기들이 생각했던 것만큼 그렇게 대학 생활이 수월하거나 재미있거나 하지는 않기 때문입니다. 대학 생활이 많이 힘드신가요? 수정하십시오. 당신이 원하는 대로 살아 보고 다양한 경험을 할 수 있는 마지막 시간이 될 수 있습니다. 마지막으로, 진심으로 인간을 배우고 공부하는 대학다운 대학, 경희대학교에서 공부할 수 있게 된 것에 다시 한 번 감사하며, 이만 연설을 마치도록 하겠습니다.

대학생인 내가 할 일

이지우 (글로벌커뮤니케이션학부)

한동안 페이스북에서 '대학생일 때 꼭 해야 할 10가지', '대학생이라면 방학 때 꼭 해 봐야 할 것들' 같은 부류의 글들을 심심찮게 볼 수 있었다. 나는 이런 글 들을 볼 때마다 자신이 하고 싶은 일마저 다른 사람이 정해 줘야 하는 현대인들의 모습이 안타까웠다. 중·고등 학창 시절에는 주로 주입식 교육을 받으며 이거 해라 저거 해라 하는 얘기만 들어왔다. 막상 대학생이 되어 자유가 주어지니 그것을 어찌 써야 할지 몰라 당황하는 청춘들의 모습이 남의 얘기만은 아니었기에 더욱 그랬다. 나 또한 갑자기 주어진 자유에 많은 시간을 허송했다. 그러나 그런 시간을 보내는 동안 사색을 거쳐 지금은 대학생인 내가 해야 할 일에 대한 나름의 가치관을 가지게 되었다.

먼저 내가 생각하는 대학생이 해야 할 일 중 첫 번째는 '깊어지기'이다. 깊어지는 것이 무엇을 말하는가 하면 나에 대해 알아 가는 것을 말한다. 자신이 무엇을 좋아하고 무엇을 싫어하는지 앞으로 어떤 일을 하고 싶은지, 자신이 중요시하는 가치관과 인생관, 연애관은 무엇인지 등 끊임없이 자기 자신에 대해 파고든다면 그만큼의 깊이를 얻게 된다. 그리고 그 깊이는 생각의 깊이와 행동의 깊이로 이어진다. 오래 볶은 원두가 커피의 깊은 맛을 내는 것처럼 오랜 시간 자신에 대해 사색하는 것은 나를 깊이 있는 사람으로 만든다.

두 번째 해야 할 일은 '넓어지기'이다. 자신에 대한 이해를 바탕으로 자신이 해 보고 싶은 다양한 일들을 시도해 보고 경험을 넓혀 나가는 것은 세상을 보는 넓은 시야를 가지게 해준다. 평소 생각으로만 그쳤던 계획들을 실행에 옮길 때 우리는 새로운 세상을 알게 된다. 여행도 좋고 알바도 좋다. 그동안 경험해 보지 못한 일을 경험함으로써 자신의 세상을 넓혀 나가는 것이 중요하다. 당부할 것은 어떤 일을 시도하는 것에 그치지 않고 그 일을 끈기 있게 해내어 결과를 만들어 낼 인내심을 가지는 것이다. 나의 경우에는 처음 대학생이 되었을 때 들뜬 마음으로 동아리에 들어가고 알바도 하고 학원도 다니며 바쁜 생활을 보냈다. 그러나 점차 의욕을 상실하고 동아리는 공연도 못해 본 채 그만두었다. 알바와 학원도 모두 그만두었다. 지금에 와서 생각해 보니 그런 일들을 시도한 것만으로도 좋은 경험이 되긴 했지만 좀 더 인내를 가지고 계속해서 결과를 냈으면 더욱 값진 추억으로 남을 수 있었을 것 같다는 아쉬움이 남는다.

마지막으로 해야 할 일은 '높아지기'이다. 앞서 말한 '깊어지기'

나 '넓어지기'보다는 입에 쓴 약처럼 느껴질 수도 있다. 왜냐하면 '높아지기'는 미래를 위한 투자이기 때문이다. 학점 관리를 하고 스펙을 쌓는 것이 이에 해당한다. 세속적인 말일 수도 있지만 그만큼 현실적인 이야기이다. 자신의 가치를 높이는 것만큼 향후 삶의 질을 높이는 데 효과적인 방법은 없다. 그렇기에 자신에게 주어진 자유를 마냥 즐기기보다는 자신이 해야 할 것을 하는 것이 필요하다. 학업에 열중하여 능력을 쌓고 다양한 분야의 경험을 쌓아 자신의 가치를 높이는 것이 사회의 문턱 앞에 선 대학생으로서 가져야 할 자세일 것이다.

이 세 가지 중, 어느 한 쪽에 치우치지 않고 균형을 맞추어 골고루 행한다면 우리는 대학을 졸업하고 사회의 문턱을 밟을 때 보다 발전된 나 자신을 마주하게 될 것이다. 그리고 그런 자신에 대한 믿음을 가지게 될 것이다. 눈앞에 놓인 커다란 세상을 향해 어깨를 펴고 당당히 나아갈 수 있을 것이다.

무엇으로 진정 행복할 수 있는가

임성준 (기계공학과)

열정 있게 살아야 한다, 정직해야 한다, 용기 있게 살아라. 모두 엄마의 잔소리 같은, 자기 계발서에서 쉽게 볼 수 있는 말들이다. 만약 어떤 사람이 이 시대의 대한민국 청년들에게 이런 뻔한 훈계를 늘어놓는다면 청년들 대부분은 이렇게 대답할 것이다. "내가 열정을 가져도 차가운 현실이 내 열정을 식게 합니다. 주변의 모든 사람이 속이고 규칙을 어기며 사는데 나도 그러지 않으면 어떻게 따라갑니까? 나만 뒤처지고 나만 성공하지 못하는 것 아닙니까?" 그들의 말은 충분히 일리 있는 말이다. 열정이 쓸모없는 것처럼 보이고 정직을 지킨다면 남보다 손해 보는 경우가 충분히 생길 수 있다. 그러나 그들의 대답은 반만 옳다. 사람들이 저 잔소리 같은 말을 하는 이유는 행복하기 위함이지 성공하기 위함이 아니다. 다시 말하자면, 저 말들을 지키는 것이 우리에게 큰 성공을 가져다 주지는 못하더라도 삶의 궁극적 목표인 행복은 가져다 줄 수 있다는 말이다. 인도 영화 〈세 얼간이〉는 어떻게 해야 행복을 찾을 수 있는지 가르침을 준다.

첫 번째로 이 영화는 열정으로 행복을 찾을 수 있다고 말한다. 영화 속에서 란초는 모든 학생들과 대조된다. 지식의 풀장에서 뛰노는 자유와 학점을 잘 받아야 한다는 구속, 지식의 심오함을 배울 수 있다는 기쁨과 싫은 것을 억지로 받아들이려 하여 생기는 스트레스, 무슨 뜻인지 정확히 파악하고 본질을 이해하는 것과 그냥 무작정 눈앞에 보이는 것을 쟁취하기 위해 암기하는 것. 무엇 때문에 이런 대조가 일어났을까? 우리는 쉽게 찾을 수 있다. 란초만이 참된 열정을 가지고 있었기 때문이다.

그러면 여기서 말하는 참된 열정은 무엇인가? 먼저 그는 학점이 아니라 그보다 더 본질적인 공학에 열정이 있었다. 그의 목표가 4년의 제한된 기간 내에 받아야 하는 좋은 학점에 있지 않고 평생을 달려 나갈 수 있는 공학에 있었기 때문에 그는 급히 서두르지 않았다. 우리가 뷔페에 가면 빨리 많이 먹는 것에 목적을 두지 않는다. 왜냐하면 빨리 먹게 되면 금방 배부르게 될 뿐만 아니라 음식을 음미했을 때 느낄 수 있는 깊은 맛을 느끼지 못하기 때문이다. 또 먹고 싶지 않지만 굳이 입안에 쑤셔 넣어 체하고 배탈로 고생할 수도 있다. 뷔페에 가서 급히 많은 음식을 먹으려는 자는 맛있는 음식을 고통으로 변질시켜 버리는 미련한 자가 되고야 마는 것이다. 반면에 뷔페를 즐길 줄 아는 사람은 많은 음식을 경험해 보고 천천히 여유 있게 차곡차곡 많이 먹는 사람이다. 이런 사람은 맛있는 음식의 '참맛'을 느끼게 된다. 그 '참맛'을 맛보았을 때 어떻게 이 맛을 냈는지 궁금해지기도 하고 그 맛을 집에서도 맛보기 위해 시도해 보고 연구해 볼 것이다. 음식을 기쁨으로 바꾸는 현명한 사람인 것이다. 다른 학생들이 지식을 억지로, 빠른 시간에 많이 채우려고 미련한 사람이 되어 가는 동안 란초는 현명하게 지식을 즐겼다. 지식이라는 많은 음식들을 여유 있게, 원하는 만큼, 먹고 싶을 때 먹는 사람이었다. 따라서 지식의 '참맛'을 느끼게 된 란초는 행복을 느낄 수밖에 없었다.

또한 이 영화는 정직이 행복을 주는 요소 중 하나라고 말한다. 라주는 원래 정직하지 않았다. 노력으로 이뤄 내야 할 공부를 종교에 의지하여 작게 뿌려 많이 거두기 원했다. 걱정에 치여 노력은 적으나 정작 해야 할 공부에 최선을 다하지 못했던 것이다. 이런 라주는 영화의 후반부에서 깊은 성찰의 결과로 정직을 얻게 된다. 영화는 정직과 함께 정직의 조건에 대해서도 귀한 교훈을 주는데, 정직의 결과가 기쁨이든 슬픔이든 상관하지 않고 언제나 정직함을 지키라는 것이다. 영화 속에서 라주는 취업 면접을 치르게 된다. 여기서 라주는 가끔씩 거짓말을 할 수 있는 융통성을 가진다면 합격을 고려해 보겠다는 면접관의 제안에 정직을 지키며 'NO'라고 대답한다. 자칫하면 자신의 일자리가 날아갈 수 있는 순간에 그는 정직함을 지킨다. 결국 그의 정직을 알아본 면접관에 의해 그는 면접을 통과하게 된다. 중요한 것은 여기부터다. 라주는 졸업 시험을 통과해야 최종적으로 취업할 수 있었는데 친구들의 도움으로 시험 하루 전에 졸업 시험 문제가 수중에 들어오게 된다. 이것은 답안을 미리 알고 있는 것이나 다름없다. 졸업 시험만 통과하면 취업은 확정이 되고 그의 가족은 빈곤에서 벗어날 수 있다. 그러나 라주는 시험지를 열어 보지 않고 쓰레기통에 버린다. 그의 취업을 공중으로 날릴 수도 있는 상황일 뿐만 아니라 가족의 빈곤도 해결하지 못할 수도 있지만 그는 끝까지 자신의 신념을 지킨다. 그는 결과를 생각하지 않고 신념을 지킨 것이다. 왜냐하면 그에게는 성공보다 더 귀한 행복을 주는 정직의 가치를 깨달았기 때문이다.

정직이 왜 행복을 불러올 수 있는가? 정직한 사람은 최선을 다할 수밖에 없다. 다른 사람들이 정직하지 않은 방법으로 이득을 취할 때 그들을 앞서기 위해서는 그만큼 노력을 해야 하기 때문이다. 최선을 다하지 않으면 어떤 결과가 나와도 문제가 된다. 결과가 좋으면 그것은 진정한 자신의 실력을 직시하지 못하게 되어 자신을 속이게 되는 것이고, 결과가 좋지 않으면 자신의 노력 부족이라는 자괴감에 빠지거나 신의 뜻이라는 안일함에 빠지기 쉽기 때문이다. 그러나 최선을 다하는 사람은 어떠한 결과가 나오더라도 그것은 자신에게 유익하게 된다. 결과가 좋게 나올 경우 자신의 노력으로 얻은 성공에 자신감을 가지게 되기 때문에 인생을 살아갈 때 큰 자산이 된다. 만약 결과가 좋지 않더라도 최선을 다한 사람은 그가 할 수 있는 것을 다했기 때문에 후회가 없다. 따라서 그는 후회에서 오는 자괴감을 느끼지 못하고 말로 표현할 수 없는 안정감을 느끼게 된다. 최선을 다했다는 것에 큰 행복을 누리는 것이다. 라주는 정직을 통해 최선을 다하는 기쁨을 알아낸 것이다.

또한 이 영화는 용기를 냄으로써 행복을 얻을 수 있다고 이야기한다. 영화에서는 "문 앞만 나서면 란초를 만날 수 있었을 텐데…….", "밖에 있는 택시를 탔더라면 행복하게 살 수 있었을 텐데……." 처럼 '~할 텐데' 같은 말들이 자주 나온다. 이 '~할 텐데'라는 말은 주인공들에게 자신의 미래를 앞서 생각해 보게 한다. 나의 자신감과 용기의 부족으로 내가 원하지 않은 길을 걷게 되고, 그 결과로 다가 올 미래에 자신의 삶을 다시 돌아보았을 때 무엇을 어떻게 후회할 것인가에 대해 고민하게 한다. 이것은 무엇보다도 파르한에게서 잘 알 수 있다. 그가 가장 좋아하는 일은 사진 찍는 것이며 사진작가가 그의 꿈이었다. 그러나 그는 아버지의 압박과 부모님에 대한 미안함, 주변의 시선 때문에 공학을 그만두지 못하고 결국 졸업 학년까지 학교를 다닌다. 세계적인 유명 사진작가에게 자신을 조수로 써 달라는 편지를 품속에 품고도 그 압박감으로 부치지 못해 마음이 고통스러운 사람이었다. 영화에는 나오지 않았지만 그가 얼마나 많이 우체국 문 앞까지 왔다가 돌아가곤 했을지, 하루에도 수없이 보내지 못한 그 편지를 보며 얼마나 고민하고 갈등했을지 그 모습이 눈에 보이듯 선하다. 그러나 그는 영화 말미에 용기를 가지고 부모님에게 다가가 진심을 다해 부모님을 설득하게 되고 결국 허락을 받아 사진작가로서의 길을 걷게 된다.

세상 사람들을 보면 평생 해도 질리지 않을 일을 찾았지만 불행하게도 주변의 환경 때문에 실천하지 못하는 경우가 굉장히 많다. 평생을 후회하고 자신을 탓해도 상황이 바뀌지 않는다. 불만과 불평이 삶을 덮게 되고 인생은 불행해지게 된다. 그러나 파르한은 한 번의 용기를 통해 평생의 지향점을 찾았고 걸어가게 되었을 뿐만 아니라 그가 존경하는 멘토를 항상 곁에서 보면서 일할 수 있게 되었고 자신의 길에 대한 부모님의 지지까지도 얻어 냈다. 또한 그는 장차 미래에서 현재 시절을 돌아보았을 때 후회하지 않을 기쁨과 자신감, 만족감을 미리 얻게 됐다. 이 모든 것을 누리며 사는 사람이 얼마나 되겠으며, 이들은 얼마나 가치 있는 삶을 살게 되겠으며 또 얼마나 행복하겠는가? 그가 용기를 통해 얻은 것은 무엇인가? 성공인가? 행복인가? 그는 행복을 쟁취하였다.

란초와 파르한과 라주가 열정, 정직, 용기를 가짐으로써 선택한 삶은 그것들을 지키지 않고 인생을 달려 나간 차투르보다 성공했다고 말할 수 있는가? 쉽게 '맞다'라고 대답할 수 없다. 세계적인 회사의 부사장이라는 명예, 대저택 같은 넓은 집, 매우 많은 연봉, 아름다운 아내. 차투르는 세계에서도 손에 꼽히는 성공한 사람이 되었기 때문이다. 란초, 파르한, 라주는 성공의 측면에서 본다면 차투르에게 분명히 뒤처진다. 그러나 다른 질문을 하면 이야기는 달라진다. 차투르는 성공해서도 란초에 대한 열등감에서 벗어나지 못했다. 이를 갈며 어떻게 하면 란초보다 성공을 할 수 있을까, 어떻게 하면 남을 짓밟고 올라갈 수 있을까 고민하며 성공만을 위해 안간힘을 썼을 것이다. 남을 밟고 올라가는 기분이 결코 행복할 수 없다. 성공한다 해도 기쁨은 오래 가지 않는다. 간신히 여러 가지를 포기하며 쟁취한 자리를 누가 다시 빼앗아 갈지 항상 불안하고 자신이 좋아하지도 않는 일을 평생 해야 한다는 사실에 우울함을 느끼게 되고 내가 이 일을 왜 하는지 알지 못하며 삶의 가치도 느끼지 못하게 된다. 한마디로 행복하지 않은 삶을 살아가게 되는 것이다. 이는 현실에서도 마찬가지이다. 성공한 사람들이 행복하기 어려운 것을 쉽게 볼 수 있다.

그러나 란초와 라주와 파르한은 어떤가? 그들은 열정, 정직, 용기로 행복을 쟁취해 냈고 이는 삶에서 평생 계속될 것이다. 그러면 이 질문에 답해 보자. 란초, 파르한, 라주가 차투르보다 행복한가? 주저 없이 그렇다고 대답할 수 있다. 이처럼 열정과 정직과 용기는 성공을 가져다 줄 수도, 아닐 수도 있다. 그러나 영화에서 명시한 이 세 요소는 반드시 삶의 참된 의미인 행복을 가져다준다. 성공을 선택할 것인가, 행복을 선택할 것인가? 필자는 행복을 선택하겠다.

아싸의 발생학

이병민 (사회기반시스템공학과)

현대에 이르러 대학생들 사이에서 새로운 종이 탄생했다. 그들은 이른바 '아싸'이다. 아싸란 아웃사이더(outsider)를 줄여 이르는 말인데 최초의 의미는 '기성 틀에서 벗어나서 독자적인 사상을 지니고 행동하는 사람'이었다. 하지만 우리가 흔히 말하거나 알고 있는 아싸는 그것이 아니다. 대개 '대학교 내에서 성격 또는 상황 때문에 동기나 선배들과 어울리지 못하고 혼자 학교생활을 하는 사람'을 아싸라고 한다. 아싸의 슬하에는 '혼밥', '혼쇼' 등 혼자 생활한다는 의미의 신생어도 있다.

아싸라고 칭해지는 사람들을 잠시 그려 보자. 사회성의 측면에서 아주 부족하거나 문제가 많은 이들이 생각난다. 동기나 친구가 없다는 것은 우선 인간관계를 잘 못 맺는다는 의미이기 때문이다. 그런데 아싸가 과연 그저 사회생활을 못하거나 인간관계를 맺는 힘이 약한 사람일 뿐일까? 최근 뉴스 보도를 보면, 아싸가 생기

164

는 원인은 주로 '학업에 열중하고 싶어서', '취업 경쟁에 바쁜 사회에서 어울린 시간이 없어서'라고 한다. 이 말인 즉 아싸라는 존재는 새내기 때부터 취업 경쟁에 내몰려야 하는 사회 분위기 때문에 만들어진다는 것이다. 그렇다면 이 시대의 아싸는 학업, 입시 등에서 개인적인 성취를 강요받는 우리 세대의 어두운 초상이나 다름없을 것이다.

아싸가 이렇듯 불가피한 시대의 산물이라면 그 순기능과 역기능을 따져 긍정적인 아싸로 살아가는 것이 우리 세대의 의무일 것이다. 아싸란 기본적으로 개인주의 문화 확산의 증표이다. 사전적 정의에 따르면 개인주의는 '개인의 존엄, 가치, 권리 등을 중시하는 것'을 말한다. 그런데 이것은 이타성이 결여되면 언제든지 이기주의로 변질될 수 있다. 반대로 이것이 '한 개인이 자기가 원하는 학업을 연구하고 자기 사상과 연구 결과를 통해 나라의 발전에 기여'하는 현상으로 이어진다면 바람직한 개인주의가 남을 것이다.

말하자면 아싸는 그저 아싸로 남을 수도 있고 특별한 인재가 될 수도 있다. 이때 아싸를 아싸 이상으로 만드는 것은 주변의 시선이다. 혹 우리 주위에 아싸가 있더라도 이제는 사회문화적 차원에서 그들을 헤아려보아야 한다. 덮어놓고 개인의 성격을 탓하기보다 그 사람을 움직이는 역학이나 이유를 생각해 보아야 한다. 그것이, 때로 이기적이라는 오명에 시달리는 우리 세대가 서로를 이해하는 첫 걸음이 되지 않을까. 비방보다는 공감이 무엇보다 필요한 세상이다.

마지막으로 아싸에게 권한다. 철학자 에리히 프롬은 소유 지향적인 삶을 살면서도 존재 지향적인 삶을 살라고 말했다. 그 말은 어떤 것도 소유하지 않고, 소유하려고 갈망하지 않으면서도 즐거워하며, 자신의 재능을 생산적으로 사용해 세계와 하나가 되는 삶을 살라는 것이다. 당신의 개인주의를 환영한다. 단, 그 개인주의는 사회와의 소통, 공동체 의식 안에서 배양되어야 할 것이다.

자신의 진정한 '향기'를 찾아가는 여행

정진영 (건축학과)

20대! 누구나 이때를 인생에서 가장 꽃피는 시기라고 합니다. 하지만 원래 꽃들은 약합니다. 비를 맞으면 축 늘어지기도 하고 바람이 불면 흔들리기도 합니다. 여러분의 꽃은 꼿꼿이 해를 바라보고 있으신가요? 다른 화려한 꽃들과 비교하며 해를 바라보지 않고 땅만 바라보고 있지는 않나요? 이제 고개를 들어 저의 이야기를 들어주세요. 저는 여러분들에게 자신의 '진정'한 모습을 바라보는 것이 중요하다고 말하고자 합니다. 그래서 여러분들만의 향을 품기를 바라는 마음에서 몇 가지 제안을 해보겠습니다.

먼저 자신에 대한 진정한 '사랑'을 하라고 말하고 싶습니다. 사랑이라 하면 가족·연인·친구 등을 떠올리기 쉽습니다. 누구나 남을 먼저 생각하고 배려하고 사랑하라고 합니다. 그렇게 여러분들은 타인을 먼저 생각하고 배려하며 사랑하려고 노력하며 살아왔겠죠. 그렇다면 여러분 자신, 자신을 '진정'으로 사랑해 본 적이 있으신가요? 자신을 먼저 생각하셔야 합니다. 여러분은 자신을 '진정'으로 사랑하셔야 합니다. 자신을 진심으로 아끼고 사랑하는 것에서 타인에 대한 사랑까지 넓혀 가며 사랑을 심화시켜야 합니다. '진정'한 자신에 대한 사랑에서 시작해야 함을 잊지 마십시오.

다음으로는 타인에게 보이기 위한 '경력'을 쌓지 않아야 한다고 말하고 싶습니다. 타인과 비교하여 더 잘해 보여야 한다고 생각하고 무언가를 행하는 순간 '자신'을 잃어버리게 됩니다. 가슴으로 생각할 때 하고 싶은 일을 찾아야 합니다. 자신의 진실한 경험을 쌓아야 합니다. 자신을 타인과 비교하여 우위를 갖는다는 것을 보여주는 것이 아니라 진실한 여러분의 모습을 드러내어야 합니다. 여러분의 진실한 향기를 뿜어내어야 합니다. 다른 꽃들과 섞이지 않는 향기를 말이죠. 그럼 꽃들과 나비들은 자연스레 여러분 곁으로 다가가게 될 것입니다.

마지막으로 당신을 휘청거리게 할 진정한 '고난'을 만나야 한다고 말하고 싶습니다. 누구나 고난과 역경을 겪고 싶어하지 않습니다. 당연히 피해 가려고 하죠. 하지만 비바람을 견뎌 아침에 이슬을 머금은 꽃은 매우 아름답습니다. 자신을 더 단단히 잡아줄, 더 아름답게 해 줄 진정한 '역경'을 만나세요. 그리고 진심을 다해서 견뎌 내려고 해보세요. 바람에 흔들리는 꽃이 생기가 돋아 보이고 아름답듯이 '고난'을 이겨 내려는 여러분의 모습은 아름다울 것입니다.

이제 마지막 한 단어로 저의 말들을 정리하고자 합니다. '진정', '진정'으로 마음에서 우러나는 생각과 행동을 하세요. '진정'으로 자신에게 다가가세요. 자신과 손을 맞잡고 함께 나아가세요. 타인이 만들어 놓은 길에 현혹되지 말고 자신의 눈으로 '진정'으로 향하고 싶은 길로 여행을 떠나세요. 자신을 찾아가며 떠나는 여행을 말이죠. 그렇다면 당신이 떠난 그 길에는 다른 어떤 길에서도 맡아지지 않는 자신의 '진정'한 향이 묻어날 것입니다.

청춘들에게 주는 세 가지 교훈

최성환 (컴퓨터공학과)

인도 영화 〈세 얼간이〉를 보면 라주와 파르한과 란초가 주인공
으로 등장한다. 이 세 명은 인도 최고의 공과 대학생이다. 여기까
지만 보면 이 세 명의 인생은 매우 성공한 것 같아 보이고 걱정이
없을 것 같아 보인다. 하지만 이들 모두 각자 자기 나름의 고민을
가지고 있고 영화는 이를 해결해 나가는 과정을 통해 우리들에게
교훈을 주고 있다.

라주는 가난한 가정 형편 때문에 하루빨리 직장을 얻어 돈을 벌
어야 하는 처지이다. 하지만 라주는 회사 면접에서 면접관에게 아
부나 거짓을 말해 자신의 단점을 숨기려 하지 않았고, 자신의 신
념에 위배되는 면접관의 권유를 받아들이지 않으면서 솔직한 태
도를 이어 나갔다. 그 결과 라주는 면접에서 통과해 직장을 얻게
되었다. 난 여기서 복잡한 세상을 살아가는 우리에게 변하지 않을
신념 하나가 언젠가 도움이 될 것이라는 메시지를 얻었다. 그러

한 신념은 내가 인생을 살아가는 데 있어서 확고한 버팀목이 되어 줄 것이고 내가 흔들릴 때 나를 잡아 줄 지표가 되어 줄 것이다.

파르한의 고민은 자신이 사진을 좋아하는 것을 알고 있고 또한 사진에 재능이 있다는 것을 알지만 부모님은 자신이 돈을 잘 버는 엔지니어가 되기를 원하신다는 것이다. 란초는 파르한에게 조언을 몇 가지 한다. 꿈과 재능을 따라가면 성공은 뒤따라 올 것이라는 이야기였다. 파르한은 란초에게서 용기를 얻어 부모님을 진심을 다해 설득하고 사진작가로서의 길을 걷게 된다. 이 부분에서 주는 교훈은 꿈이 있다는 것은 정말 축복받을 일이고 그 꿈을 타인 때문에 포기하는 것은 매우 바보 같은 일이라는 것이다. 그것이 설령 부모님이라도 말이다. 내가 최근에 메모장에 적어 두고 수시로 보는 글이 있다. "인생은 내가 늙어서 지난날을 되돌아볼 때 '아 그렇게 살지 말걸'이란 후회를 하지 않도록 살아야 한다."는 것이다. 청춘들은 자신의 꿈을 좇으면서 후회 없는 삶을 사는 것이 중요하다.

란초는 겉으로만 보면 공부를 매우 잘하고 친구들과 같이 공부를 안 해도 시험에서도 1등을 차지하는 등 매우 뛰어난 인재로 나온다. 하지만 실제로는 란초는 자신의 아버지가 정원사로 지내고 있던 집주인의 아들 이름을 빌려와 대신 대학을 다니고 있었다. 즉 대학을 졸업해도 그것이 자신의 학벌로 인정이 안 되는 것이다. 하지만 란초는 자신이 대학에 다니는 이유는 배우기 위해서라고 말한다. 여기서 난 큰 배움을 얻었다. 나 역시 느끼는 것인데 학교를 학벌 때문에 다닌다면 그것은 나에게 진정한 지적 성숙을 가져다주지 못한다. 하지만 진정 배움을 위해 학교를 다닌다면 그 지식은 없어지지 않는 재산이 되어 나를 사회에서 필요로 하는 사람으로 성장하게 할 것이다.

라주, 파르한, 란초, 이 세 명의 학생들이 겪고 있는 고민들은 청춘들이라면 누구나 하고 있거나 앞으로 할 것들이다. 이 영화에서는 이러한 고민들에 대한 해법을 제시해 줌으로써 영화를 보는 청춘들에게 좋은 교훈을 제시하고 있다.

헛된 4년이 되지 않기를

윤은혜 (태권도학과)

오늘, 경희대학교를 졸업하는 제가 이 자리에 서서 여러분들에게 연설할 수 있게 되어 영광입니다. 오늘은 저의 세 가지 이야기를 들려 드리려고 합니다. 다른 어떠한 말보다 진심어린 조언으로 받아들여지길 원합니다. 대단한 것이 아닌 그저 저의 경험일 뿐입니다. 제가 겪었던 대학 생활을 여러분과 함께 공유하여 여러분은 보다 더 의미 있는 대학 생활을 하면 좋겠습니다.

첫 번째 이야기는 첫걸음에 관한 것입니다. 대학교란, 고등학교라는 작은 울타리 안에서 벗어나 처음으로 접하는 사회입니다. 제가 처음 맞은 사회는 생각했던 것보다 크고 어려웠습니다. 고등학생이라는 위치에서 대학생이라는 위치까지 가기 위한 계단의 첫 계단에서 1,000개의 계단을 올라가야 하는 것 같았습니다. 그만큼 고등학교와 대학교의 격차는 컸습니다. 처음 걸음을 내딛는 것이 무서워 혼자 끙끙 앓기도 하며 상황을 피하려고만 했습니다. 그러다 보니 저에게 대학 생활이란 로망이 아닌 두려움의 곳으로 변했습니다.

고등학교 시절 대학 입시를 준비할 때, 대학에 합격했을 때의 설렘을 항상 생각하며 열심히 버텨 왔지만 이제는 그러한 목표도 잡히질 않아 마음이 피폐해졌습니다. 훗날 생각해 보면 그때의 일은 별것도 아닌 작은 일이었지만, 그때 저는 제게 처해진 상황을 가장 크게 보며 두려워하였습니다. 인간은 적응하는 동물이라고 합니다. 항상 처음만 어렵습니다. 아기가 걷기 위해 1,000번을 넘어지듯 첫 발만 잘 내딛으면 어려울 것이 없습니다. 당연히 새로운 사회에 적응하기 위해 무너질 때도 있을 것입니다. 그렇지만 그것을 좌절의 끝으로 보지 말고 넘어지고 일어나는 순간의 첫 걸음을 생각하며 대학 생활을 보냈으면 좋겠습니다. 또한 사회에 적응할 때, 가까이 해야 할 것과 멀리 해야 할 것을 분명히 구분할 수 있었으면 좋겠습니다. 앞서 말한 것처럼 세상은 크고 무섭습니다. 성인이 되어 첫 걸음을 내딛는 순간 인생의 갈림길을 선택한 것입니다. 처음은 누구에게나 무섭고 두렵습니다. 그것을 어떻게 이겨내느냐에 따라 대학 생활은 바뀔 것입니다.

두 번째 이야기는 사랑에 관한 것입니다. 저는 대학교 1학년 때 연애를 했습니다. 학교생활에 적응하기 힘들었던 시기에 기대고 싶은 사람이 필요했던 모양입니다. 물론 연애를 하면서 가치관의 충돌과 생각의 차이로 인해 서로 맞춰야 할 부분과 갈등이 생기는 부분도 많았습니다. 그렇지만 서로를 생각하며 배려하는 법을 배웠고 서로를 이해해 주고 귀 기울여 주며 대화하는 법도 배웠습니다. 저는 연애가 작은 인간관계이자 작은 사회라고 생각합니다. 그 안에서 대화하며 갈등을 일으키며 타협하고 제가 몰랐던 것들을 배움으로써 저의 내면은 더욱 성숙해질 수 있었고 정신력도 강해질 수 있었습니다. 학교에 적응하기 위해 많은 대화와 위로가 필요했던 저에게는 그 시간들은 소중했고 연애를 통해서만 배울 수 있는 공부를 한 것 같아 좋은 시간이었습니다. 어른들에게 연애란 진로를 방해하며 자신이 해야 할 일에 방해된다고 하지만 저는 그렇게 생각하지 않습니다. 사랑은 자신이 몰랐던 부분을 알게 해 주며 내면의 성장을 도울 수 있다고 생각합니다. 여러분은 지금 사랑을 하고 계십니까? 정신적인 사랑을 통해 성숙해지는 여러분들을 느끼십시오.

세 번째 이야기는 열정에 관한 것입니다. 여러분들은 지금 한 가지라도 열정을 가지고 열중하는 것이 있으십니까? 좋아하는 일을 찾으셨습니까? 아니면 자신에게 맞는 일이 무엇인지 모르십니까? 대학 생활을 하면서 가장 해야 할 일은 자신이 좋아하는 일을 찾는 것이라고 생각합니다. 저는 고등학교 때까지 태권도 선수로 뛰면서 태권도를 전공으로 하지만 태권도의 길로 가고 싶지 않았습니다. 선수를 하면서 제 자신에게 실망도 많이 했었고, 무너지기도 많이 했었으니까요. 그런데 대학에 들어와 접한 태권도는 저의 죽어있던 심장을 다시 살려 놓은 듯한 떨림을 주었습니다. 태권도를 통해 많은 다양한 일을 할 수 있다는 것을 알았고 그 많은 다양한 일을 경험하고 싶어졌습니다. 제가 좋아하는 춤에 태권도를 합쳐 시범을 보일 수 있다는 것에 행복함을 느꼈습니다. 대학입시 때는 느끼지 못했던 심장 박동 수를 대학에 들어와 느낄 수 있었던 것은 행운이었던 것 같습니다. 비록 심장이 뛰는 일을 하면서 부상으로 실망해야 할 때도 있었지만, 좋아하기 때문에 가질 수 있는 열정으로 다시 일어날 수 있었습니다.

요즘 대학생들은 자신의 심장이 죽어 있는지 살아 있는지 느끼지 못한 채 살아가고 있다고 생각합니다. 취업을 위해 자신이 하고 싶은 일을 하지 못하고 학점을 필사적으로 따야만 하는 상황에서 '나만' 진정한 일을 찾기란 쉽지 않은 선택일 것입니다. 여러분, 우리는 아직 젊습니다. 취업이라는 벽 앞에 무너질 정도로 약하지 않습니다. 젊음이 가지는 특권이 있습니다. 그 특권은 무엇이라고 생각하십니까? 그것은 바로 '열정'입니다. 열정은 무너진 자신을 다시 일으킬 수 있는 힘을 가지고 있습니다. 우리가 진정으로 원하는 것을 찾으면서 잃어버리는 것들에게 대해서, 무너지는 것에 대해서 두려워하지 마십시오. 열정 하나로 세상과 부딪혀 보십시오. 분명 우리가 몰랐던 세계가 펼쳐질 것입니다.

4년이라는 시간은 결코 길지도 짧지도 않은 시간입니다. 자신이 어떻게 의미 있게 보내느냐에 따라 긴 시간이 될 수도, 짧은 시간이 될 수도 있습니다. 젊음이라는 것은 상처와 좌절로 성장하는 것이라고 생각합니다. 세상에 안주하시 마십시오. 끊임없이 도전하고 부딪혀 보십시오. 제가 4년 동안 세상과 타협하고, 세상에 안주하고 나서 얻었던 공허함을 여러분들은 느끼지 않았으면 좋겠습니다. 성인이 된 여러분들은 자신의 인생을 놓고 책임질 의무가 있습니다. 스스로가 자신에 인생에 대해 책임감을 갖고 열정과 사랑을 찾기를 바랍니다. 학교의 주인은 여러분입니다. 부디 헛된 4년을 보내지 않기를 바랍니다.

현실을 투영한 창 〈세 얼간이〉

안예진 (화학공학과)

　한국의 청소년 자살률은 OECD 국가 중 6위이고, 자살 증가율은 2위라고 한다. 또한, 청소년의 주관적 행복 지수는 23위로, 최하위에 머무르고 있다. 무엇이 이렇게 우리 청소년들을 힘들게 한 것일까? 여러 가지 복합적인 이유가 있을 것이다. 하지만 OECD 국가 중 공부 시간 1위라는 통계를 보면, 청소년들을 힘들게 하는 이유로 교육을 빼놓을 수는 없을 것이다. 〈세 얼간이〉는 인도 영화이지만, 한국과 비슷한 문제를 다루고 있다. 교육열의 심화로 인해 생긴 문제점들과 그것들 때문에 학생들이 힘들어하는 우리나라 교육 현실을 잘 반영해 놓았다.

　첫 번째 문제점은 과도한 경쟁이다. 영화 속에서, 교장 선생님은 "1등이 아니면 쓸모가 없고, 세상은 모두 1등만 기억한다."라고 말한다. 그런 교장 선생님의 사고방식은 기념 촬영을 할 때도 드러난다. 1등부터 꼴등까지 줄을 세워 그 순서대로 자리를 배정해 주는데, 1등을 한 란초는 교장 선생님의 옆자리에, 파르한과 라주는 맨 뒷자리에 앉게 된다. 한국에서도 예외는 아니다. 1등부터 성적순으로 자리를 배정하여 꼴등은 뒷자리에 앉게 되는데, 뒷자리는 칠판의 내용도 잘 보이지 않고 소리도 잘 들리지 않는다. 따라서 뒷자리의 학생들은 더욱 더 수업에 집중하기가 어렵게 되고, 이는 성적에 영향을 끼쳐 악순환이 반복된다.

두 번째 문제점은 주입식 교육이다. 공대 수업을 듣는 중, 란초는 '기계가 무엇이냐'는 교수님의 질문에 '우리 생활을 편리하게 해 주는 것들'이라고 대답하지만, 형편없는 대답이라는 비판을 듣는다. 교수님이 원한 것은 기계의 정의를 암기하는 것이었기 때문이었다. 우리나라 현실에서도 단어의 정의나 식을 암기해서 쓰라는 시험 문제들이 많이 나오고 있다. 하지만 그렇게 된다면 단어의 진정한 뜻을 이해하지 못할 수 있을 뿐아니라, 응용하기에도 어려움이 크다. 우리가 공부를 하는 목적은 그 식이나 과정들을 자기 것으로 만들어 실생활에 적용할 수 있게 하는 것이다. 단순 암기와 그를 위한 주입식 교육이 과연 올바른 공부인지 의문이다.

세 번째 문제점은 부모님들이 우리에게 걸고 있는 기대와 그로 인한 부담감이다. 라주는 아픈 아버지의 약값과 누나의 지참금 때문에 자신이 무조건 성공해서 돈을 벌어 와야 한다는 부담감에 사로잡혀 있다. 파르한은 아버지와 어머니가 당신들 것은 아끼면서, '공학도가 될 아들'에게 모든 것을 퍼 주는 것에 부담감을 느낀다. 부모가 자식에게 기대를 거는 것이 나쁜 것은 아니지만, 그 무게가 점점 자식들을 짓누르게 된다. 예를 들어, "너는 서울대를

가. 그게 우리에게 효도를 하는 거야."라든지, "너는 의사가 되어서 돈을 많이 벌어서 우리 집을 일으켜야 해." 같은 말들은 우리들을 압박한다. 이런 부담감 때문에 극단적인 선택을 하는 학생들도 적지 않다.

이처럼 영화 〈세 얼간이〉는 청소년들이 처한 문제들, 교육 시스템 상의 문제점들을 영화에 잘 반영했다. 그리고 때로는 우스꽝스럽게, 때로는 진지하게 이 문제점들에 대한 해결책을 제시하였다. 흥미와 교훈 두 가지 토끼를 모두 잡은 셈이다. 우리는 이 영화가 풍자하는 바를 통해 우리 교육 제도에도 문제가 있음을 깨달을 수 있고, 이를 차근차근 해결해 가는 과정에서 희망을 얻을 수 있다. 교육 제도에 지친 학생들이나 선생님들이 한 번쯤 보면 도움이 될 영화라고 생각한다. 한번 보게 되면, 란초의 긍정적인 마인드에 감명을 받을 것이다. "알 이즈 웰!"

후회 없는 대학생 되기

송병훈 (원자력공학과)

안녕하세요! 저는 우리 경희대학교를 졸업하고, 지금은 모 기업의 인사팀과 우리 학교 취업진로지원처에서 일하면서 시민 단체에서 활동하고 있는 송병훈이라고 합니다. 원자력공학과로 입학해서 이것저것 다하고 졸업했습니다. 벌써 졸업을 한 지 14년이다 되어가네요. 여러분들도 새내기로 '선배님~' 하면서 다닌 것이 어제 같은데, 벌써 후배가 생기고, 학년이 올라가고, 졸업하고, 감흥이 남다를 것 같아요. 재학생 여러분들도 그 느낌은 마찬가지일 것이라 생각합니다. 사실, 이 자리는 졸업생 여러분들을 축하하는 자리이지만, 제 이야기는 재학생 여러분에게 더 큰 의미가 있을 것 같네요. 물론 졸업생 여러분에게도 의미가 있을 것이라 저는 생각하고 있습니다. 어쩌다 보니 서문이 길어졌네요. 이제 진짜 시작하겠습니다.

여러분, 저의 대학 생활은 어땠을 것 같나요? 여러분의 대학 생활은 어땠나요? 재학생 여러분이 생각하는 대학생이란 무엇인가요? 아마 다들 한 번씩은 들었을 말, "나를 찾아가기"라고 저는 생각합니다. 여러분들이 생각하는 '나'는 어떠한가요? 자각하는 나, 이 몸과 마음으로 구성되는 나, 다른 누군가와도 독창적인 면을 자신 있게 말할 수 있는 나, 그것이 '나'라고 저는 생각합니다. 너무 추상적인가요? 제 자신의 '나'를 소개해 보겠습니다. 올해로 만으로 서른여덟인 나, 아저씨지만 형, 오빠로 불리고 싶은 나, 강인한 척 하지만 여린 마음을 가진 나, 일을 열심히 꼼꼼하게 한다고 소문난 나, 뭐 이런 식으로 할 수 있겠네요. 여러분에게 있어서 '나'는 어떻게 설명을 할 수 있을까요? 여러분은 스스로 '나'라는 존재를 찾아보셨나요? '나'를 찾는 것, 꼭 하셔야 하고, 성공하셔야 합니다.

남성분들! 어린 시절 혹시 "남자라면 딱 세 번만 우는 것이야!"라는 말 들어보셨나요? 아마 다들 한 번씩은 들어봤을 건데? 들으면서 분한 생각 들지 않았나요? "나는 울음의 자유도 없는가?"라고 따지고 싶지 않으셨어요? 여성 분들, 주변의 남성들이 약한 모습 보인 적 있으셨나요? 왜 남성들은 자신의 약한 면을 보이는 것에 인색할까요? 왜 남자라는 이유로 강인해야 할까요? 다들 마음속에 여린 면이 있는데, 왜 드러내지 못하세요. 이제는 순수하고 여린 내면의 어린 아이를, 강인한 척하려고 숨기고 상처받게 나둔 마음을 드러내는 것을 겁내지 마세요. 도움을 청하는 것에 두려워하지 마세요. 자신 옆에 있는 사람이건, 가족이건, 상담사건, 의사건 필요로 할 때는 찾아가세요. 자기 자신에게 솔직해지세요. 저는 대학 와서 1학년 2학기 때 좀 많이 우울했어요. 붙어서 지낼 수 있는 친구도 없었고, 집도 학교랑 매우 멀어서 가지도 못했기 때문에 항상 외로웠어요. 학교생활상담실과 병원을 통해 저에게 우울증 증세가 있음을 알게 되었고, 가족과 만나는 빈도를 늘릴 수 있었어요. 제 주변에 한 사람이라도 기댈 수 있는 사람이 있다는 것은 매우 고마운 것이더군요. 아무 말 없이 속앓이만 했으면, 저는 이 자리에 이렇게 서 있을 수 없었을지도 몰라요. 자신의 상처를 드러내는 것을 겁내지 마세요.

대학 생활을 하면서 좋았던 점이 뭐였나요? 동아리? 학과 생활? 그래요. 다들 후회 없는 대학 생활을 하고 있는 것 같아서 기분이 좋네요. 아주 바람직합니다. 대학 생활을 즐기세요! 멋진 교정을 걸어가면서 봄에는 분홍빛 벚꽃, 여름에는 초록빛의 숲, 가을에는 붉은빛의 단풍, 겨울에는 새하얀 눈을 즐기세요! 그림을 그리면서, 운동을 하면서, 여행을 다니면서, 노래를 부르면서 동아리 활동을 즐기세요! 때로는 푸른 언덕에 누워 햇빛을 만끽하는 여유를 가져보기도, 때로는 바쁜 일정에 달려도 보세요! 여러분만이 누릴 수 있는 행복을 후회 없이 누리세요! 여러분들은 대학 생활을 누리셔야 합니다. 때로는 이타적이기도, 때로는 이기적이기도 하면서, 스스로 '나'라는 존재를 찾아가세요.

연애? 그래요. 누가 뭐라고 해도 대학 생활에서 가장 중요하다고 할 수 있는 것은 데이트, 연애입니다. 자! 다들 자신의 가슴에 손을 대보세요. 콩콩거리는 심장의 박동을 느낄 수 있나요? 신기하죠? 콩콩거리는 이유가 뭘까요? 제 이야기에 감동을 한 것은 아닌 것 같고, 그냥 아무 이유 없이 콩콩거리는 것일까요? 소중한 나의 심장이 콩콩거리는 이유를 부여하는 것은 어떨까요? 그렇다면 사랑을 찾으세요. 이제부터 내 심장의 박동은 자신이 사랑하는 사람 때문에 생기는 것입니다! 언제든지 서로 마음을 나누고, 기댈 수 있는 사람을 찾으세요. 행복해지세요. 하나보단 둘이서, 둘 보단 하나 되어 서로를 느껴 보세요. 서로의 존재는 존재 그 자체만으로도 서로에게 너무나도 큰 도움이 될 것입니다. 서로가 서로에게 마음속의 작은 아이를 꺼내어 보듬어 주세요. 자 솔로이신 분 손! 네. 미안해요. 하지만 솔로라고 기죽지 마세요. 모두들 한 때는 솔로이었어요. 당신이 마음의 여유를 가지고 주변을 행복하게 하다보면 어느새 당신의 옆구리는 따뜻하게 변해 있을 것이에요. 커플이신 분! 커플이라고 안심하지 마세요. 서로가 만난 시간이 길어질수록 상대를 배려하는 마음을 가지고 계세요. 함부로 하지 마시고, 쉽게 생각하지 마세요. 당신 옆에 있는 그 사람이 당신의 반려자라는 보장은 없어요. 남성이건 여성이건 한눈팔지 못하게 서로가 서로를 행복하게 해 주세요.

자, 졸업생들 중 취직 되신 분들? 어디로 가셨나요? 대기업 가신 분? 마음에 드세요? 마음에 드신다고요? 다행이네요. 아니라고요? 왜일까요? 일단 대기업이니까 들어가셨다고요. 혹시 여기서 자기 전공 살려서 가신 분? 별로 없네요. 저도 그래요. 공대로 입학했지만 결국 이렇게 사람들 앞에서 말하는 강사로, 상담사로, 시민 단체의 일원으로 살아가고 있어요. 애초에 이렇게 가고 싶어서 노력한 것 아니냐고요? 아니에요. 저는 오히려 대학교 1학년 1학기까지만 해도 아무런 의심 없이 과학자가 될 것이라 생각을 했었어요. 재학생 여러분들 중에도 저와 비슷한 생각을 가지시는 분이 있을 것 같아요. "아무런 의심 없이, 확고한 생각으로 학과를 고르고 대학을 왔지만, 대학을 와서 보니 오히려 다른 분야가 흥미롭고 재미있고, 전공은 힘들기만 하더라." 괜찮아요. 그리고 자연스러운 과정이에요. 저도 그랬고 대다수의 학생은 자신이 선택한 학과에 대하여 정확하게는 알지 못하거든요. 자신이 생각했던 이상과 현실이 달라서 고민이 많을 것 같아요. 재학생 여러분, 친구 따라서 과목 수강 신청 하지 말고, 학점 잘 준다고 선택하지 말고, 학과 관계없이 스스로 하고 싶은 것을 하세요. 재학생 여러분에게 '학생'이라는 신분이 주어지는 마지막 기회이고, 스스로의 선택으로 공부할 수 있는 처음이자 마지막인 기회에요. 스스로 재미있는 과목을 선택해서 열심히 듣고, 즐기세요. 학점을 짜게 주는 과목이라고요? 저는 제가 즐기는 과목이 학점이 낮게 나오는 경우는 시민 교육밖에 없었는데요? 그마저도 그렇게 낮은 것은 아니라고 생각했어요. 스스로 즐기는 과목은, 애착을 가지는 과목은 좋은 성적이 필연적으로 따를 것이에요.

지루하죠? 언제 끝나나 싶은 사람도 있을 것 같아요. 마지막으로 당부하고 싶은 말만 하고 끝내도록 합시다. 도전하는 것이 두려울 것이에요. 잘못된 선택일 때 돌아오기도 쉽지 않고, 뒤처질 것 같고, 나와 같은 도전을 했던 사람도 별로 없고. 졸업생이건 재학생이건 그래도 도전하셔야 해요. 이 시간들이 지나면 도전하는 것은 지금보다 더 힘들어지니까요. 재학생분들, 졸업생분들을 보세요. 취업, 진학 등에 힘들어서 다른 것을 할 여력이 없는 것처럼 보이지 않나요? 졸업생 분들, 직장인들을 보세요. 업무에, 야근에 시달리면서 아등바등 살아가는 것이 보이지 않나요? 도전은 지금 하세요. 직장인이 되고 나서가 아니라, 졸업 이전에, 졸업이 다가와서가 아니라 재학생일 때 하세요. 지금 어렵다고 하지 못하면 앞으로도 못합니다.

길면 길고, 짧다면 짧은 시간 동안 조잘조잘 이야기했네요. 도움이 되었을지 모르겠네요. 고민에는 사소한 것이 없어요. 스스로 하는 고민은 항상 남들의 고민보다 크게 느껴지는 법이에요. 전 진로 진학, 심리 상담가이기도 해요. 언제든지 연락 주세요. 바쁘게 살아가긴 해도, 우리 후배들과 이야기를 할 시간은 꼭 만들겠어요. 나를 찾아가는 과정을 꼭 하세요. 여린 마음을 꺼내주세요. 사랑을 찾으세요. 도전하세요. 그리고 앞으로의 삶을 즐기시기 바랍니다. 들어주셔서 고마워요! 다음번에 우리가 만날 때는 각자가 모두 좀 더 행복한 삶, 자신이 원했던 삶을 살아가고 있기를 빕니다. 우리 또 보기로! 감사합니다.

5장

사회를 어떻게 볼 것인가

대학생으로 사회를 성찰하는 것은 더 나은 삶과 사회를 만드는 일의 필수 조건이다. 사회 혁신에 참여하며 원하는 대로 살기 위해서는 먼저 사회를 제대로 이해해야 한다. 나의 삶은 어떤 형태로든 사회의 영향을 받으며 사회적 관계 속에서 실현되기 때문이다. 이미 우리는 각자의 방식으로 사회를 이해하기 시작했다. 파편적인 능력과 생각을 체계적으로 정리해 이제 '나의 눈'을 향해 열려 있다.

– 사회를 성찰하는 글쓰기 중에서

기억하라, 기억하라 4월 16일을

이의상 (생체의공학과)

2014년 4월 16일, 전라남도 진도군 조도면 부근 해상에서 세월호가 전복되어 침몰한 안타까운 사고가 발생했다. 그 당시 나는 재수를 하고 있었고, 국민들 대다수가 학생들이 무사히 돌아오도록 기도하며 모두의 무사귀환을 바라는 노란 리본을 달았다. 하지만 안타깝게도 이 사고로 탑승인원 476명 중, 295명이 사망하고 9명이 실종되었다. 그 후 몇 달 동안, 국민들 대다수가 희생자들에 대한 애도를 했다. 그리고 국민들은 국가를 향해 "정부는 뭐했나?"식의 뜨거운 비판을 던졌다. 비판을 받은 정부는 뜨거운 감자를 만지듯 허우적대며 급히 자살한 유 회장을 찾아내고, 세월호 선장에게 무기징역을 선고하며 사고는 마무리되는 듯했다. 그후로 몇몇의 국민들은 '해결이 되었다.'라고 생각하고 안심하며, 이제 유가족들에게 잊어 보내야 할 때가 되었다고 잔인하게 말한다. 나 또한 그렇게 생각했다. 사고를 일으킨 장본인들에게 정당한 판결을 내렸으니 말이다. 그렇게 점점, 수평선을 향해 달리는 사람처럼 내 마음 또한 점차 작아져만 갔다. 하지만 사소한 계기로 세월호에 대한 무관심은 관심이 되었고, 내 생각들이 급격하게 변하게 되었다.

생각이 바뀌기 전, 나는 세월호 선장이 처벌을 받고 사고가 마무리된 것 같았다. 그래서인지 SNS에서나 시위에서 진상규명을 하라는 사람들이나 유가족들에 대해서 좋게 보지 않았다. '무슨 진상 규명을 더해? 그저 해상에서 일어난, 배가 바다 속으로 가라앉은 큰 교통사고인데?'라는 생각이나, '어째서 정부나 대통령이 그런 교통사고에 대해 책임을 물어야 하고 욕을 먹어야 하는가?'라는 생각이 들었기 때문이다. 또한 '그저 사고를 일으킨 세월호 선장을 처벌하고 사고의 원인 제공자인 유 회장이 사망했으니 끝난 것이 아닌가?'라는 무관심만 못한 생각들만 했다.

그리고 언론에서, 유가족들은 난폭하고 자꾸 돈이나 권력과 같은 보상을 원하는 속물들로 비춰졌다. 실제로도 생존자에 대한 대학교 특례 입학이나 대학교 등록금 지원을 해 준다는 기사를 보고서, '불공평하다.'라고 느끼기도 했다. 또한 유가족들이 박근혜 대통령을 멀리서 찾아와서 이야기를 나누자고 했을 때, 왜 대통령이 만나 줘야 하고 이야기를 나눠야 하는지 이해되지 않았다. 그리고 자꾸 이제 끝난 문제인 세월호 사고를 왜 자꾸 진상 규명이니 하면서 들쑤시려고 하는 것인지 이해되지 않았다. 나중에 생각해 보니 전혀 이해하려 하지 않았다. 그러면서 나는 점차 세월호 사고를 마음 속 깊은 곳으로 침몰시키고 있었다. 지금의 내가 보기에,

나는 선장과 다를 것 없이 학생들을 마음속으로 침몰시키고 무표정으로 방관하고 있었다.

하지만 최근 버스나 지하철 등 대중교통을 타면서 평소 느끼지 못했던 '버스가 고속도로에서 사고가 나도, 나는 버스 기사의 말에 따라야 할까?', '지하철이 도중에 멈춰서 가만히 앉아 있으라는 안내에 따라야 할까?'와 같은 사소한 생각들이 들었다. 이런 사소한 생각들은 나를 작지만 깊은 공포 속으로 점차 밀어 넣기에 충분했다. 그 공포 속에서 나는 순결한 마리아처럼 홀로 '안내에 따르다가 괜히 나도 죽는 거 아니야?'라는 의심까지 낳았다. 그리고 전에 세월호 유가족들에 대한 갖고 있던 생각들에 대한 부끄러움까지 느끼게 되었다. 마치 벌거벗고 지하철을 타고 있는 것 같았다.

이렇게 대처를 하지 않거나 미흡한 대처를 했던 정부의 행동들은 순결한 줄 알았던 나에게 불신이라는 씨앗을 뿌린 것이다. 의심의 잉태는 나뿐만이 아닐 수도 있다. 이렇게 자꾸 불신의 씨앗을 뿌리다 보면, 모든 국민들이 의심을 갖고 정부를 믿지 않아, 무정부 상태와 같은 혼란이 일어나지 않을까? 그리고 진상 규명이라는 것은 음모론적인 것들을 규명하는 것이 아니다. 사고 처리 과정에서 정부나 공무원들이 무엇을 했고 못 했고 등을 밝혀 사과를 하고 잘못된 부분을 고쳐, 불신의 씨앗을 걷어 가는 것이 진상 규명이라 생각한다. 하지만 메르스 사태를 보아도, 세월호 사건 이후로 정부의 대응은 바뀐 것이 없다고 생각한다. 소 잃고 외양간을 고치지도 않는 정부, 그런 정부를 방관하는 것이 옳은 것일까? 적어도 기억하자, 2014년 4월 16일의 침몰 사건을.

내 기준은 누구에게

김리안 (의류디자인학과)

　우리가 자주 사용하는 '비교하다'라는 단어의 정확한 뜻을 알고 있는 사람은 몇이나 될까? 그 뜻을 제대로 알고 있는 사람이 의외로 많지 않을 거라는 생각이 든다. 물론 나 또한 이 글을 쓰기 위해 국어사전을 찾아보고 나서야 정확한 뜻을 알았다. '비교하다'라는 단어의 정확한 뜻은, 둘 이상의 사물을 견주어 서로의 유사점, 차이점, 일반 법칙 따위를 고찰한다는 것이다. 하지만 우리는 평소 비교라는 단어를 다소 부정적으로 받아들이는 경향이 있다. 그 이유는 무엇일까?

　요즘 사회는 점차 구성원 개개인의 가치 기준과 소신을 지니기 어려운 상황으로 변해 가고 있다. 무의식적으로 자꾸만 내 기준을 타인의 그것에 맞추려고 한다. 하지만 타인은 타인일 뿐 내가 아니다. 자신의 기준을 가지고 살아가기도 힘든 이 세상에서 타인에게까지 기준을 맞추고 살아가는 일은 어찌 보면 잔혹하기까지 하다. 우리는 흔히 이러한 상황에서 '비교'를 하게 된다. 그러나 이 비교의 결과는 긍정적일 때 보다 부정적일 때가 훨씬 많다. 우리는 부정적인 비교의 순간과 빈번하게 맞닥뜨리고는 한다. 이런 경우에 속하는 것으로는 스펙과 취업에 관한 사례들도 많겠지만, 나는 이 글에서 학벌에 대해 말하고 싶다.

대입 전쟁을 치렀던 학생들이라면 모두가 공감할 수 있는 이야기가 있다. "ㅁㅁ가 OO대학교에 갔대." 이 말이 긍정적인 의미로 발화될 수 있기도 하다. 하지만 타인을 높이는 긍정적인 발화에 이어지는 생각은 보통 자신을 깎아내리는 경우가 많다. '그 아이는 사회에서 인정받는 명문대에 갔는데 나는 왜 고작 이 정도의 대학밖에 못 왔을까?'라는 생각 말이다. 반대로 부정적인 의미의 발화였다면 이는 전자보다 더 잘못됐다. '쟤는 그 대학 정도의 수준밖에 안 되는 거야.'라는 의미가 내포됐기 때문이다. 타인의 가치를 깎아내리는 발언 자체도 위험하지만, 타인과의 비교를 통해 자신을 높이는 일은 특히 경계해야 한다. 이것은 자존감의 문제와 직결될 수 있기 때문이다.

우리는 계속해서 경쟁 사회로 내몰리고 있다. 배우고 싶은 전공공부를 하려고 온 대학이 취업하기 위해 나를 수치화해 주는 기관으로 변질되고 있다. 우리는 이 속에서 경쟁하고 눈치를 보고 있다. 그리고 자신에게 부끄럽지 않기 위해서가 아니라 '남들보다' 뒤처지지 않기 위해 교육을 받는다. 인정하고 싶진 않지만, 흔히 어른들이 민낯마저도 예쁠 때라고 말하는 우리 20대의 현실이 이렇다.

나는 요즘 나름 마음을 비우려고 노력하고 있다. 주위를 둘러보지 않겠다는 의미는 아니다. 텅 빈 가슴을 가지겠다는 의미 또한 아니다. 나와 타인 그리고 내게 주어진 일들을 수단화하지 않고 목적 그 자체로 여기겠다는 말이다. 학점을 위해서가 아니라 내 안의 나무를 성장시킬 수 있게 배움 그 자체로 수업을 듣는 것. 스펙을 쌓기 위해서가 아니라 내 피를 끓어오르게 하는 일이기에 참여하는 것. 그리고 기준을 나 자신에게 두고 나와 타인 모두를 깎아내리지 않는 것. 이 세 가지가 요즘 내가 실제로 행하고자 노력하는 것이다. 프랑수아 를로르의 『꾸뻬 씨의 행복 여행』이라는 책을 보면 이런 구절이 나온다. "행복의 첫 번째 비밀은 자신을 다른 사람과 비교하지 않는 것이다." 이제 우리는 행복의 첫 번째 비밀을 알게 됐으니 쉽지 않더라도 조금씩 노력하길 바란다. 그리고 더 행복한 사람들이 되길 기도한다.

대한민국의 공권력 남용

최미주 (사회기반시스템공학과)

　11월 14일 뉴스를 보던 중, 내 눈앞에는 2015년의 대한민국이라고는 믿기 힘든 광경이 펼쳐지고 있었다. 시위를 하는 사람들과 그들을 무지막지하게 진압하는 경찰들이 광화문 앞에 한데 엉켜 있었다. 몇 분 뒤 뉴스 속보가 보도되었다. '70대 노인 물대포 맞고 의식 잃어'. SNS는 물대포를 직격탄으로 맞고 넘어져 의식을 잃은 노인에게 계속 물대포를 쏘아 대는 경찰들의 모습으로 도배되어 술렁이고 있었다. 정부 정책의 부당한 점을 바로잡고자 자유롭게 의견을 내기 위해 모인 국민들에게 경찰은 폭력과 무기로 무장하여 국민들의 권리를 박탈하고 무차별적으로 공권력을 행사하고 있었다. 국민들이 한목소리로 외치고자 한 것은 노동 개혁 반대, 수입 쌀 개방 반대, 비정규직 차별 철폐, 국정화 교과서 반대였다. 정부가 먼저 국민의 소리를 듣지 않았으면서도 이에 대한 국민의 저항에는 폭력과 입막음으로 일관했던 것이다.

언제나 이렇게 폭력 시위만 있었던 것은 아니다. 지난 2002년 효순이-미선이 사건 당시 국민들은 대규모로 촛불 집회를 열어 추모 인파를 모았다. 이것을 계기로 평화 시위 문화가 정착되기 시작하였다. 2004년 노무현 대통령 탄핵 사건이 일어났을 때도 국민들은 촛불 집회로 마음을 모았다. 2008년 미국산 쇠고기 수입 문제로 국가에 큰 파장이 일었을 때에도 전국 각 지역에서 촛불 집회가 열렸다. 이처럼 국민들은 국가의 문제를 평화롭게 해결하고 싶어 한다.

국민들이 단지 원하는 것은 국가가 국민의 소리를 듣는 것이다. 그러나 국가는 귀를 막으려고만 한다. 평화 시위에 대한 과잉 진압은 80년대 민주화 운동 이후로 이명박 정부부터 다시 부활하였다. 이명박 정부는 촛불 시위를 하며 거리 행진을 하고 있는 사람들을 연행하기 시작했고, 살수차를 동원하여 물대포라는 무기를 등장시켰다. 시위를 진압하기 위해 컨테이너 박스를 2층 높이로 쌓아 '명박산성'이라는 신조어도 탄생시켰다. 박근혜 정부는 세월호 사건에 대한 진실 규명을 호소하는 행진 행렬을 과잉 진압하기도 했다. 이로 인해 어떤 시민은 갈비뼈가 부러지고 폐에 피가 고이는 중상을 입기도 했다. 국가의 문제를 평화롭게 해결하고자 하는 국민의 외침은 정부의 무력과 폭력으로 인해 무참히 짓밟혀만 가고 있다.

국가의 이러한 태도에 국민들은 다른 대응 방안을 택할 수밖에 없었다. 정부 측에서는 시위대를 모두 계획된 폭동으로 간주하고 폭력 시위에 대한 부당성만 부각시키고 있다. 그러나 정부의 과잉 진압에 대하여 최소한의 자기 보호로 대비를 하고 나온 사람들을 폭도로, 시위를 계획된 폭동으로 변질시키는 것은 옳지 않다. 물론 시위대 중 일부 몇몇 사람들이 과도한 행동을 보이기도 했다. 하지만 시위대의 대부분은 국가가 국민들의 소리에 귀를 기울여 주기를 바라며 민주 국가의 한 국민으로서 자신들의 의견을 밝히고자 한 것뿐이었다. 이들을 모두 폭도로 간주하여 과도한 진압의 정당성을 주장하고 책임을 회피하는 현 정부의 태도는 무책임하고, 대한민국의 민주주의를 말살시키는 태도일 뿐이다.

대한민국 헌법 제1조 2항. '대한민국의 주권은 국민에게 있고, 모든 권력은 국민으로부터 나온다.' 하지만 헌법조차도 무의미해지고 있는 것이 현 대한민국의 실정이다. 국민들이 쌓아 올린 평화 의식은 국가의 공권력 남용에 의해서 오염되고 있다. 대한민국의 민주주의는 아직 갈 길이 멀고도 멀다. 1987년 전투경찰의 최루탄에 맞아서 사망한 이한열 열사의 억울한 죽음. 1991년 백골단의 살인적인 시위 진압에 의해 사망한 김귀정 열사의 억울한 죽음. 우리는 이들의 죽음을 기억하여 21세기의 대한민국에서 다시는 이런 일이 반복되지 않도록 해야만 한다.

대한민국의 실질적 민주주의 실현을 방해하는 병적 요소

이찬우 (건축학과)

우리나라가 한 나라의 국민으로서, 자신의 권리를 떳떳하게 행사하고자 하는 수많은 사람들의 투쟁과 노력 끝에 '절차적 민주주의'를 실현하게 된 지도 30년가량이 지났다. 비록 우리나라의 민주화는 영국이나 프랑스 같은 서구 선진국에 비해서는 늦게 시작해 단기간에 이룬 결과였지만, 경제 성장에 힘입어 여타 선진국과 비교해도 손색없는 민주적 체계를 갖추게 되었다.

하지만 '실질적 민주주의'가 우리나라에서 완벽히 실현되고 있는지에 대해서는 의견이 분분하다. 물론 과거에 비하면 상황이 많이 나아졌지만, 우리가 갈 길은 아직도 멀게만 느껴진다. 우리나라가 서구 선진국과 크게 다를 바 없는 민주적 체계를 갖추었음에도 더 이상의 고도성장을 하지 못하는 것은, '실질적 민주주의'의 체제가 완벽히 이루어지지 못했음을 의미한다. 그러한 성장을 둔화시키는 요소는 현재 우리 사회 곳곳에 도사리고 있다. 여러 가지 문제 중 우리가 가장 시급히 해결해야 할 문제들을 진단해 보고, 그에 따른 해결 방안을 강구한다면 우리 사회는 조금 더 나은 방향으로 나아갈 수 있을 것이라 기대된다.

첫째로 지역 갈등 문제에 대해 이야기해 보고자 한다. 현재 지역 갈등 문제는 여러 곳에서 발생하고 있지만 그중에서도 가장 지역 갈등이 두드러진 지역으로는 영 · 호남 지역 간 갈등을 들 수 있을 것이다. 두 지역 간 갈등은 수십 년 전부터 지속되어 왔고, 현재까지도 지속되어 오고 있다. 각 지역의 유권자들은 한 정당의 후보만을 '맹목적'으로 지지한다. 이 지역에서는 후보자의 공약이나 능력과는 상관없이 이들이 소속된 정당, 또는 정치 성향이 어떠냐에 따라 거의 선거 당락이 결정되고 있는 실정이다. 이러한 흐름이 지속될 경우, 정치인들은 매너리즘에 빠져 정작 자신이 책임져야 하는 지역의 발전에는 별다른 관심을 보이지 않을 것이며, 이는 장기적으로 국가의 균형 발전에 심각한 문제를 초래할 것으로 우려된다.

둘째로 학연 · 지연 · 혈연 문제를 들 수 있다. 이런 문제는 유능한 인재를 효율적으로 분배하는 것을 막고, 나아가 국가의 효율적 발전을 저해할 우려가 있다. 뿐만 아니라 이러한 과정에서 소외된 사람들은 상대적 박탈감을 느끼게 될 것이고, 그런 부정적 풍조가 계속될 경우 국가 경쟁력이 훼손될 것이다. 실제로 우리는 몇몇 기업가들이 교묘한 수법이나 부정행위를 통해 자신의 자녀나 친척을 채용하는 사례를 주변에서 어렵지 않게 찾아볼 수 있다.

물론 자신과 공통분모를 지닌 사람을 보았을 때 반가움을 느끼는 것은 당연하다. 하지만 그러한 사적인 감정에 휘둘려 인재를 등용하는 우를 범해서는 안 될 것이다. 그동안의 역사에 비추어 볼 때 혈연 · 지연 · 학연 등에 의해 인재를 등용해 성공한 사례는 없다.

셋째로 배금주의와 빈부 격차의 문제를 들 수 있다. 이 문제는 우리나라 뿐 아니라 모든 자본주의 사회에서 제기되는 것이기는 하나, 유독 우리나라에서 그로 인한 상처가 더욱 많아 보인다. 이는 급속한 경제 성장이 원인이 되는 것으로 보인다. 단기간 내에 소위 '한강의 기적'과 같은 경제 성장을 이루면서 많은 사람들이 부를 축적하고 더 나은 환경에서 살게 되었지만, 반대로 부를 착취당하고 소외된 사람도 많이 생겨나게 되었다. 그리고 '돈'이 가장 중요한 가치를 지니게 되면서 서민 계층의 불만은 더욱 고조되었다. 이러한 상황에서 정부는 효과적인 정책과 통제를 통해 문제 해결에 이바지해야 하지만 현실은 그렇지 못하다. 위에서 언급했듯 현재 정치인들은 매너리즘에 빠져 국가의 발전보다는 자신의 이익에 더 큰 관심을 기울이고 있다. 이런 현상을 하루빨리 타개하지 않으면 우리나라의 물질 만능주의와 양극화로 인한 폐해와 갈등 문제는 앞으로 더 심화될 것이다.

지금까지 사회 발전을 저해하는 우리나라의 고질적인 '질병' 중 일부에 대해 알아보았다. 이러한 병리적 요소는 합리적 의사 결정을 방해하고 국가 운영의 효율성을 해친다는 공통적인 문제를 지니고 있다. 또한 이는 우리나라가 문화 지체 현상에 처해 있음을 매우 잘 보여 준다.

이 문제를 해결하기 위해 개인적 측면, 사회적 측면에서 접근할 필요가 있다. 우선 각 개인은 시민의식 개선을 통해 합리적인 사고를 하는 능력을 함양해야 한다. 어떤 상황에서 주관을 지니는 것도 중요하지만 객관적이고 합리적인 자세로 사회를 바라볼 필요가 있다. 시민의식이 고양된다면 자연스레 지역주의도 청산될 것이고, 정치인의 매너리즘도 사라지게 될 것이다. 사회적 측면에서는 양극화 문제를 해결하기 위한 정책을 마련할 필요성이 있다. 우리나라의 경제 체계를 시장에만 맡길 경우, 소수 대기업의 독과점과 횡포로 인해 비효율적인 경쟁이 발생할 우려가 있기에, 정부에서는 적시에 개입을 통해 이를 통제할 책임이 있다. 이 두 가지 측면에서의 개혁이 이루어질 경우, 우리나라는 실질적 민주주의의 실현을 통해 진정한 선진국 반열에 오를 수 있을 것으로 기대된다.

민주주의는 참여에서 나온다

　헌법 제1조 제1항은 '대한민국은 민주공화국이다.'이고, 제2항
은 '대한민국의 주권은 국민에게 있고, 모든 권력은 국민으로부
터 나온다.'이다. 이를 보면 알 수 있듯, 대한민국은 민주주의 국
가이다. 그리고 우리는 민주주의 국가의 국민이자 시민으로서, 정
책결정 과정에 어느 형태로든 참여할 수 있다. 대한민국의 민주주
의 제도는 잘 형성되어 있다. 우리는 투표를 통해 우리의 대리인
을 선출할 수 있고, 표현의 자유가 보장되어 있다. 하지만 정치에
있어서 제일 중요하고 우리가 우리의 대리인을 선출하는 이유인,
우리의 의견을 정치에 반영하는 것이 이루어지고 있다고 생각하
는가. 아마 대부분은 고개를 저을 것이다. 왜 민주주의 국가의, 민
주주의 사회의 주권을 가지고 있는 우리는 우리의 의견이 반영되
고 있지 않는다고 생각할까?

　먼저 우리가 선출한 대표, 정치인들에 대해서 생각해 보자. 그

들은 선거철에 선거 유세 활동을 하면서, 자신은 국민들의 충실한 일꾼이고, 자신에게 기회를 준다면 자신이 내건 공약을 착실하게 이행하고 성실하게 최선을 다하여 활동할 것이라고 말하며 허리를 숙인다. 그리고 그들이 선출된다면? 일단은 고맙다고 인사를 한다. 자신의 선거구에 가서 허리를 숙여 감사드린다고 말을 한다. 물론, 거기까지. 그 이후에 그는 과연 우리가 선출한 사람이 맞나 싶을 정도로 얼굴도 잘 안 비치고, 이행한다고 이야기했던 공약도 안 지키고, 국정 보고서를 읽어보면 다 처음 보는 이야기들 뿐이다. 무언가를 했다고는 하는데, 나는 뭔가 변한 걸 본 적이 없다. 또한 당선된 이후의 그는 과연 뽑기 전에 그가 맞는지 궁금할 정도로 허리도, 고개도 숙이지 않는다. 그리고 평소에는 여야가 국회에서 신나게 싸우더니, 국회의원 특권 개정안은 모두가 하나 되어 통과시킨다. 왜 그럴까? 이는 그들의 정치 권력에 대한 잘못된 인식 때문일 것이다. 그들은 우리의 대리자이고, 우리가 그들에게 우리가 가진 권력을 나누어 주었을 뿐이다. 그 작은 권력들을 받아 든 그들은 그 권력들로 우리 위에 서 있으려고 한다. 그들은 자신을 국민의 대변인이자 심부름꾼이 아닌 지배자이자 특권 층으로 생각한다. '국민'을 두려워하고 '국민'이 감시하기보다는, '국민'이 두려워하고 '국민'을 감시하는 사람이 된다. 이런 그들의 잘못된 인식은, 민주주의의 걸림돌이다.

또한 지역감정에 대해 생각해보자. 자기 자신이 사는, 그리고 자신의 고향인 지역이 발전하기를 바라는 것은 당연한 것이다. 하지만 정치인들은 그것을 이용하려 하고, 사람들은 그것에 너무나도

202

쉽게 휩쓸린다. 실례로, 전라도 지방 사람들과 경상도 지방 사람들을 생각해 보자. 젊은 세대에 와서는 조금 희석된 감이 있지만, 지금도 나이 지긋하신 분들은 전라도 사람들은 뒤통수를 잘 친다, 경상도 사람들과는 대화도 하지 말아야 한다 등의 이야기를 하시곤 한다. 그리고 정치인들은 그것을 이용한다. 어떤 당은 우리는 전라도를 위한다고 말하고, 어떤 당은 우리는 경상도를 위한다고 말하면 그 당의 정견이 무엇이고 공약이 무엇이며 그 후보가 어떤 사람인지는 신경 쓰지 않고 자신의 지역을 위한다고 말하는 당에 투표한다. 그렇게 선출된 대표가 과연 열심히 그 지역을 위해서 일할까? 그는 자신의 선출이 당연하다고 생각하고, 다음 선거에서도 나 아니면 자신이 속한 정당을 투표할 테니 열심히 일하지 않을 가능성이 있다. 그리고 어떤 지역을 지지한다고 말한 당이 그 지역을 위한 정책을 낼까? 어떤 지역을 지지한다고 말한 당이 선출된다면 그 결과는 당연한 것이라고 여겨지고, 어느 정당을 지지하는 분위기를 띠지 않는 지역의 표를 얻기 위해서 노력할지 모른다. 이런 식의 지역감정에 휘둘리게 되면, 결과적으로는 자신들이 얻으려고 했던 것을 얻지 못할 뿐만 아니라, 민주주의의 후퇴에도 큰 기여를 하게 된다. 따라서 지역주의 또한 우리가 타파해야 할 것 중에 하나이다.

위에서 말했듯, 대한민국은 자신의 대리자를 선출하여 주권을 행사하는 방식인 대의제 민주주의 국가이다. 최태욱 교수는 "대의제 민주주의에서 포괄 정치의 발전을 이끄는 주체는 정당이다. 사회의 다양한 이익 집단을 균형 있게 효과적으로 대표할 수 있는 정당들이 포진해 있고, 국가의 정치 결정이 이들 정당들에 의해 이루어질 때 비로소 모든 시민을 아우를 수 있는, 포괄의 정치는 작동한다. 그렇지 않는다면, 예를 들어 노동자나 직장인 같은 주요 이익 집단을 대표하는 정당(들)이 존재하지 않거나 무력한 경우에는 사회의 대다수를 구성하는 이들 사회 경제적 약자들의 선호와 요구는 정치 과정에 반영되지 못하는 반면 대기업 같은 특정 강소집단의 이익은 과도하게 대변될 수 있다. 그리고 대한민국의 민주주의는, 포괄의 정치는 더 강하고 배제의 정치는 더 약한 유형의 민주주의이다. 또한 다당제 민주주의 국가이지만 양당제와 다름없는 형태의 모습은, 이런 민주주의를 더더욱 강화시킬 뿐이다."라고 자신의 글에서 말했다. 교수의 말대로, 현재처럼 특정 강소집단의 이익이 과도하게 대변되는 상황에서는 우리의 목소리를 내고 정책 결정 과정에 반영하기 위하여 주요 이익 집단을 대표하는 정당들에 힘을 실어주어야 할 필요가 있다.

그렇다면 우리는 어떻게 행동해야 할까? 어떻게 하면 우리의 대리인들이 우리를 두려워하고, 우리를 위해 일하여 우리가 원하는 사회로 만들 수 있을까? 그 답은 참여에서 찾을 수 있다. 내가 말하고 싶은 참여는, 투표에 참여하고 공청회에 참여하는 것뿐만 아니라 우리 주변의 소리들에 귀 기울이고, 우리 주변의 이슈에 대해서 생각하고, 주체적으로 생각하는 것 또한 포함한다. 만약 우리가 어떤 후보도 마음에 들지 않는다면, 기권표를 던지면 된다. 그렇다면 정치인들은 기권표를 던진 계층을 분석하고 어떻게 하면 그들의 표를 가져올 수 있을지 고민하게 될 것이다. 지역감정에 휩쓸리지 말고 후보가 누구이고, 어떤 공약을 내세우는지 생각하고 투표한다면 그 지역에서 열세였던 정당은 자신의 세력을 넓히기 위해서 노력하고, 그 지역에서 우세했던 정당은 왜 이런 현상이 나타났는지 분석하고 해결책을 낼 것이다. 우리나라에서 우세한 두 양대 정당 이외에 자신이 속한 계층의 이익을 대변하는 당이 있다면, 그 당에 투표하자. 그래서 그 정당의 목소리가 커지게 되면 자신을 위한 정책이 결정될 수 있을 것이고, 각자 다른 계층을 대변하는 당들이 비슷하게 힘을 얻게 되면, 다양한 사람들의 의견이 정책 결정 과정에 반영될 수 있을 것이다. 이 사회에 사는 것도 우리고, 이 사회를 변화시킬 힘을 가진 것도 우리며, 이 사회를 발전시킬 의무가 있는 것도 우리다. 그런 우리가 정책 결정 과정에 직·간접적으로 활발하게 참여한다면, 우리는 우리가 바라는 세상으로 나아갈 수 있을 것이다.

비정규직 노동 사회의 부조리를
터트리기 위한 도구, 송곳

김태우 (체육학과)

포털 사이트 네이버에서 화요일에 연재 중인 '송곳'이라는 웹툰을 보면서 느낄 수 있는 가장 큰 감정은 불편함이다. '송곳'은 '공룡 둘리의 슬픈 오마주'로도 유명한 최규석 작가의 웹툰이며, 비정규직 노동자를 해고하려는 사용자 측과 그에 맞서는 비정규직 노동자 측의 갈등을 주 내용으로 삼는다. 실제 까르푸 - 홈에버 인수 과정에서 있었던 노사 갈등을 그린 이 웹툰에서는 가진 자의 횡포와 열악한 일자리라도 잃지 않기 위해 사투를 벌이는 노동자, 그리고 그 노동자 간에서 일어나는 갈등 등을 적나라하게 표현한다. 사실을 기반으로 한 웹툰이다 보니, 사이다 같이 시원한 내용 전개보다는 찝찝하고 답답한, 불편한 내용 전개가 주를 이룬다.

'송곳'은 단순히 '봐라! 비정규직은 문제가 있다! 부조리하다!' 라는 식의 내용만 보여 주지는 않는다. 이 웹툰은 왜 비정규직이 부조리함을 당하고 있으며, 왜 그 부조리에 맞서지 못하는가에 대해 심층적으로 보여 준다. '송곳'에서 비정규직을 착취하는 기업은 프랑스계 기업인 '푸르미'이다. 프랑스인인 부장은 본디 원칙주의자로 법규를 잘 지키던 인물이었다. 하지만 한국인 직원들이 각종 편법과 뇌물 수수 등으로 원칙에서 어긋나나 회사의 이익에는 도움이 되는 행동들을 하는 것을 보며, 부장도 그러한 행동들을 수용하기 시작한다. 'I'm following the local rules.'라는 부장의 말에 'That's not localization. That's corruption.'이라고 당당하게 말하는 사람이 비정규직 노동자 편인 이수인 매니저밖에 없었다는 점. 학교에서 노조에 대해 교육을 받고, 노조에 우호적인 프랑스인이 왜 한국에서 노조를 인정하지 않느냐라는 질문에 '사람들 대부분이 그래도 되는 상황에서는 그렇게 되는 거요. 당신들은 안 그럴 거라고 장담하지 마. 서는 곳이 다르면 풍경도 달라지는 거야.'라는 노무사의 말을 보았을 때 대한민국에서 노조가 탄압받는 이유는 우리 사회의 풍조가 아직 노조를 부정적으로 받아들이고 있기 때문이라는 점을 상기시켜 준다. 다시 말해 노조의 탄압은 우리 스스로가 만들어 놓은 결과물이라는 해석이다.

'송곳'은 노사 간의 갈등을 비중 있게 다루고 있다. 이수인 매니저와 노무사를 필두로 한 비정규직 측은 사용자 측에 대항하기 위해 합법적 범위 내에서 자신들의 권리를 행사한다. 한국인의 정이라는 문화를 통해 불문율처럼 행해지던 초과 근무, 매니저의 노동 지원 등 기존에 암암리에 진행되던 일들을 중단하고 단체 행동권을 행사하는 비정규직 노동자들에게 사용자는 당혹감을 감추지 못한다. 사측에서도 접대 상황 조작, 또 다른 인력을 통한 비정규직 노동자들의 단체 행동권 억압 등 비정규직들의 반발을 막기 위해 노력하지만 대부분 허사로 끝이 난다. 2000년대에 들어오며 과거처럼 더 이상 노동자들이 사용자 측의 명령만 고분고분 따르는 것이 아닌, 식자의 능력을 빌려 노동자 본인의 권리를 얻고자 하려는 노력과 그 흐름을 직시할 수 있게 해준다. 더 나아가 작가는 이러한 비정규직들의 모습을 보며 독자들에게도 불합리한 일을 당할 때, 귀찮다고 혹은 튀어 보이기 싫다고 함구하는 일이 없어야 함을 전달한다. '법은 권리 위에 잠자는 자를 돕지 않는다.'라는 말이 있다. 스스로의 권리를 얻고, 보호하기 위해서는 우리 스스로가 행동해야 한다는 것을 독자들은 이 작품을 통해 다시 한번 깨달을 수 있다.

비정규직 노동자들은 오히려 사용자의 직접적 압박이 아닌 간접적 압박이나 회유책에 굴복을 한다. 노조에 가입하지 않으면 어드밴티지를 부여한다거나, 노조에 가입해서 활동하면 월급을 깎는 등의 방식이 그 대체적인 예이다. 많은 비정규직들이 본인에게 이익이 될 때는 노조에 흥미를 보이고 가입을 하였지만 불이익이 주어지자 노조를 탈퇴하기에 이른다. 이에 격분한 노조원들에게 이수인 매니저는 이렇게 말을 한다. '모두가 같은 무게를 견딜 수는 없습니다. 견딜 수 있을 만큼의 짐만 지세요.' 자칫 이기적으로 보일 수 있는 많은 사람들의 행동이 사실 개인마다 피치 못할 사정이 있으며, 그 사정도 생각해 줘야 한다는 것이다. 끝까지 투쟁하지 못한 동료들이 야속하고 그들이 이기적으로 비칠 수 있기도 하지만, 노조에 참여함으로써 얻는 손해가 삶에 직접적으로 영향을 끼치는 비정규직 노동자들의 사정도 고려해 줘야 한다는 발언이다.

2014년 8월 기준으로 비정규직은 전체 임금 근로자의 4할이 넘는다(45.2%). 노동 유연화를 명분으로 비정규직은 더욱 더 늘어나고 있으나 비정규직에 대한 월급, 보험 가입 등 처우는 굉장히 열악하다. 하지만 대한민국 내에서의 비정규직에 대한 인식은 좋지 못하다. 비정규직들이 자신들의 권리를 찾기 위해 고군분투하는 모습에 대해 귀족 노조, 배부른 노조 등의 단어와 빨갱이, 폭력 노조 등 일부 부정적인 모습을 일반화시켜 최소한의 권리라도 얻고자 하는 사람들의 노력을 폄하시킨다. 이러한 현대 시류에서 '송곳'은 비정규직 노동자들의 비참한 모습을 여과 없이 생생하게 전달해 주고, 독자들에게 비정규직, 그리고 노조에 대해 인식을 개선할 수 있는 기회를 준다는 점에서 큰 의미를 갖춘 작품이다. 부풀어 오른 풍선을 송곳으로 건드리면 그 큰 풍선이 한 번에 펑 터진다. 비정규직 노동 사회에 팽배한 부조리와 불합리도 누군가가 송곳이 되어 건드린다면 일의 사태가 크게 조명이 되고 그만큼 새롭게 개혁이 이뤄질 수 있지 않을까?

사회의 적신호, 수저 계급론

김선경 (산업경영공학과)

　최근 인터넷 커뮤니티 사이트를 중심으로 젊은층 사이에서는 금수저, 흙수저라는 단어가 유행처럼 번지고 있다. 국회의원 윤후덕의 딸 취업 청탁 사건과 배우 조재현의 자녀 조혜정의 금수저 논란 등, 금수저 관련 뉴스나 기사들도 많이 보인다. 앞에서 말한 '수저'에 대해 간략하게 설명하자면, 부모의 재화나 사회적 지위에 따른 자식들의 계급으로 자식들을 금수저, 은수저, 동수저, 플라스틱수저, 흙수저 등으로 나누는 것이다. 이것이 일명 '수저 계급론'이다.

　'수저 계급론'은 젊은이들 사이에서 먼저 나온 말이다. 젊은이들은 왜 이런 말을 만들었을까? 김낙년 동국대 교수의 논문에 의하면 우리 사회에서 상속·증여가 자산 형성에 기여한 비중은 1980년대 연평균 27.0%에서 1990년대 29.0%로 높아졌고 2000년대에는 42.0%까지 치솟았다고 한다. 이는, 자산 형성에 자신의 노력보다는 상속과 증여가 차지하는 비중이 계속 높아짐을 보여준다. 실제로 한미약품 일가의 12살 난 손주가 830억 원어치 주식을 가졌다는 등의 미성년자의 주식 양도 뉴스를 듣거나 '개천에서 용 난다.'라는 말이 안 나온 지 10년이 넘은 점을 생각했을 때 오늘날 부의 불평등은 매우 심화되었고, 부의 재분배는 더 이상 기대할 수 없게 되었다는 것을 쉽게 알 수 있다. 이런 사회 구조로 인해 젊은이들 사이에선 사회 풍자적 의미로 '수저 계급론'이 등장한 것이다.

이런 사회 구조는 수많은 문제들을 담고 있다. 첫 번째는 '기회 불평등'의 심화이다. 자본주의 사회에서 부모의 재화를 물려받는 건 어쩔 수 없지만, 21세기 한국 사회는 그걸 넘어 '기회'마저 물려받는 사회가 되었다. 이는 사람들의 의식 속에서 찾아볼 수 있을 정도로 우리 일상생활의 익숙한 측면이 되었다. 중산층을 동수저라 칭하고, 일반 서민을 플라스틱 수저라 칭한다면, 교육적인 면에서 봤을 때 금수저 아이들은 고액 과외를 받고, 동수저, 플라스틱수저 아이들은 동네 학원을 다닌다. 반면에 흙수저 아이들은 배움의 기회를 박탈당한 채 PC방을 전전하거나 그저 집에 틀어박혀 있을 뿐이다. 이처럼 강요에 의해서건 요구에 의해서건 20살이 되기 전에 자식에게 기회를 주고 자식을 지도해 주는 경우와 어떤 이유로 인해 자식을 방치하는 경우 그 차이는 명확하게 벌어진다. 결국 기회마저 유전받고 불평등은 점점 심해지고 있는 것이다.

두 번째는 바로 중산층의 붕괴로 인한 양극화 현상과 계급의 고착화이다. 현대 사회는 경제 활동의 중심 세력이자 사회 통합의 주축인 중산층이 얼마나 두껍게 형성됐는지, 얼마나 안정되게 유지되는지 등이 사회 발전 가능성의 척도가 된다. 그런데 우리나라 중산층은 점점 무너져 가고 있다. 보건 사회 연구원에 따르면 2013년 중산층이었다가 지난해 저소득층으로 미끄러진 비율은 10.92%로, 2008년 이후 최고치를 경신하였다. 그리고 중산층의 귀속 의식도 크게 낮아졌다고 한다. 현대경제연구원에 따르면 2013년 국민 가운데 자신이 중산층이라고 생각하는 사람은 46.4%에 불과했다. 외환 위기 이전인 1990년대 초·중반 중산층 귀속 의식이 70~80%대였던 점을 감안하면 현재 우리 사회 중산층이 느끼는 박탈감과 위기감은 점점 높아지고 있다는 것을 알 수 있다. 이런 중산층 붕괴는 양극화 현상을 일으키고, 계급이 고착되는 이차적 문제까지 연결된다.

극단적인 예로 중국이 있다. 중국의 지니 계수는 0.5로 나타나며 소득 분배가 매우 불평등하다고 측정된다고 한다. 이것은 중국의 부유층과 하층민이 얼마나 다른지 보여 주는 자료이기도 하다. 중국은 번화가에 가면 페라리, 람보르기니 등 슈퍼카 들이 널려 있다고 한다. 그러나 하층민들은 여전히 의식주조차도 해결하지 못하고 있으며 구걸로 삶을 연명하는 거지들을 거리에서 흔히 볼 수 있고, 그 비율 또한 적지 않다는 것이다. 이런 중국의 심각한 양극화 상황은 우리나라의 그리 멀지 않은 미래가 될 수도 있다. 경제학자들의 분석 결과, 우리나라에서는 부의 60%를 상위 10%가 갖고 있으며, 몇 년 내로 75%까지 치솟을 것이라고 한다. 이 결과만 봐도 우리 사회의 양극화 현상이 심해지는 것은 시간 문제이다.

자본주의 체제로 세계 경제가 돌아가는 상황에서는 돈이 돈을 벌게 된다. 따라서 적극적으로 부가 재분배가 되지 않으면 사람들은 노력을 통해 어느 정도 격차를 줄일 수는 있지만 태어난 신분에서 비롯된 시간이나 여러 가지 한계에 의해 계급 이동의 제한을 받는다. 이처럼 우리 사회의 구조적 모순에 대한 비판으로 나온 금수저, 흙수저라는 '수저 계급론'은 위에서 언급한 심각한 사회 문제를 야기한다. 개인의 노력과 상관없이 가난이 대물림되고, 부가 세습되는 것은 개인을 탓할 것이 아닌 사회 구조적 문제이다. 그렇다면 국가가 나서 사회 구조를 바꾸려는 노력이 절실한 때가 아닐까?

술! 술, 술 ……

유민선 (연극영화학과)

"술은 건배에 의해서 결속되는 사람들의 공동체, 우정, 형제애를
보장하는 상징이 되고, 그 확인과 보장의 매개체로서 술이
신성시되는 것이다. 곧 고대 사회의 제의에서 술잔을 높이 들고
신과 소통하는 제사장의 신성한 행위의 속화된 형태가
이후 건배로 남게 된 것이다."
– 김학민, 『태초에 술이 있었네』

이렇게 술은 예전부터 사람들이 모이는 자리라면 쭉 있어 왔다.
술은 긴장을 완화시켜 주어 사람들이 상대와 가깝게 느껴지게 해
준다. 이러한 특성 때문에 요즘은 친목을 다지기 위한 도구가 되
었다. 하지만 소주병에도 명시되어 있듯이 지나친 음주는 건강을
해치고, 사고 발생률을 높인다.
술을 마시면 생기는 주사, 숙취 등의 문제들은 대학생들이 자주

겪는 일이다. 하지만 최근 주사나 숙취를 넘어 과도한 음주로 숨지거나 다치는 사례까지 발생하고 있다. 2015년 4월 5일 대구시 동구 팔공산의 펜션 3층에서 MT에 참가 중이던 2학년 여대생이 추락해 사망했다. 같은 날 전남 구례군 리조트에서도 동아리 모임에 참가 중이던 대학생이 5층에서 떨어져 죽었다. 5월 3일 전북 익산 시내 원룸에서는 술을 마신 25살 대학생이 숨을 쉬지 않는 것을 친구가 발견하고, 경찰에 신고했다. 예전부터 신입생 환영회나 새내기 배움터에서 지나치게 술을 마셔서 문제가 생기는 사례가 많이 발생했지만 대학가의 음주 문화는 달라지지 않고 있다.

KBS 뉴스에서는 지난 2007년부터 최근까지 대학생 음주 사망 사고 20건 가운데 16건이 신입생 환영회나 축제 등 대학교 행사에서 일어났다고 밝혔다. 대학가의 음주 사고가 심각하게 된 이유에는 음주를 강요하는 요소가 사회 속에 내재되어 있기 때문이라고 생각한다. 대학생들은 사회적 관계에 민감하기 때문에 음주에 대한 잘못된 사회적 가치가 대학생들 사이에서 쉽게 만연할 수 있다. 또한 갓 고등학교를 졸업한 대학생들은 억압되고 구속된 생활에서 벗어났다는 생각에 주체를 하지 못하고 술을 많이 마시며 방탕한 생활을 보내게 된다. 학창 시절 틀에 박힌 생활을 하게 하다가 갑자기 온갖 자유를 주는 우리나라의 교육 체계 때문이다.

내가 대학에 입학한 지도 3개월이 다 되어 간다. 나 역시 꽤 많은 술자리에 나갔던 거 같다. 우선 공식적인 술자리가 많았다. OT, MT, 동기 모임, 여러 뒤풀이 자리가 있다. 말로는 신입생 환영회라 하지만 선배들이 새내기들을 모아놓고 환영하는 일은 술을 마시게 하는 것이다. 술을 못 마시거나 주량을 알지 못하는 신입생들도 선배들이 권하는 술을 마실 수밖에 없다. MT 역시 멤버들 간의 단합을 위한다는 명목으로 저녁부터 다 같이 술을 마시는 자리이다. 나와 친구들은 공식적인 술 자리 외에도 스스로 술 자리를 만들기도 했다. 지난 19년 동안 금지되어 왔던 것들을 할 수 있다는 것 자체만으로도 들뜨고 즐거웠다. 이런 즐거운 술자리에서 술을 너무 마신 나머지 밤새 토하고, 다음 날 수업을 가지 못하는 어이없는 일도 있었다.

일부 대학에서는 캠퍼스 내 음주 문화를 바로 잡기 위해 학생들이 자발적으로 만든 절주 동아리가 생겨나기도 했다. 우리 경희대학교에서도 '경희 주도'가 보건복지부와 대한보건협회의 지원을 받아 활동하고 있다. 하지만 정부와 학교가 나서 제도적 차원의 해결책을 내세우는 것만으로는 한계가 있다. 대학생들 스스로가 음주 문화의 폐해를 깨닫고 인식을 바꿔 나가야 한다. 모두가 허울뿐인 말을 내세울 게 아니라 올바른 음주 문화를 확립시킬 수 있도록 해야 한다.

우리나라 청년 실업의 심각성

강채영 (산업경영공학과)

요즘은 듣기 힘든 말인 '여류 작가'라는 단어가 있었다. 남성의 경우 '남성 작가'라고 하지 않지만 여성 작가의 경우 '여류 작가'라고 했던 것은 남녀 성차별 때문이었다. 지금은 이러한 성차별적 단어를 사용하지 않지만 지금과 달리 성 불평등이 심했던 십수 년 전까지만 해도 흔히 사용하던 단어였다. 이처럼 단어는 그 당시 사회적 상황을 보여 준다. 우리는 사회 속에서 존재하면서, 그 의사소통의 수단으로 언어를 사용하기 때문에 언어가 우리 사회를 대변한다고 할 수 있다. 최근에 생긴 '헬조선', 'N포 세대', '금수저' 등과 같은 신조어들도 우리 사회와 현실을 반영하고 있다.

먼저 '헬조선'은 지옥과 조선을 합친 말로 한국이 지옥에 가깝고 전혀 희망이 없는 사회라는 뜻을 담고 있다. 남부럽지 않은 좋은 스펙을 갖고 있어도 취업하기 힘들고, 특히 문과생 같은 경우는 '문송합니다(문과여서 죄송합니다)'라는 말이 생길 정도로 이

과에 비해 더 취업이 힘들다. 그리고 계속되는 취업난에 '졸업 유예자'가 많이 늘어나고 있는 실정이다. 졸업자보단 졸업 예정자로 있는 것이 취업에 더 유리하다는 판단에 의한 것이다. 하지만 대다수 대학은 불가피하게 졸업 유예를 선택한 학생들에게 졸업 유예 비용을 부과하고 있다. 이로 인해 설상가상으로 학생들은 경제적 부담이 더 가중되고 있다.

두 번째로 'N포 세대'이다. 불과 5~6년 전만 해도 불안정한 취업 현실과 사회적 압박으로 혼자 살기도 바빠 연애, 결혼, 출산을 포기해야 한다는 '삼포 세대'라는 말이 생겼었다. 이것만 해도 팍팍한 취업 현실을 보여 주었지만 'N포 세대'는 이에 그치지 않고 주택, 인간관계, 문화생활 등 포기할 것이 무한대로 많다는 청년들의 슬픈 현실을 표현하고 있다. 겨우 취업을 하더라도 한 가정을 꾸리기 힘들어진다는 것이다. 그리고 기성세대와 대립하던 청년 문화도 바쁜 현실에 의해 사라지고 있다. 기존에는 기성 세대와 대립하면서 우리 문화가 더 발전하였지만 현재 청년들은 취업난으로 인해 문화를 즐길 여유조차 없다. 'N포 세대'라는 말이 취업난으로 인해 앞이 보이지 않는 미래를 향해 가고 있는 20대 청년들의 각박한 현실을 담고 있는 것이다.

마지막으로 '금수저'이다. '금수저 물고 태어났다.'의 준말로 최근에 20대 사이에서 많이 쓰이고 있는 단어이다. 영어 숙어 '은수저를 물고 태어나다(Born with a silver spoon in mouth)'라는 말에서 비롯된 말로 부유한 가정에서 태어났다는 뜻이다. 이 아래로 은수저, 동수저, 심지어 흙수저라는 말이 계급적으로 생겼는데 이는 젊은이들에게 상대적 박탈감을 갖게 한다. '금수저'는 상위 1%들로 어려서부터 영어 유치원을 다니고 비싼 사교육을 받고, 유학은 기본이다. 그리고 '상속이 능력을 이긴다.'라는 말까지 생길 정도로 이들은 부모의 사회적 지위로 무임승차하여 어렵지 않게 취업을 한다. 하지만 '흙수저'는 부모의 능력이나 형편이 넉넉지 못한 어려운 상황에서 경제적인 도움을 전혀 못 받고 있는 자녀를 지칭하는 말로 흙수저를 한번 물면 그 후로 밥을 먹기 어려운 극한 상황을 담고 있다. 재벌 3세가 늘어나고 부의 세습이 정당화되고 있는 우리나라에서 청년들이 부모의 도움 없이 취업하기는 힘들어 보인다.

이 외에도 '캥거루족', '이태백'과 같은 신조어들이 많이 있다. 이러한 신조어가 생겨난 데에는 사회적 원인이 있으며 신조어에는 그러한 의미가 부여된 원인이 있다. 인하대학교 문화콘텐츠학과 백승국 교수는 "단어의 의미가 어떻게 부여되었는지에 초점을 맞춰 다양한 사회 담론을 형성하는 것이 중요하다."라고 하였다. 이 말처럼 우리는 이 어휘들을 가볍게 여기고 그냥 넘어갈 것이 아니라 우리 사회에서 계속되는 청년들의 취업난이 얼마나 심각한지 살펴보고 취업난의 원인이 무엇인지 확인할 필요가 있다. 그리고 이에 대한 해결책이 생겨 하루 빨리 이러한 단어들이 사라지고 청년들이 취업 걱정 없이 행복해지는 날이 오길 희망한다.

우리는 왜 자기 계발에 미치는가

최수정 (국제학과)

정규직과 비정규직의 차별이 날이 갈수록 커지고 있다. 이에 대해 몇몇 회사의 노동자들은 처우 개선이나 정규직으로의 전환을 외치며 파업을 진행하고 있다. 비정규직이 문제가 되는 이유는 비정규직이 불법이라서가 아니라 노동에 대한 적절한 대우가 이루어지지 않아 노동자들이 생활 안정에 위협을 받기 때문이다. 비정규직이 받는 부적절한 대우에 대한 문제의식이 사회에 퍼져 있긴 하지만 사회적 약자인 비정규직의 처우 개선은 개인의 힘으로는 불가능한 일이다. 이는 비정규직 노동자의 열악한 노동 조건들을 고려했을 때 인권 보장 측면에서 사회적 연대가 필요한 부분이다. 하지만 요즘 대학생 대부분의 입장은 다르다. 비정규직의 정규직 전환은 불합리하다는 것이다. 비정규직으로 입사한 사람들은 그들이 비정규직으로 채용될 만큼의 노력을 했기 때문에 비정규직이 정규직으로 전환을 요구하는 것은 이익을 날로 얻겠다는 도둑

놈 심보라는 것이다. 이러한 생각에 대다수 대학생들이 동의하며 그들 나름대로 논리가 있다. 그렇기 때문에 그들은 스스로를 정당화하는 데 거리낌이 없다. 비정규직들의 정규직 전환을 지지함으로써 우리의 상황 또한 좀 더 안정적으로 변하길 바라는 마음에서라도 찬성할 것이라 생각했던 내게 동기들의 그러한 확고한 이견은 충격으로 다가왔다. 비정규직과 대학생이 처한 상황이 비슷하다고 생각하여 비정규직에 동병상련을 느꼈던 나에게 공감하지 못하는 이들의 모습은 생각지도 못했던 당황스러움을 주었다.

그들의 생각의 바탕에는 '사회의 평계를 대지 말고 스스로 노력하고 계발한 만큼만 얻어야 한다.'라는 논리 구조가 깔려 있다. 이러한 논리 구조는 정규직 전환 문제뿐만 아니라 견고한 학력 위계주의에도 나타난다. '모든 책임은 개인 스스로가'라는 모토를 지니고 살고 있는 젊은이들에게 대학 서열은 자신 스스로를 옭아매는 덫이다. 대학 서열은 너무나 오랫동안 한국 사회에서 당연시되어 오고 있기 때문에 문제시하는 것조차 이상하게 받아들여져 공감대를 얻지 못한다. 젊은이들은 다른 이들에게 학력의 위계질서를 강력히 적용하는 동시에 자신도 그 잣대에서 벗어나지 못한다. 학력이 낮을수록 자기관리와 노력이 부족한 사람으로 낙인 찍혀버리는 그 분위기 속에서 스스로가 가해자이자 동시에 피해자가 되는 것이다. 사람의 능력 안에는 수학 능력 말고도 다른 능력이 많다. 그럼에도 불구하고 수능 성적이라는 지표 하나가 젊은이들의 능력과 인성을 결정지어 버리는 것이다. 이러한 논리 구조는 자신보다 낮은 서열의 대학교 학생들을 깔보고 무시하는 동시에 자신보다 높은 학교 학생들에게는 무언의 부끄러움과 자기 방어를 습관적으로 표하도록 만든다.

　시중의 큰 서점에서 가장 잘 팔리는 상위 랭크에는 자기 계발서가 반 이상을 차지하고 있다. 이것 또한 우리 세대 깊숙이 박혀 있는 자기 계발 중심적 가치관, 즉 노력한 만큼만 가져가라는 가치관을 반영한다. 그뿐만 아니라 심지어는 그 분위기를 더욱 견고히 하고 있다. 이는 앞서 이야기했던 정규직과 비정규직, 학력 위계 구조에서의 차별을 정당화한다. 사회의 차별이 정당화되는 분위기는 사회의 유대감과 결속력을 흐리고, 극심한 개인주의로 서로 공감하고 연대할 수 없게 한다. 또한 요즘 이십대가 자기 계발에 미쳐서 얻는 것이 무엇이란 말인가. 언젠가부터 자기 계발과 성공의 간격은 말할 수 없이 멀어지고 있다. 아무리 노력하고 자기 계발을 한다 해도 성공하리라는 보장이 주어지지 않는다. 아이러니하게도 이런 상황이 지속될수록 젊은이들은 더욱 자기 계발에 충실할 것을 주문받는다. 요즘 이십대들은 그 어느 세대보다도 열심히 자기 계발에 힘쓴다. 하지만 그 어느 세대보다도 성공이라는 길에 올라서기 힘들다. 모두가 하나같이 스펙을 쌓고 대기업에 가는 것을 목표로 할 뿐만 아니라 목적 없는 자기 계발 속에서 서로를 차별하고 더 높이 올라가기 위해 끊임없이 경쟁한다.

　과연 이런 이십대들의 생각과 극심한 차별의 분위기가 그들의 탓이라고만 할 수 있을까. 그들이 바라는 성공은 옛날의 그것과 다르지 않음에도 불구하고 더 많은 노력을 쏟아부어도 성공할 수 없는 사회가 정말 개인의 노력 부족 탓일까. '스스로 노력한 만큼

얻어야 한다.'라는 모토는 젊은이들을 끝나지 않는 고통과 자괴감
으로 몰아넣는다. 심지어는 타인의 고통뿐만 아니라 자신의 고통
마저도 노력이 부족했다는 이유로 무시하게 된다. 아무리 노력해
도 보상받기 힘든 사회는 바람직한 사회가 아니다. 개인의 성공과
그에 따른 고통을 신경 쓰지 않고 모두 개인의 책임으로 돌리는
사회 또한 무책임한 사회일 뿐 공정한 사회가 아니다. 자기 계발
에 사회 전체가 너무나 몰두한 결과 스펙이 한 사람의 인성과 발
전 가능성을 미리 결정지을 수 있어서는 안 된다. 자기 계발이 나
쁘다는 것이 아니라 그 과정과 그 결과가 공정하지 않은 사회에서
그것을 가지고 차별하는 것이 불합리하다는 것이다. 합리적인 사
회라면 살벌한 경쟁 시스템을 완화시키고 불필요하게 들어가는
사회적 자원의 낭비를 막아야 한다. 아프니까 청춘이라는 말은 이
시대의 청춘들이 사회로부터 버림받아 끊임없이 고통받고 있다는
것을 간과한 것이다. 이 시대의 젊은이들은 그만 아파야 할 권리
가 있으며 아프다고 사회에 투덜거려야만 할 이유를 가지고 있다.

잘못된 위계질서에 대한 문제의식

임규완 (스포츠의학과)

　'까라면 까야지.' 전 국민이 한 번쯤 들어봤을 말이다. 이 말을 들으면 30대 남자 직장인이 담배를 물고 쓴 웃음을 지으며 동료들과 이야기하는 모습이 상상된다. 우리나라 대부분의 조직에는 위계질서가 뿌리 깊이 만연해 있다. 윗사람이 지시한 사항은 군말 없이 실행해야 하고, 왜 이 일을 해야 하는지, 어떻게 하면 좋은지에 관한 질문은 끼어들 구석이 없다.

　왜 이런 위계질서가 우리나라에 자리를 잡은 것일까? 이 문제의 원인에는 크게 세 가지가 있다. 첫째, 유교 문화의 현대적 변질이다. 유교에서는 아랫사람이 윗사람을 존중하는 것이 기본이다. 하지만 윗사람이 아랫사람을 대하는 예절 또한 중요시한다. 현대에서 변질된 유교 문화는 후자를 놓치고 있다. 주변에서 예를 찾아보자면 내가 다니고 있는 체육 대학을 꼽을 수 있다. 후배에게는 알지도 못하는 선배에게도 무조건적으로 공경하는 태도와 깍

듯한 모습을 강요하고, 후배가 작은 실수를 하면 선배로써 따뜻하게 감싸 주거나 가르쳐 줄 생각보다는 윽박지르기 바쁘다. 그리고 이것을 사회생활이라고 가르친다. 유교의 공경의 원리가 아닌 복종의 원리를 가르친다. 유교는 사라지고 권위주의만 남아 있는 것이다. 둘째, 주입식 교육의 문제이다. 우리나라 교육은 창의성과 개성의 함양보다는 지식의 주입에 초점을 맞춘다. 초등학교에서부터 시작되는 의무 교육은 항상 정답만을 요구한다. 초등학교를 들어가자마자 구구단을 외우라고만 하고 3과 3을 곱하면 왜 9가 되는지는 가르치지 않는다. 이러한 방식의 교육은 고등학교를 졸업할 때까지 계속되고 학생들의 사고도 이러한 틀에 맞춰 성장한다. 이렇게 어른이 되어 버린 그들은 "왜?"라는 말을 들으면 말문이 막혀 버린다. "왜?"라는 질문을 해야 하는 이유와 질문할 수 있는 힘 또한 없어진다. 그 결과로 위에서 시키는 대로 하는 위계질서의 톱니바퀴가 되어 버리는 것이다. 이것은 앞서 말한 변질된 유교 문화의 집단주의를 만나면 시너지 효과를 발휘한다. '질문을 하면 남들에게 피해를 준다.', '조용히 남들처럼 있자.'라는 생각이 질문을 막는 것이다. 셋째, 군대에서 파생되는 군대 문화이다. 우리나라 대부분 남성들은 병역의 의무를 다한다. 그런 병역의 의무를 다한 남성들이 사회와 경제 활동의 기반을 형성한다. 그들은 몸에 익은 군대의 시스템을 조직에 적용시킨다. 상사는 부하 직원에게 무조건적으로 시키고 부하직원은 무조건적으로 따르는 군대식 위계질서가 생기는 것이다.

그럼 해결책은 무엇이 되어야 할까? 첫째, 변질된 유교 문화를 타파하고 유교 문화의 배울 점만 선택적으로 수용하는 것이다. 이것은 사회적 측면에서의 해결책이다. '윗물이 맑아야 아랫물이 맑다.'라는 말이 있듯이, 윗사람이 먼저 아랫사람에게 다가가고 모범을 보여야 한다. 윗사람이 옳고 바른 점을 보여준다면 아랫사람은 그런 점을 자연스레 배우게 된다. 또, 예의라는 덕목에 너무 집착하지 않도록 해야 한다. '장유유서'라는 말이 있다. 장유유서는 나이의 많은 사람과 나이가 적은 사람에 따른 질서를 의미한다. 이 질서는 존댓말을 하고, 어느 정도 존중을 보이는 것으로 충분하다. 그 이상을 요구하게 되면 소위 '꼰대'라는 인식밖에 남지 않는다. 그리고 유교에서 배울 점은 확실히 배워야 한다. 유교의 근본 문헌인 논어에서는 질문 자체가 전제로 향한다. '이 질문을 해야 하는가?', '이 질문은 이 상황에서 필요한 것인가?' 등이 그것들이다. 이러한 질문을 향하는 태도는 두 번째에서 지적했던 경직된 위계질서가 질문과 물음을 억압하는 현상을 해결해 줄 것이다. 이것이 현대로 옮겨 와야 할 올바른 유교 문화이다. 둘째, 국가적 차원에서 주입식 교육을 창의성과 개성을 함양하고, 토론을 중시하는 교육으로 바꿔야 한다. 지금 우리 경희대학교 교양 수업에서도 토론 위주의 수업을 많이 진행하지만, 다들 자기 의견을 내는 것을 부끄러워하고, 누군가가 자그마한 반박을 하면 바로 꼬리를 내리는 등 토론에 익숙하지 못하다. 이런 문제점을 해결하려면 초등학교에서부터의 교육을 자연스럽게 서로에게 질문하고 의견을 내보이는 토론식의 교육으로 바꿔야한다. 또한 무조건적으로 정답만을 요구하는 것보다 '어떻게 그 답이 나왔나?', '또 다른 답이 없을까?'라는 생각을 하게끔 유도하는 교육이 이루어져야 한다. 이런 교육 방식의 변화가 단기적 해결책이라고 볼 수는 없다. 하지만 이 문제에 단기적인 해결책은 없다. 장기적으로 다음 세대에게 이러한 위계질서의 부작용을 물려주지 않는 것에 초점을 맞춰야 한다. 셋째, 군대 문화가 사회에 퍼져 있다는 것을 개개인들이 인식하는 것이다. 무분별한 군대 문화가 문제가 된다는 것은 세상 모든 사람들이 다 알고, 특히 군대에 다녀온 사람들은 더 잘 안다. 그러한 군대 문화를 자신도 따라가고 있고, 아랫사람에게 똑같이 한다는 사실을 인식함이 군대식 위계질서를 감소시킨다. 이것은 개인의 인식의 변화가 필요한 해결책이다.

변질된 유교 문화, 주입식 교육, 군대 문화 이 세 가지 문제는 유기적으로 연결되어 있다. 이 중 어느 것 하나라도 해결하지 못하면 위계질서 또한 해결하지 못한다. 위에서 제시한 사회적, 국가적, 개인적 차원으로 구성된 해결책을 실천한다면 느리더라도 분명한 개선이 나타날 것이다. '까라면 까야지.'라는 말은 우리까지만 하고 다음 세대에게서는 '까라고? 왜?'라는 당돌한 말을 듣자.

정당한 주장 전에 고려해야 할
역지사지적 입장
- 우리 모두는 누군가의 보물이지 않은가 -

박준기 (전자전파공학과)

얼마 전 새로이 의무 경찰을 뽑는 시험이 있었다. 이십대 초반의 수많은 젊은이들이 응시하기 위해 모여들었다. 그중 몇몇은 붙게 될 것이나 대부분은 탈락하게 될 것이다. 그러나 그 시험장의 모두가 아직은 세상의 때를 묻히지 않은, 약간은 치기 어린 눈동자를 가진 의욕 있는 젊은이였다. 새들은 새끼일 때, 약 두 달여간의 극진한 어미의 보호 속에서 몸이 자라고, 날개에 힘이 붙으며 스스로 날 수 있는 능력을 길러 간다. 인간은 스스로의 생각과 뜻을 펼치는 데에만 25년 정도의 시간이 걸린다. 이십대 초반의 우리는 아직 여린 날개를 가지고 있다.

약 2주전 민노총에서 대규모의 시위를 벌였다. 시위의 내용인즉슨 이렇다. 노동자의 권리 신장을 위해서 정부와 오랜 기간 동안 협상을 하고, 실랑이를 벌였지만, 그것이 그들의 뜻대로 되지 않아서이다. 물론, 우리나라는 박정희 정권의 영향으로 아직도 너무나 많은 혜택들이 기업에 돌아가고 있는 상황이다. 노동자의 권리는 여전히 다른 국가에 비해서 너무나 낮다. 이런 측면에서 봤을 때 대부분의 가정에서 이러한 시위를 지지하고 찬성하는 것이 당연할 수 있다.

민노총과 그 뜻을 함께하는 많은 사람들이 시위를 위해서 광장에 모여들었다. 아마 평화적 시위였다면 나는 지금까지도 그 의의에 대하여 여전히 지지를 보냈을 것이다. 그렇지만, 대의를 위해 모인 시위는 이내 폭력 시위로 변모하였다. 시위대는 버스를 뒤집고, 전경들의 가이드라인을 넘어서고, 화염병 등의 무기를 던졌다. 이 시위가 사회적으로 큰 이슈가 된 것은 이 대목에서이다. 처음 알려진 사건은 60대 노인이 경찰의 진압 과정에서 물대포를 맞고 뇌진탕으로 쓰러졌다는 내용이었다. 분명 서로를 향하는 감정이 격해졌을 것이다. 이 부분에서 경찰은 시민에게 상해를 입히는 과실을 인정해야 하는 것도 부정할 수 없는 사실이다. 그렇지만 여기서 우리는 짚고 넘어가야 할 점이 있다.

이번 사건의 진압대였던 서울 동대문구 경찰청에는 아직 세상의 때를 묻히지 않은 의욕 있는 젊은 전경대 친구들이 많을 것이다. 그리고 스스로 자신의 날개를 사용하기에는 아직 미숙한 나이들이다. 분명히 그저 복무 기간 중 배운 대로, 매뉴얼대로 진압을 하였을 것이라는 점은 자명하다. 또한 물대포는 군중의 가이드라인 침범 저지를 목적으로 하므로 불특정 다수를 향해 발포한다. 수많은 사람 가운데서 그 한 사람만을 노려서 물대포를 사용하지는 않았을 것이다. 그리고 인간적 측면에서도 보자. 사람은 대부분의 사람들이 자신을 미워하지 않는, 알지도 못하는 사람을 때리기란 정말 힘들다. 국민의 안전을 위한 진압 과정에서 부상을 당하고 마음이 다치는 의경들 또한 누군가의 자식들이다. 이들을 때리는 이들이 과연 누구인가? 민노총의 시위는 그 목적이 좋았지만, 수단이 잘못되었고 결국 그들이 주장하는 생각과 행동이 왜곡된 것이라 본다.

대한민국 헌법 1조 1항에 '국가의 주권은 국민에게 있다.'라고 명시되어 있다. 그들의 아우성은 정부가 아닌, 국민들의 귀에 울렸어야 했다. 조금만 더 차분히 생각하고 행동을 했다면 그 본질을 상하게 하지 않았을 것이다. 또한 언제나 '역지사지'의 정신을 잊지 말아야 한다. 과연 우리는 노동자들이 왜 더 나은 환경에서 일하기를 원했고, 자신의 가장 소중한 자식들에게 더 좋은 것을 주려고 그토록 고생하는가를 생각해 볼 필요가 있다. 그리고 그 시위 현장에서 목소리 높여 주장하는 소리들이 정당화될 수 있는지를 생각해 봐야 한다. 정부의 무지함을 비판하는 것은 힘 있게 들리나 정작 대치하여 싸우고 있던 그 상대들은 누구의 아들들인지 생각해 봤어야 했다. 결국 오늘의 시위는 그 상대가 누구인지를 희미하게 만들었을 뿐이다.

청년 실업을 대변하는 신조어

김설희 (산업경영공학과)

언어는 그 시대의 사회상을 대변한다. 한 가지 예로, 임진왜란 때 사회가 혼란해지면서 사람들의 인심이 사나워지고, 민심도 흉흉해졌다. 목숨을 부지하기도 어려운 상황에서 바른말, 고운 말을 쓰려고 노력하는 사람들은 점차 줄어들었다. 된소리와 거센소리가 생겨났고, 축약된 말이 많이 사용되었다고 한다. 그래서 예전 같았으면 '이보시오, 자네 지금 무엇을 하고 있는가?'라고 말할 것을 지금은 '야, 너 지금 뭐 하냐?'라고 줄여 말하게 되었다는 것이다. 이는 단지 어휘의 차이가 아니라 사람들의 마음이 급박해졌다는 것을 의미한다. 언어를 사용하는 사람들의 생각이 그 언어에 녹아 있을 수밖에 없는 것이다. 대한민국의 취업률은 해마다 줄고 있는 추세다. 객관적으로 봐도 흠잡을 데 없는 스펙에 남들이 알아주는 대학을 나와도 쉽게 취업할 수 없는 게 현실이다. 그에 따라 취업난을 반영하는 신조어들이 점차 생겨났다. '헬

조선', '금수저', 'N포 세대', '취업깡패', '캥거루족' 등의 신조어
가 바로 그 예이다.

신조어 '헬조선'은 지옥을 뜻하는 '헬(hell)'과 우리나라를 뜻하
는 '조선'의 합성어로, '지옥에 가깝고 전혀 희망이 없는 한국 사
회'를 의미한다. 비슷하게는 '지옥불반도'나 '망한민국'이라는 신
조어도 있다. 이 신조어들은 높아지는 집값, 교육비, 등록금, 육아
부담으로 미래에 대한 희망이 점점 줄어들고 있는 현실을 보여 준
다. 청년 실업 문제에 시달리는 20대~30대 한국 젊은이들의 암울
한 현실을 일컫는 말이기도 하다. 살기 어려워진 대한민국에서 벗
어나고 싶다며 '탈조선'라는 말도 쓰이고 있다.

'금수저'는 '금수저를 물고 태어났다'를 줄인 말로, 부모의 재
력과 능력이 좋아 아무런 노력과 고생을 하지 않음에도 풍족함을
즐길 수 있는 자녀들을 지칭한다. 상반되는 개념으로는 '흙수저'
가 있다. 이는 부모의 능력이나 형편이 넉넉지 못해 어려운 상황
에서도 경제적인 도움을 전혀 받지 못하고 있는 자녀를 지칭한다.
태어날 때부터 돈이 많거나 취업을 보장해 줄 수 있는 부모들을
만난 사람들만 성공할 수 있다는 현실을 보여 주는 신조어이다.

또한 취업난, 물가 상승 등 사회적 압박에 의해 여러 가지를 포
기한 세대를 뜻하는 용어인 'N포 세대'라는 말도 있다. 처음에는
연애, 결혼, 출산 세 가지를 포기한 '3포 세대'라는 말이 나왔었다.
이어 취업, 내 집 마련을 포기하는 '5포 세대'가 나왔고, 인간관계
와 희망까지도 포기한 '7포 세대', 건강과 외모 관리를 포기한 '9
포 세대'도 나타났다. 이러한 신조어들이 계속 생겨남에 따라 무

언가를 포기하는 이들을 통틀어 'N포 세대'라고 부른다. 'N포 세대'는 결국 방에서 스마트폰이나 컴퓨터만 하며 목숨만 부지하며 사는 청년들의 모습을 나타내는 신조어이다.

뉴스다이브의 기사에 따르면, 20대 청년들의 약 88.2%가 이런 신조어들에 대해서 "조금 과장된 면이 없지 않지만 현 상황을 잘 반영한다."라고 답했다. 취업난과 관련한 신조어들이 많이 생겨나고 있는 것, 대다수의 청년들이 공감한다는 것으로 대한민국의 청년 실업이 점점 심각해지고 있음을 느낄 수 있다. 그저 새로 만들어진 신조어라고 가벼이 여길 것이 아니라, 청년들이 얼마나 취업에 대해 스트레스를 받고 있는지, 취업난이 얼마나 심각한지를 인식해야 한다. 청년 실업을 해결하기 위해서는 정부와 국민의 지속적인 관심과 제도 마련이 필요하다. 하루빨리 취업난이 해결되어 위와 같은 신조어가 없어지는 날이 다가오기를 바란다.

편지 쓰지 않는 사회

김민정 (프랑스어학과)

　수업이 끝난 후 카페에서 과 동기들과 이야기를 하고 있었다. 주제는 과제에 대한 것이었다. 나는 그때 연애편지 쓰기라는 과제를 하고 있다고 말했다. 그러자 대부분 "오글거리게 웬 연애편지야?"라는 반응이 돌아왔고 연애편지를 가지고 논쟁 아닌 논쟁을 벌였다. 동기들은 연애편지뿐만 아니라 편지를 쓰는 것 자체가 낯설고 거부감마저 느껴진다고 했다. 문과를 나온 프랑스어과 동기들마저도 편지 쓰는 것을 꺼리는 모습이 내게는 의아하게 다가왔다. 언제부터 편지가 이런 취급을 받았을까? 왜 우리는 편지를 쓰지 않게 되었을까? 세상은 빠르게 변하고 있다. 누군가와 연락하려면 불완전한 단문들로 구성된 메시지를 쓰고 전송 버튼만 누르면 된다. 심지어 각종 이모티콘으로 상황이나 감정을 대신할 수도 있다. 아주 간단하다. 하지만 편지는 느리다. 편지지와 예쁜 색감이 나오는 펜을 고르는 과정에 더하여 문장을 쓸 때마다 고민하고 지웠다 썼다를 반복한다. 어렵사리 편지가 완성되어도 부칠까 말까 하는 망설임의 시간이 남는다. 하지만 현실은 어떠한가? 이제는 편지를 쓰기 위해 들어가는 시간과 노력이 사치처럼 느껴지게 되는 사회가 되었다. 문명이 발달하면서 우리는 느림의 미학을 망각하고 신속성과 정확성을 선호한다. 본격적인 디지털 시대를 살고 있는 것이다.

그렇다면 감정이 메마르고 문학의 낭만을 모르는 현상이 단순히 세상 탓일까? 그것 때문만은 아니라고 생각한다. 어린아이들은 감성적이고 진솔하다. 나 또한 그랬다. 내가 어려서 쓴 글은 솔직했고 감성적이었다. 과거 우리가 한 번쯤 쓴 일기장을 보면 알 수 있을 것이다. 미래에 대한 설렘이나 일상에서 얻는 행복, 탄식, 두려움 등이 뒤섞인 순박한 감정의 향연, 가끔씩은 책상머리에서 끄적거린 시나 메모를 통해 우리의 상상력은 자연과 우주로까지 확대되기도 했다. 그런데 지금 뭐가 문제일까? 우리는 고등학교에 들어오면서, 빠르면 중학교를 진학하면서부터 감성이 메마를 수밖에 없는 교육 과정을 밟게 된다. 겨울 방학 권장 도서는 수능 지문에 자주 출제되는 도서 목록이다. 입시 경쟁 속에서 책을 읽은 후 각자의 감상 또한 모범 답안지에 의해 교정되거나 외워야 하는 학습 대상이 된다. 문학도 높은 점수를 받고 정답을 뽑아내는 기술을 배워야 하는 지문으로만 활용될 뿐이다. 글쓰기는 또 어떤가? 학교에서 학생들은 객관적이며 논리적이게 생각하고 그렇게 글을 쓰라고 교육받는다. 물론 논리적인 사고와 글은 자신의 의견을 정확하고 효과적으로 표현하기 위해서 매우 중요하다. 하지만 글을 쓰는 것 자체가 논술 시험을 위한 것이라면 목적이 변질된 것이다. 만약 대학 입시 전형에 시를 써서 경쟁을 한다면 분명 시 학원이 생겨났을 것이다. 학생들은 기계적이고 반복적으로 유려한 어휘들을 활용하여 좋은 시처럼 포장하는 방법을 배울 것이다. 진심은 어디에도 없다.

이것만이 문제가 아니다. 소설책과 시조에 담긴 의미를 주입식으로 배우고 작가가 의도하지도 않은 의미들을 찾아내고 시험에서 한 문제라도 더 맞힐 수 있도록 외운다. 그렇게 중·고등학교를 거치면서 우리는 언어가 주는 감동과 낭만, 사유의 힘을 망각하게 된다. 어른들은 말한다. 요즘 젊은 세대는 메말랐다고. 이것은 우리의 잘못이라고 볼 수 없다. 과열된 입시 경쟁 속에서 글을 읽고 충분히 즐기는 것이 아니라 주어진 대로 암기해야 했고 문학을 시험지의 지문으로 생각하도록 교육받아 온 환경 속에서 길러진 탓이다. 그래서 대학생이 된 지금, 편지 쓰기를 과제로 받았을 때 우리는 불편해한다. 문학조차도 시험을 위한 수단으로 전락한 현실에서 모든 것을 효용성을 띤 수단으로만 여기게 된 우리에게 굳이 편리한 SNS를 제쳐 두고 편지처럼 느린 방법을 선택하는 것은 어색하고도 낯설다.

디지털 문명은 내가 원하건 원하지 않건 끊임없이 발전해 나갈 것이다. 하지만 그런 세상일수록 잠시 멈추어 누군가에게 편지를 쓸 시간을 갖는 여유, 아날로그적인 시간이 필요하다. 그래서 내 자녀는 언어 영역에서 등급은 낮더라도 누군가 쓴 시 한 편에 감동받을 수 있고, 슬픈 영화를 보며 눈물 흘릴 수 있는 그런 아이로 키우고 싶다. 수능만을 위해 공부하도록 아이들을 세뇌시키고 있는 사회가 바뀌어야 한다. 대대적인 변화가 불가능하다면 시나 소설만큼이라도 수능 출제 범위에서 제외시켜주면 어떨까? 아이들을 문제를 잘 푸는 기계가 아닌, 문학을 느끼고 읽을 수 있는 사람으로 키우려면 말이다.

학자금의 늪과 한국 경제의
덫에 던져진 대학생들

권예은 (건축학과)

나는 지난 수업에서 내가 선정했던 기사인 '대학생 아르바이트
와 학자금'에 대해서 글을 쓰려고 한다. 이 기사가 시사하는 바는
학자금 문제, 최저 임금 문제, 그리고 청년 실업과 경제 문제 등
크게 세 가지이다.

먼저 학자금 문제에 대해 말하고 싶다. 기사에 따르면 2015년 4
년제 대학의 평균 등록금 액수는 약 664만 3,000원으로, 국립 대
학교는 약 400만원, 사립 대학교는 약 735만원에 달했다고 한다.
대학이 의무 교육은 아니지만 취업에 있어 필수 조건으로 여겨지
는 만큼 우리나라의 대학 진학률은 굉장히 높은 편에 속한다. 하
지만 한 학생이 지불해야 하는 등록금의 액수는 상상을 초월한다.
그러기에 일단 어영부영 대학에 들어와 버린 학생들은 학자금의
늪에 빠지게 된다. 은퇴할 나이가 다 되어가는 부모님께 손을 내

밀기도 민망한 상황이다.

다음은 최저 임금 문제이다. 대학생들은 학비나 생활비에 조금이라도 보탬이 되기 위해 아르바이트를 시작한다. 하지만 최저 임금은 5,580원. 아르바이트만으로 학자금을 벌기에는 어림도 없다. 최저 임금 인상을 위한 많은 단체들의 노력과 정치인들의 의견 대립이 계속되고 있지만, 아직 이렇다 할 대안이나 방법은 나오지 않고 있다. 기사에 따르면 커피 전문점 알바로 한 학기 등록금 버는 데 531시간이 걸린다고 한다. 학업과 동시에 병행하기에는 물리적으로 너무나 힘들다. 그래서 결국은 학자금 대출에 손을 뻗게 되며 청년은 첫 직장 생활을 빚과 함께 시작하게 된다.

사실 취업이 되면 그나마 다행이다. 현 시대에 청년 실업이 심각하다는 사실은 누구나 다 아는 사실이다. 취직을 못하는 청년은 사실상 신용 불량자로 낙인찍히기 쉽다. 최근에 한 수업 시간에 경제 불황과 청년 실업의 이유에 대한 다큐멘터리를 보았다. 우리나라의 물가가 계속 오르는 것은 수요와 공급의 법칙을 떠나서 통화량이 증가하기 때문인데, 이 통화량은 은행이 만들어 낸 돈에 직결된다는 내용이었다. 여기서 말하는 '돈'은 우리 눈에 보이는 화폐로서의 돈이 아니라 보이지 않는 무형의 것이다. 은행에서는 한 사람의 예금을 다른 이에게 대출해 주는 일이 반복적으로 일어나기 때문에 서류상 숫자로서의 돈이 몇 배로 불어나게 되는데, 이러한 현상이 통화량을 증가케 하며 물가를 지속적으로 높인다는 것이었다. 이에 일자리 창출은커녕 있는 일자리도 줄어들게 되고 실업의 문제가 심화된다고 하였다.

이로써 경제 불황과 청년 실업에 있어 정부의 역할이 중요하다는 사실이 확실해졌다. 은행이 독립적으로 통화량을 늘릴 수 있었던 것은 정부와의 계약 때문이니 정부가 이를 조절하면 경제 안정과 일자리 창출에 있어 큰 도움이 될 것이라고 생각한다. 경제 안정은 최저 임금 문제에도 당연히 좋은 영향을 미칠 것이니 그에 대한 해결책은 말할 필요도 없다. 학자금 문제는 경제나 최저 임금 문제와는 조금 다른 부분에 속한다. '등록금 인하'가 정치인들이 단순히 기득권 싸움이나 표심을 돌리기 위해 쓰는 수단으로 쓰이지 않고 근본적으로 우리 사회의 학자금 문제와 실태를 파악하고 대학 구조를 개혁해야 한다고 나는 생각한다.

해결되지 않는 성적 지상주의

최정윤 (사회기반시스템공학과)

"과학 탐구 대회라는 게 있었는데 학교에서 성적으로 참가자를 제한했나 봐요. 아이가 과학에 흥미를 갖고 있는데도 성적이 좋지 않다는 이유로 참가하지 못했어요. 아이가 점차 자신감을 잃고, 관심 있던 분야까지 흥미를 잃을까 걱정돼요."(서울 강서·양천 지역 학부모)

"중랑 지역 한 학부모는 '선생님이 아이들한테 '너희는 빨갱이보다 못한 놈들'이라고 했대요. '거지 같은 …… 걸레 같은 ……'이라고 욕설하면서 진짜 걸레를 던졌다고 하더군요. 애가 이런 얘기를 하면서 자기 머리를 쥐어뜯었어요.'라고 하소연했다. 또 다른 학부모는 '아이가 '엄마, 우리 반은 찍혀서 선생님들이 쓰레기 반이라고 얘기해. 설명도 대충 해 줘.'라고 하는데 억장이 무너졌어요.'라고 토로했다."(출처: 서울 = 뉴시스)

현재 한국의 학생들은 어른들의 성적 지상주의 때문에 고통을 받고 있다. 사람을 성적으로 평가하고, 사회에서 받을 수 있는 혜택과 얻을 수 있는 기회는 성적에 따라 하늘과 땅 차이이며, 심한 경우에는 위의 기사처럼 모욕적인 욕설을 듣거나 인간 이하의 취급을 받기도 한다. 성적 지상주의로 인한 폐해는 우리 사회에서 꽤 오래되었지만 여전히 나아지지 않고 있는 시급한 문제다.

성적 지상주의는 단순히 학생들만의 문제가 아니다. 이러한 환경에서 자란 학생들이 결국 사회의 일원이 되기 때문에 이는 우리 사회 전체에 좋지 않은 영향을 일으킨다. 우선 이러한 사고방식은 과도한 경쟁심을 불러일으킨다. 적당한 경쟁은 서로에게 발전적으로 작용하는 좋은 기회가 된다. 그러나 과도한 경쟁은 함께하는 친구와 동료를 그저 경쟁 상대로서만 인식하게 하고, 지나칠 경우 공정한 방법이 아닌 잘못된 편법까지 쓰도록 이끈다. 공정하게 자신의 실력으로 성취하는 것이 아닌 남을 깎아내려 자신이 올라가려는 잘못된 생각을 하게 만든다.

또한 성적 지상주의는 불공정한 기회 분배를 심화시킨다. 성적이 좋은 학생들에게 각종 상과 스펙이라고 불리는 것을 몰아주고, 성적이 좋지 않은 학생은 자신이 하고 싶은 것을 할 기회조차 갖지 못하고 빼앗겨 버린다. 이는 사회에서도 마찬가지이다. 지위가 높거나 힘, 권력을 가지고 있다는 이유로 다른 이들의 기회를 쉽게 자신의 것으로 만드는 경우가 있다. 또한 뇌물 등 불공정한 방법으로 기회를 얻는 사람들도 많다.

마지막으로 중·고등학교의 성적 지상주의는 사회에서 똑같이 성과주의를 형성한다. 성적 지상주의에 차별당하거나 혹은 그것으로 이득을 본 학생들이 자라 사회의 일원이 되었을 때, 그들은 자신들을 형성해 온 사고방식의 틀에서 쉽게 벗어나지 못한다. 성적이 좋아 특혜를 받아온 학생들보다 차별을 받은 학생이 분명히 많음에도 불구하고 사회는 이전과 똑같이 능력과 성과에 따라 사람을 구분하고 차별한다. 이는 성적 지상주의가 기성세대에 의해 만들어진 것이며, 특혜를 받은 학생들이 주로 사회의 지도층이나 대체로 높은 직위에 있기 때문일 것이다.

금수저, 은수저 논란 등 최근 논란이 되고 있는 이슈들도 결국 성적 지상주의와 성과 지상주의에 의해 형성된 잘못된 사고로 인한 것들이다. 이러한 문제는 개인, 즉, 한 사람이 변한다고 달라질 문제가 아니다. 사회가 그렇게 형성되고 돌아가고 있기 때문에 한 사람이 변화를 주장한다면 그는 낙오자로 낙인 찍힐 것이 분명하다. 그렇기 때문에 많은 사람들이 이러한 문제에 대해 심각성을 가지고 공정한 사회를 위해 변화할 수 있는 방법을 찾아야 한다.

6장

내가 원하는 삶과 사회

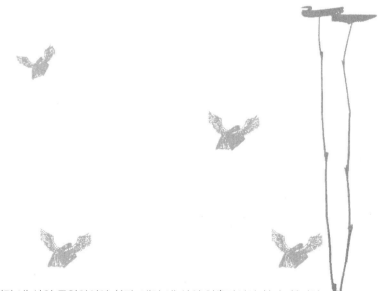

내가 내 삶의 주인이어야 한다. 내가 내 삶의 연출자여야 한다. 하지만
자기 삶을 창조적으로 써 나가는 작가로서의 개인은 그리 많지 않다. '
보이지 않는 손'이 내 삶을 움켜쥐고 있는 것 같아서 자기만의 삶의 방
식을 추구하기가 만만치 않다. 국가와 사회는 개인에게 무한한 가능성
을 제공한다고 강조하지만 정작 그 가능성을 성취한 개인은 많지 않다.
우리가 '관계의 주체'라면 우리가 원하는 삶과 사회는 관계를 재정의하
는 것에서 시작할 수밖에 없다. 인류와 지구가 지속 가능한 미래를 확보
하기 위해서는 새로운 보편 가치가 절실하다. 나와 나, 나와 너, 나와 우
리, 우리와 그들이 새로운 관계를 구축해야 한다.

– 사회를 성찰하는 글쓰기 중에서

날개를 위하여!

류소희 (식물·환경신소재공학과)

조금 재밌는 상상을 해보자. '사람들은 태어날 때부터 등에 작은 날개를 달고 태어난다. 각 개인이 점차 성장하면서 그들의 꿈에 비례해서 그 날개의 크기나 모양이 결정되고, 그 날개가 가장 아름답게 빛날 때 꿈을 향해서 날아가게 된다. 그리고 나는 그 날개를 볼 수 있다'고 말이다. 하얗고 조그마한 날개부터 당장이라도 날아갈 수 있을 정도로 멋지게 펼쳐져 있는 날개까지. 아마도 한가한 오후에 공원 벤치에 앉아서 지나다니는 사람들만 봐도 시간 가는 줄 모르고 날개 구경하기 바쁠 것이다. 그런데 이따금씩 드문드문 섞여 있는, 꺾이거나 뜯겨진 날개가 보이기도 할 것이다. 날개의 모양이나 크기는 꿈에 비례한다고 했으니 나이는 딱히 상관이 없다. 그들이 아직 뛰어다니며 놀아야 할 초등학생이든 대학생이든 바쁘게 살아가는 사회인이든, 그저 누군가가 또는 무언가가 그들의 날개를 뜯고 꺾어 버렸다는 사실만 알 수 있다.

태어나면서부터 우리는 열심히 달리고 또 달린다. 남들에게 뒤처지지 않기 위해서, 더 나아가서는 남들보다 뛰어나기 위해서. 정신없는 입시 경쟁을 치르고 나는 대학생이 되었다. 갓 대학교에 입학한 나는 고삐 풀린 망아지였다. 그땐 그저 미래에 대한 걱정 없이 즐기고 공부하고 그렇게 살고 있었다. '밝아 보여서 좋구나, 그런데 취업은 어떻게 하려고 그러니?', '넌 참 아무런 걱정이 없는 것 같아.' 대학생이 되고 나서 한 번씩은 들은 말들이다. 그러면 나는 그냥 하하 하고 웃어넘겼다. 그러던 어느 날 평소처럼 친구들과 놀다가 돌아오는 길에 지하철 벽면에 붙어 있는 아주 큰 거울 속의 나와 마주하게 되었다. 방금까지 올라가 있던 입 꼬리가 내려갔다. 알고는 있었지만 피하고 싶었는데, 모른 척하고 싶었는데, 살짝 옆으로 돌아서서 보는 나의 날개는 꺾이고 뜯겨져 형편없는 모양새를 하고 있었다. 집으로 돌아가는 발걸음이 무거웠다. 당장 해야 할 과제나 할 일이 있었지만 너무 하기가 싫어서 그대로 침대에 몸을 뉘었다. '지금 내가 뭘 하고 있는 거지?' 망아지는 사실 아무런 걱정이 없는 게 아니라 현실 도피 중이었던 것이다.

반짝이는 하얀 날개를 가졌던 어린 시절의 나의 꿈은 지금 내가 배우고 있는 전공과는 아무런 관련 없는 '가수'나 '뮤지컬 배우'였다. 나는 그냥 유명하지 않아도 노래를 부르고 누군가가 기분 좋게 들어 주고, 결론적으로 그래서 내가 행복하다면 다 좋은 거라고 생각했다. 그런데 나와 가장 가까운 사람들부터 내 날개를 꺾고 뜯기 시작했다. 한 명, 두 명 그 수가 늘어날수록 점차 내 꿈은 비현실적이고, 어린 시절의 아무렇게나 내뱉는 말장난이 되어 갔다. 그러다 보니 나 스스로도 내 꿈을 우습게 여기게 되었고, 점점 날개를 꺾기 시작했다. 좋게 말하면 현실적으로 생각을 하게 된 것이다. 그렇게 남들 따라 공부하고 남들 따라 대학을 들어온 내게 어린 시절의 것과 같은 날개는 찾아볼 수 없었다. 꿈이라는 건 뭐든 꿔 볼 수 있는 건데 사회에 나갈 날이 머지않았다고 생각마저 현실적으로 변한다는 것이 씁쓸하고 기분이 안 좋았다. 지금도 하고 싶은 것은 많지만 이런저런 생각에 두려워서 시도도 못하는 게 많다. 내게는 곧 사회로 나가야 한다는 것이 안 그래도 형편없는 날개를 지닌 나를 아예 날 수도 없게끔 누군가가 내게 무거운 짐을 지고 있으라고 말하는 것이나 마찬가지로 느껴졌다.

하지만 나는 아직 어리고 하고 싶은 게 많다. 벌써부터 부러진 날개를 가지고 어깨엔 무거운 돌덩이를 올린 채 축 쳐져서 다니고 싶지 않다. 틀을 깨부수고 싶다. 우연하게 이전의 꿈을 이룰 수 있는 기회가 내게 찾아올지도 모르는 것 아닌가. 꿈에 대한 생각은 마음속 아주 깊숙한 곳에 두고 그저 그렇게 취직해서 어떠한 보람도 없이 흐리멍덩한 눈을 한 채 바쁘게만 살아가고 싶지는 않다. 신기하게도 요즘 들어 이런 생각을 자주 하는데, 그럴 때면 등이 가렵다. 아마 날개가 조금씩 다시 자라나는 것 같다.

내 자신을 주변도, 나도 다들 누르기만 했다. 요즘같이 돈이 전부가 된 세상에서 행복만 좇고 살기는 힘들겠지만 꿈을 이루게 된다면 분명한 것은 무의미한 삶을 살진 않을 것이라는 것이다. 나부터 이렇게 바뀌고 점차 주변 사람들도 바뀐다면 분명 사회는 더욱 행복해질 것이다. 생각해 보면 내가 내 꿈을 꾸는 데 남들을 의식해야 하고 남들의 기준에 맞춰서 꿔야 할 필요가 전혀 없다. 그들은 나의 삶을 살아가지도 않을 것이고 내가 어떤 삶을 살든 그들이 그것을 평가할 권리는 조금도 없다. 어떻게 살겠냐는 쓸데없는 걱정과 충고보다는 누군가의 꿈을 격려해 주고 지지해 주는 사회가 되었으면 한다. 그렇게 서로서로 꺾어진 날개를 바로잡아 주고 뜯어진 날개를 붙여 준다면, 무심코 하늘을 바라보았을 때 크고 아름다운 날개를 펼치고 웃음을 띤 채 날고 있는 많은 이들을 볼 수 있을 것이다.

벽을 문으로

양수빈 (일본어학과)

영화 '해리포터'를 떠올리면 결코 잊지 못할 장면이 하나 있다. 열한 살 고아 소년 해리가 '호그와트 마법 학교'에 입학하기 위해 런던 킹스크로스역 벽을 뚫고 들어가던 장면이다. 아무도 들어갈 수 없는 차단된 벽 속으로 해리가 발을 내디뎌 들어서자 벽 속에는 마법 학교로 가는 특급 열차를 기다리는 아이들이 승강장에서 왁자지껄 떠드는 장면이 펼쳐졌다. 나로서는 전혀 상상하지 못한 충격적인 장면이었다. 그것은 벽이 문이 되는 장면이었다. 나는 그 장면을 보고 모든 벽 속에는 문이 존재해 있다는 사실을 분명 알게 되었다. 벽은 항상 굳게 막혀 이곳저곳을 차단함으로써 존재하는 것인데, 그 안에 또 다른 세상으로 나갈 수 있는 출구가 존재한다는 사실은 내 인생의 벽에 대해서 깊게 생각하게 된 계기가 되었다.

해리포터의 작가 조앤 롤링에게도 '해리포터 시리즈'는 인생의 벽 앞에서 작가 자신이 연 용기의 문이었다. 이혼 후 어린 딸을 데리고 생활고에 시달리며 자살까지 생각할 정도로 벽 앞에 서 있었지만 그녀는 해리포터를 씀으로써 벽을 문으로 만들었다. 돌이켜 생각해 보면 나는 내 인생의 벽 앞에서 대부분 돌아서는 일이 많았다. 그렇지만 벽을 문으로 만들려고 조금이나마 노력한 적은 있었다. 내 인생의 꿈은 내가 원하는 삶을 사는 것이었으므로, 그 속에서 내가 주인이 되어 오로지 하고 싶은 것을 하며 살아가려 노력했었다. 물론 종국에는 타의에 의해서든 자의에 의해서든 접어버리긴 했지만 말이다.

어디선가 그런 말을 들은 적이 있다. 벽이 있다는 것은 다 이유가 있고, 벽은 우리가 무언가를 얼마나 진정으로 원하는지 가르쳐 준다고. 무언가를 간절히 바라지 않는 사람은 그 앞에 멈춰 서라는 것이다. 이 말은 결국 인생의 벽을 절망의 벽으로만 생각하면 그 벽 속에 있는 희망의 문을 발견할 수 없다는 말이다. 벽을 벽으로만 보면 문은 보이지 않는다. 가능한 일을 불가능하다고 생각하면 결국 벽이 보이고, 불가능한 일을 가능하다고 보면 결국 문이 보인다. 벽 속에 있는 문을 보는 눈만 있으면 누구의 벽이든 문이 될 수 있다. 그 문이 굳이 클 필요는 없다. 좁은 문이라도 열고 나가기만 하면 넓은 희망의 세상이 기다리고 있을 것이다. 그러나 마음속에 작은 문을 지니고 있어도 그 문을 굳게 닫고 벽으로 사용하면 그것은 이미 문이 아니게 된다.

우리가 실패하는 가장 큰 원인 중 하나는 일시적인 패배에 너무 오래 머무르고 너무 쉽게 단념한다는 것이다. 무슨 일을 하다가 내 한계에 달했다고 생각될 때 그 한계는 누가 만든 것일까. 그렇게 생각하도록 만든 상황일까? 결국 그 벽, 한계는 나 자신이 만들어 낸 것이다. 정작 두려워해야 할 것은 실패 자체가 아니라 한계라고 생각한 바로 나 자신이다. 더 이상 시도하지 않음으로써 다시 시도할 기회를 놓쳐 버렸다는 바로 그 사실이다. 실패라는 현재의 상황을 절대 벗어날 수 없다고 생각하면 벽에 부딪히는 것이다. 거듭 경험하는 실패를 부정적으로 인식하면 다시 도전하거나 새로운 것을 창조하려는 노력이 사라지게 된다. 문으로 만들려는 노력이 사라진다. 인생의 미래에 대한 시야가 좋아지면서 나약해지고 만다.

나는 어떤 실패도 즐기고 도전하며, 벽을 문으로 만드는 삶을 살고 싶다. 내가 넘어지더라도 그것은 잘 걷기 위해 넘어진 것이다. 넘어지면서 배운 것이다. 내 인생을 만들어 나가기 위해서 배운 것이다. 결국, 내 인생의 꽃을 반드시 피울 수 있게 노력하는 인생을 살고 싶다. 다른 사람이 아닌 내가 꽃을 선택할 수 있고, 내가 미래를 만들어나가고, 그 미래에서 열심히 사는 인생을 살고 싶다. 내가 특별한 사람일 거라 생각했는데 아무것도 아닌 하찮은 사람이라는 것을 깨닫고 좌절할 일이 앞으로 많을 것이다. 하지만 나는 그러한 고통에서도 의미를 찾고, 설령 그것이 실패여도 그 속에서 성공의 향기를 맡을 것이다. 벽을 문으로 만들 것이다.

별

이원준 (스포츠지도학과)

글을 쓰기 시작할 때 막힘없이 수월하게 주제를 정하고 글을 써
나갈 때가 있는 반면에, 어떤 주제로 어떤 내용, 어떤 구성으로 글
을 써 나가야 할지 걱정과 고민에 빠져 글을 써 나가는 게 겁날 때
가 있다. 그 순간이 바로 지금이다. 남의 얘기 세상의 얘기처럼 내
가 바라보는 입장일 때는 글쓰기가 편하다. 보이는 그대로 쓰면
되기 때문이다. 하지만 정작 나의 얘기는 쓰기가 참 까다롭다. 세
상 누구보다 나란 사람을 잘 아는 게 바로 나인데. 원래 남의 얘기
를 들어 주는 건 쉽지만 내 안에 소리 내 맘속에 얘기를 내가 들
어 주기란 어려운 것 같다. 그렇기에 많은 사람이 내가 정말 원하
는 삶, 목표를 쉽게 가지지 못하는 것 같다.

지금 나는 '여태까지 살아오면서 내 맘의 소리에 귀 기울여 본
적이 있을까?'라고 묻고 있다. 그 질문에 나는 답한다. 늘 내 진로
에 고민을 하고 내 삶의 최종 목표에 대해서 고민을 하고 나를 되

돌아본다. 하지만 그 고민 속엔 온전히 나의 뜻, 의견만 있지 않다. 주변 환경을, 주위 사람들의 시선을 의식하며 고민을 한다. 자꾸 주변에 신경을 쓰다 보면 어느새 나보다 주위 환경, 주위 사람들의 시선이 더 중요하게 된다. 정작 중요한 내 맘속의 얘기를 놓친 채. 그리고 바로 지금 이 글을 쓰면서 다시 한 번 나를 돌아보고 나에게 묻는다. 네가 정말 원하는 삶이 무엇이니? 너의 인생에 목표가 무엇이니? 예전 나의 꿈과 목표가 부귀영화를 누리는 삶이였다면, 지금은 부귀영화를 누리는 것보다 더 의미 있고, 가치 있는 삶을 살고 싶다. 나는 밤하늘에 우리를 비추는 별과 같은 사람이 되고 싶다.

밤하늘에 우리를 비추는 별은 반짝반짝 빛이 난다. 별은 낮에 빛나지 않는다. 하지만 항상 자신의 자리에서 우리를 비추고 있다. 밤이든 낮이든 보이든 보이지 않든 항상 자기의 자리에서 자기의 역할을 다하는 것이다. 나도 그런 별처럼 변함없고 한결같고 싶다. 내 삶의 꿈과 목표를 향해 가는 길에는 나를 목적지까지 가지 못하도록 방해하는 것들이 많을 것이다. 하지만 그 어떤 어려움에도 굴하지 않고 변함없이 한결같이 내 꿈을 향해 달려가고 싶다. 낮에는 하늘에 떠 있는 별을 아무도 알아봐 주지 않는다. 하지만 묵묵히 우리를 비추고 있는 별처럼 나 역시 그 누가 알아주지 않더라도 묵묵히 내 꿈을 향해 달려가는 삶을 살고 싶다.

밤하늘의 별은 반짝반짝 빛나기만 하는 게 아니다. 별은 밤에 길을 잃은 나그네에게 길을 알려 주는 길잡이가 되어 주기도 한다. 그런 별처럼 꿈을 잃고 희망을 잃고 살아가는 사람들에게 다시 희망을 심어 주고 꿈을 찾아 주는, 다시 나아갈 수 있게 방향을 제시해 주는 롤 모델이 되고 싶다. 남들에게 귀감을 줄 수 있는 사람이 되려면 지금보다 더욱더 열심히 치열하게 살아가야 할 것이다.

앞으로 내 삶에 셀 수 없을 만큼 많은 고난과 시련이 찾아오겠지만, 두려워하지 않겠다. 지금 내 자리에서 꿋꿋이 견디고 이겨 나갈 것이다. 내 인생의 롤 모델이 있듯이 나도 다른 누군가에게 롤 모델이 될 수 있게 내 목표와 꿈을 멋지게 이루어 가고 싶다.

생명을 상품처럼 파는
대형 마트의 애완동물 코너

오상인 (글로벌커뮤니케이션학부)

이마트, 롯데마트, 홈플러스. 우리 주변에서 쉽게 찾아 볼 수 있는 대형 마트들이다. 다들 주말에 가벼운 마음으로 쇼핑을 하러 위 대형 마트를 방문한 적이 있을 것이다. 시원한 냉방을 즐기며 화려하게 전시된 각양각색의 상품들을 구경하다 보면 기분도 들뜨게 된다. 하지만 우리가 즐겁게 쇼핑 카트를 밀고 다닐 때, 마트 한쪽 구석에서는 소음과 인공적인 빛으로 고통받고 있는 동물들이 있다는 것을 인식한 적이 있는가?

현재 우리나라의 애완동물 시장 규모는 2조 원에 달하며, 애완동물을 기르는 가정의 수는 전체 가구 수의 약 20퍼센트를 차지하고 있다고 한다. 이렇게 애완동물 산업의 규모가 커져 감에 따라 대형 마트들도 속속 여러 가지 종류의 동물들을 판매하게 되었다. 사람들이 흔히 알고 있는 햄스터, 토끼, 열대어들을 넘어 파충

류, 친칠라 등 희귀 동물도 판매되고 있는 실정이다. 그러나 발전하는 산업 규모에 비해 동물들을 판매하는 사람들의 동물들에 대한 처우는 전혀 나아지지 못하고 있다.

첫 번째로, 애완 코너의 동물 사육 환경이 매우 열악하다는 점을 근거로 들 수 있다. 우리가 흔히들 알고 있는 햄스터는 사실 필수적으로 단독 사육이 요구되는 동물이다. 그러나 마트에서는 좁은 한 우리 안에 여러 마리의 햄스터를 몰아넣고 판매한다. 그러다 보니 개체들 간에 싸움이 잦으며, 눈을 잃거나 귀가 찢어지는 등 부상도 많이 입는다. 사람들의 무지함에 의해 다친 햄스터들은 치료받기는커녕, 상품 가치가 떨어졌기 때문에 사람들 눈에 잘 보이지 않는 구석의 우리에 옮겨져 방치되다 죽어 가기 십상이다. 또한 토끼는 야행성 동물이며, 낮 동안에는 어두운 땅굴 속에서 지낸다. 그에 비해 마트의 토끼는 손님들이 돌아다니는 매장 영업 시간 동안 전면이 다 비치는 유리창 속에서 환하다 못해 뜨거운 빛을 받으며 생활할 수밖에 없다. 이외에도 물이 없는 사육장 안의 담수 거북이, 움직일 수도 없는 음료수 컵에 담긴 물고기 등 열악한 환경에서 생활하고 있는 동물들이 수도 없이 많다. 이렇게 지내다 사람들에게 판매된다고 하더라도, 그동안 쌓인 스트레스로 쉽게 죽게 되는 것이다.

두 번째로, 마트 직원의 관련 지식 부족을 근거로 들 수 있다. 애완동물을 판매하는 직원인데, 애완동물에 대한 지식이 거의 없는 경우가 태반이다. 이는 대형 마트 자체에 애완동물 관련 매뉴얼이 단 한 조항도 없는 것에 기인한다. 교육이 이루어지지 않으니, 직원들도 무지할 수밖에 없는 것이다. 개인적으로 이에 관해 마트에서 굉장히 어이없는 경험을 한 적이 있다. 애완동물 코너를 지나던 남녀가 햄스터 우리를 구경하다가, 직원에게 무언가를 물어보았다. 그 질문은 '햄스터는 쥐니까 물 안 마셔도 살죠? 얘네는 물 주면 죽지 않나?'라는 것이었다. 그에 대한 직원의 답변은, 황당하게도 '네, 근데 쳇바퀴 하나쯤은 사세요.'였다. 곁에서 듣고 있던 나조차 화가 나는 수준의 대답이었다. 마트에서 동물을 구입하는 것이 충동구매인 경우가 많아서 이런 상황이 일어나기도 하지만, 이를 바로잡을 수 있는 유일한 존재인 직원조차 교육을 받지 못해 관련 지식이 없기 때문에 동물들은 분양되고 나서도 속수무책으로 희생될 수밖에 없다.

　이러한 상황을 해결하기 위해서는 애완동물 관련 법률이 강력하게 지정되어야 한다. 현재 대형 마트에서 유통되고 있는 동물들은 특별한 기준이 없이 그저 '상품'으로 등록되어 있다고 한다. 이 말은 동물들이 일반 가전제품이나 포장 식품과 다름없이 취급되고 있다는 것이다. 한국과는 달리 이탈리아에서는 둥근 어항, 소위 복주머니어 항이라고 불리는 어항이 물고기의 시력을 저하시킨다고 하여 이를 만드는 것을 금지시킬 정도로 동물에 관한 법률이 철저히 제정되어 있다. 동물들도 생명이다. 인권이 강조되는 이 시대에, 이탈리아만큼은 못하더라도 우리나라의 동물들도 그들의 최소한의 권리는 지킬 수 있어야 한다. 이를 위해서는 애완동물을 판매하고자 하는 사람에게는 엄격한 기준을 적용시켜야 한다. 동물들의 특성과 생활 습관에 맞는 사육장 마련에 관한 자세한 조항이 만들어져야 하며, 대형 마트와 그 외 펫숍(Pet Shop)에서 일하는 직원들을 교육하는 일이 필수적으로 이루어져야 할 것이다. 이는 자연과 격리되어 인공적인 환경에서 판매되고 있는 애완동물들을 위한 인간의 최소한의 배려이다. 마지막으로 가장 중요한 점은, 우리 모두가 동물을 생명으로서 아끼는 마음을 가지는 것이다.

스트레스 없는 세상 속으로

유창준 (화학공학과)

현재 대한민국은 과도한 스트레스에 시달리며 살고 있습니다. 청소년들은 초등학생 때부터 시작해서 대학생이 되기까지 과한 교육열과 치열한 학업 경쟁으로 매우 많은 스트레스를 받으며 살고 있고, 청소년 스트레스 지수는 OECD 국가 중 1위를 기록하고 있습니다. 대학생이 되어서도 대인관계, 학점, 취업 등으로 스트레스를 받고 졸업 후 직장 생활, 결혼 등 많은 부분에서 스트레스를 받습니다. 결혼을 하고 나서도 노후 준비, 육아 문제 등 많은 부분에서 스트레스를 달고 살아갑니다. 즉 대한민국에 사는 사람들은 평생 스트레스를 안고 살아갑니다. 그래서 저희는 이러한 스트레스가 없이 살아가는 나라를 생각해 보았습니다. 이름은 노 스트레스(No Stress)를 줄여 '노스트리아'라고 지었습니다.

먼저 이 나라 교육 제도에 대해서 알아보겠습니다. 이 나라는 유치원부터 대학교까지 무상 교육입니다. 그리고 공부하기에 필요한 모든 물품도 다 지급해 줍니다. 몸만 학교에 가면 되는 것입니다. 공부도 철저히 실습과 현장 활동으로 이루어지고 학생들에게 다양한 경험을 하도록 하여 자신의 진로를 찾게 도와줍니다. 이러한 학습 방식은 학생들의 자발적 참여를 이끌어 내고 흥미를 유발해 학생들이 학업 스트레스를 가지지 않게 해 줍니다. 또한 가장 중요한 대학교는 서열이 없기 때문에 학생들이 자유로이 본인이 원하는 전공과 대학을 선택할 수 있습니다. 즉 학생들은 입시 스트레스에서 벗어나는 것입니다.

두 번째 이 나라 사회 제도에 대해서 알아보겠습니다. 이 나라에서는 주 5일 근무가 필수이고 일주일 총 근로 시간이 35시간을 넘지 못합니다. 즉 사람들은 하루 삼분의 일은 일에 집중을 하고 나머지 시간은 본인의 취미 생활과 여가 생활을 즐길 수 있고 사랑하는 가족과 지낼 수 있습니다. 이러한 정책으로 업무 스트레스와 직장 스트레스에서 벗어날 수 있습니다. 그리고 이 나라는 결혼을 장려합니다. 그래서 첫 결혼 시 결혼 자금을 지원해 줍니다. 부부가 살 거주지와 소득, 육아 계획 등을 고려해 부부가 살 집의 절반 가격을 지원해 줍니다. 아이를 많이 낳으면 많이 낳을수록 모든 공기관 이용 시 가격 할인 혜택과 모든 프랜차이즈 상점 이용 시 할인 혜택이 있고 성인이 되기 전까지 아이의 육아비를 전액 지원해 줍니다. 이런 정책으로 노스트리아의 국민들은 경제적인 압박과 스트레스에서 벗어날 수 있습니다.

마지막으로 이 나라 노후 제도에 대해서 알아보겠습니다. 퇴직 후 일정한 소득이 없고 갈 곳 없는 노인들에게는 노인 전용 집을 제공해 줍니다. 이 집에서는 매일매일 무료 배식이 이루어집니다. 그리고 어르신들의 취미 활동과 윤택한 문화생활을 위해 바둑, 댄스 스포츠, 축구 등등 다양한 여가 교실이 열려 노인들의 쓸쓸함과 무료함을 달래 줄 수 있습니다. 이뿐만이 아닙니다. 어르신들의 건강과 안전을 위해 만 65세 이상 노인은 모든 병원 진료와 수술을 무료로 받을 수 있습니다. 물론 약값도 전액 무료입니다. 그렇기 때문에 어르신들은 본인 몸의 대한 염려와 부담감을 최대한 덜어 낼 수 있습니다. 즉 미래의 노인이 되는 우리들까지도 노후 대책과 노후 준비와 관련한 스트레스에서 벗어나는 것입니다.

　지금까지 스트레스가 없는 나라 노스트리아에 대해서 알아보았습니다. 본인이 원하는 꿈을 추구할 수 있는 나라. 자신의 여가와 취미를 즐길 수 있는 나라. 가족과 함께, 더 오래 볼 수 있는 나라. 노후 대비가 필요 없어 걱정이 없는 나라. 노스트리아는 여러분들을 기다립니다.

얼간이 같은 삶

한재벽 (원자력공학과)

태극 마크를 단 배드민턴 선수가 되어서 올림픽에서 금메달을 따는 것, 이는 내가 어렸을 적부터 갖고 있던 꿈이었다. 어렸을 적부터 유독 운동하는 것을 좋아하던 나는 아테네 올림픽 때 김동문 선수의 경기를 보면서 배드민턴에 빠지게 되었다. 처음에는 틈만 나면 배드민턴을 치면서 내 꿈을 키워나갔다. 하지만 학업이라는 울타리에 갇혀 점차 나는 배드민턴 선수라는 꿈을 잃어버리게 되었다. 초등학교 시절의 나는 그저 우등생이길 바라는 부모님의 기대에 부응하기 위해 살아왔던 것이다. 이런 삶으로 인해 성적이 잘 나왔고, 비교적 공부를 못하던 애들은 이런 날 부러워했지만 자신이 원하는 것을 마음껏 할 수 있는 그 애들이 오히려 나는 부러웠다.

중학생이 되면서 내 꿈은 거의 사라져만 갔다. 중학교 1학년일 때 어느 날 학교에서 선생님이 〈세 얼간이〉라는 영화를 보여 주신 적이 있다. 자신의 불합리한 상황 속에서 자신의 꿈을 포기하지 않으며 다른 친구들의 꿈도 지켜 주기 위해 노력하는 주인공 란초는 결국 자신을 비롯한 친구들의 꿈도 이루게 된다. 다른 이들은 꿈을 이루기 힘든 열악한 상황 속에서 자신의 꿈과 다른 이들의 꿈을 이루기 위해 노력하는 모습을 얼간이라고 비웃었지만 결국 이를 해내는 란초의 모습은 내게는 영웅의 모습과도 같이 다가왔다. 이때부터 나는 내가 하고 싶은 일을 주위의 시선에 휘둘리지 않고 해내 가기로 마음먹게 되었다.

우선 나는 배드민턴 선수라는 꿈을 다시 이뤄 보기로 했다. 물론 앞으로 중요해지는 학업으로 인해 부모님은 강경하게 반대를 하셨다. 하지만 나는 기존의 성적을 떨어뜨리지 않겠다는 약조를 통해 집 근처 배드민턴 클럽에 다닐 수 있었다. 학원을 갔다 온 뒤 밤 10시부터 12시까지 배드민턴을 치는 생활이 힘들만도 했지만 배드민턴을 치는 순간만큼은 가장 행복했었다. 자신이 좋아하는 일은 힘들지 않게 느껴진다는 것을 확인한 순간이었다. 나는 갈고 닦은 실력으로 춘천시 배드민턴 대회에도 참여했으며 2위에 입상하기도 하였다. 하지만 내 실력의 한계를 깨닫게 되었고 태극 마크를 달아서 금메달을 따겠다는 꿈은 접게 되었다. 하지만 해 보고 싶은 것을 다하고 포기하니 막상 그렇게 후회스럽지는 않았다.

비록 배드민턴 선수라는 꿈을 끝내게 되었지만 이 꿈은 아버지에게 이어지게 되었다. 처음 배드민턴 클럽을 다닌다고 하니 부모님의 걱정이 이만저만이 아니었다. 결국 아버지가 시간이 될 때마다 같이 배드민턴 클럽을 가 주시게 되었고 같이 배드민턴을

쳐 가면서 아버지도 아마추어 배드민턴 선수라는 꿈을 가지게 되셨다. 매일 술과 담배와 일로 가득 차 활기가 없던 아버지의 삶이 배드민턴을 통해 조금씩 바뀌게 되었던 것이다. 고혈압에 당뇨병 증상이 있던 아버지는 아마추어 배드민턴 선수라는 꿈을 가지게 되면서 술과 담배를 멀리하게 되었고 건강도 되찾게 되셨다. 작년 전국 아마추어 배드민턴 대회에 참여하신 아버지는 50대 부문 2위에 입상하셨고 아마추어 배드민턴 선수라는 꿈을 이루시게 되었다.

배드민턴 클럽에 다닐 시간에 공부를 했다면 더 나은 대학에 입학했을지도 모른다. 당시 중학교 담임 선생님도 학업으로 바쁜 와중에 내가 배드민턴 클럽에 다닌다고 하니 얼간이 같다고 말씀하셨다. 그러나 자기가 하고 싶은 일도 못하고 살아가는 삶은 아무 의미도 없다. 다른 친구들을 보면, 꿈이 있지만 자신의 환경과 실패의 무서움 때문에 꿈을 이루기 위해 노력해 보지도 않고 쉽게 포기해 버리고 마는 경우가 있다. 이런 친구들에게 나는 이렇게 말해주고 싶다.

"주위의 시선과 자신의 환경에 얽매이지 말고 얼간이처럼 자신이 하고 싶은 것을 무작정 해 보라!"라고 말이다.

자유주의의 한국은
자유로운 목소리를 내고 있는가

정영석 (원자력공학과)

2015년 5월 27일 수요일엔 서울여대 학보가 간행됐다. 1면의 서울여대 졸업생 143인의 성명서는 생략된 채로. 해당 학교 총학생회는 축제를 앞두고 청소 노동자 현수막을 철거했고, 이를 규탄하는 1면의 내용이 주간 교수에 의해 삭제된 것이다. 사유는 간단했다. 학내 전체의 목소리를 대변하지 못하기 때문이라는 것이었다. 급기야 지성의 상아탑인 대학의 학보마저 검열당했다. 역설적이게도, 이러한 사실은 학보를 넘어 인터넷을 통해 알려졌다. 더 많은 사람들이 관심을 가지게 했다. 기자들은 옳은 판단을 했고, 백지상태로 냄으로써 언론인으로서의 일말의 자존심을 지켰다. 해프닝은 전적으로 학보사 기자들의 공이다. 이들의 기지에 박수를 보낸다.

최근 몇 년간 한국 언론의 자유는 상당히 우려되는 방향으로 기울어 가고 있다. 국제 언론 감시 단체 '국경 없는 기자회'에서 발표한 '2015 세계 언론 자유 지수'에서 한국은 2년째 하락하여 180개국 중 60등을 차지했고, 이는 2006년 31위였던 것에 비해 매우 대조된다. 2015년 3월에는 문화체육관광부의 언론협력관 신설을 두고 논란이 있었다. 의도는 좋아 보였으나 문제는 이후의 행보이다. 각종 언론 및 권력 비리, 로비 등이 점철될 것에 대한 우려의 목소리가 여기저기서 터진다. 역학관계적 소수의 목소리, 옳은 목소리들에 귀 기울이지 않았기 때문에 사달이 난 것이다.

소수의 목소리는 으레 다수의 목소리보다 그 울림과 규모가 약하다. 2009년에는 용산 참사가 있었다. 몇 안 되는 사람들은 재개발에 저항하며 삶의 터전을 지키기 위해 고군분투했다. 경찰과 대치했고, 건물에 올라가 화염병을 던지다 건물이 무너져 여럿이 희생당했다. 시비곡직과 정치적 계산이 담겨 있는지는 차치하더라도, 이는 충분히 이목을 끌 만한 사건이었다. 나는 이를 '목소리 내기'라는 관점에서 바라봤다. 그래서 상황을 반대로 뒤집어 보기로 했다. 과연 집회가 합법적이었다면, 관심을 가지는 사람이 더 많았을까? 당연히 아니었다. 법을 지키며 조용히 농성을 벌이기보다 법을 어기며 주목받는 상황에서 뜻을 알리는 것이 더 효과적일 것이다.

모두가 시선을 집중하면, 작은 목소리는 곧 멀리 울려 퍼질 수 있게 된다. 이를 실천하기 위해 노력하는 기자들이 세상의 모습을 그리고자 기투한다. 그러나 유감스럽게도 이러한 노력들은 무시나 탄압을 당할 때도 있다. 죄목이 있다면 진실 유포죄일 것이다. 옳지 않기 때문이 아니다. 언론을 통제할 수 있는 검고 힘 있는 손들이 원치 않기에. 울려 퍼지려는 소리들이 '손'들의 입맛에 맞지 않기 때문이다. 자유 민주주의의 이면에 드리운 어두운 모습의 일면이다. 그럼에도 불구하고 이러한 방해에 굴하지 않아야 한다. 헤쳐 나가 어두운 면면들을 밖으로 끄집어내 따끔한 생각을 해 보게끔 해야 한다. 결과적으로 밝은 사회를 만들어가야 한다.

언론은 모든 이에게 모든 것을 있는 그대로 투명하게 알리는 메신저이다. 옳으면 옳은 대로, 옳지 않으면 옳지 않은 대로 펜을 들어야 한다. 이 기사는 어디에 좋고, 저 기사는 어디에 안 좋고. 이해적 가치 판단이 개입되는 순간, 더 이상 언론은 언론이 아니게 된다. 가치 판단은 언론이 아닌 여론의 몫이다. 개인들의 무성한 가치 판단은 충돌과 결합을 통해 여론이 된다. 이렇게 형성된 정제된 여론을 통해 사회는 한 발짝 더 나은, 더 밝은 세상으로 나아간다. 그 역할의 중심에는 기자들이 있다. 그들의 눈과 입이 통제되어서는 안 된다. 묵살되는 목소리가 없는 사회. 타인의 의견에 귀 기울이는 삶과 사회. 내가 원하는 삶과 사회이다.

토너먼트 사회와 패자 부활전

장래하 (한국어학과)

길고도 치열했던 입시라는 경쟁을 끝내고 사회로 나가기 위한 또 다른 경쟁 사이에서 잠시 여유를 즐기고 있는 요즘에 있었던 일이다. 하루는 주말에 기숙사에서 점심을 먹으러 가고 있는데 아직 초등학생도 안됐거나 초등학생이라 해 봐야 저학년쯤 되어 보이는 나이 때 아이들의 축구 대회가 있었다. 그때까지만 해도 어린아이들이 같은 색 유니폼을 입고 대회에 나온 것이 귀엽고 기특하기만 했다. 식사를 마치고 기숙사로 올라오는데 경기가 마무리되는 듯 보였다. 아니, 경기가 끝난 줄 알았는데 승부차기가 남아 있었다. 기숙사로 향하던 내 발걸음은 공 하나하나에 점점 느려졌고 결국 멈추어 섰다. 보통 스포츠 경기에서 느끼는 긴장감이나 짜릿함 때문이 아니라 마지막 키커가 된 아이가 자신뿐만 아니라 친구들과 함께 열심히 뛰어온 경기의 승패를 결정짓는 순간이었기 때문이다. 결국 그 아이는 부모님과 선생님, 친구들 앞에서 본인에 의해 패배한 상황을 그대로 보여 줘야만 했다. 죄지은 듯 고개를 푹 떨군 채 돌아서는 뒷모습을 지켜보면서 나는 그 상황이 저 어린 아이에게 너무 잔인하다고 느꼈다.

내가 그 아이에게서 느낀 감정은 단 한 번의 실패로 더 이상 만회할 기회가 없다는 안타까움이었고 어쩌면 아이뿐만 아니라 나에게까지 적용될 수 있는 현실을 깨달은 후의 허탈감이었다. 스포츠에서 토너먼트 방식은 패자 부활전을 허용하지 않으며 패배는 곧바로 탈락으로 직결된다. 그런데 나는 이런 토너먼트 방식이 우리 사회의 경쟁 구도와 너무나도 닮아 있다는 생각이 들었다. 이 사회의 여러 가지 경쟁은 한 번 패배하게 되면 낙오자가 되고, 경쟁에서 살아남더라도 또 그 다음 경쟁이 기다리고 있는 토너먼트 방식으로 진행된다. 결국 우승한 단 한 팀 이외에는 모두 탈락한 팀이 되어 버리듯 우리 사회도 극소수의 승자들을 제외하면 모두가 어느 순간 경쟁에서 낙오되고 패배자가 되어야 한다.

얼마 전 '1박 2일'이라는 예능프로그램에서 '서울대 가다'라는 특집으로 방송을 했다. 방송에 출연한 한 학생은 "서울대에 오면 모든 것이 끝나는 줄 알았는데 와 보니까 아무것도 없더라."라고 말했다. 그의 말은 대학 입시라는 힘든 경쟁을 최상위에 서서 모든 것을 이겨 냈는데, 서울대에 오니 모두 그런 사람들뿐이었고 다시 동일선상에서 경쟁을 시작해야 한다는 의미였다. 그렇다면 우리나라처럼 학벌주의가 만연한 사회에서 나름 경쟁의 승자로 뽑힌 명문대 학생들과 반대인 입시의 패배자로 분류되는 사람들은 어떤가. 안타깝게도 그들에 대해서는 그다지 관심이 없다. 그

것을 주의 깊게 보는 사람도, 보여 주려 하는 사람도 없다. 심각한 경쟁의 부작용과 피해에 대한 사회적 관심도 승자만이 누리는 특권이 돼 버린 것이다.

보통 실패의 반대는 성공이라고 알고 있다. 나 역시도 실패의 반대는 성공이라고 생각했다. 불과 몇 달 전까지만 해도 말이다. 그런데 요즘은 새삼 그것이 제대로 나누어져 있는 것인가라는 의문이 든다. 성공과 실패에 대한 정의가 각자 다를 수 있고 저마다 추구하는 삶의 모습이 다른 데 어떻게 성공의 잣대를 외부에서 가져올 수 있는가 하는 의문이 들었기 때문이다. 성공이나 실패에 대한 판단과 정의가 주관적이 되려면 경쟁을 벌이는 레이스 자체가 다양해야 한다. 즉, 경기장과 경기의 종류가 많아야 우승자도 많이 나올 수 있고 이 경기의 패배자가 다른 경기로 옮겨 가 승자가 될 수 있는 기회가 열린다는 말이다. 그런데도 지금 이 사회는 어떠한가? 수능 점수, 학벌, 직장과 연봉에 따른 단일 레이스만이 존재할 뿐 그 외 가치는 인정받지 못한다. 그래서 어릴 때부터 학업에서 뒤처지면 안 되고 입시에 성공했다면 취업이라는 경쟁에서 다시 승패가 갈린다. 우승으로 가기 위한 길은 험난하며 최종 우승은 극소수만이 경험할 수 있을 뿐이다.

나는 경쟁 그 자체를 비판적으로 보지는 않는다. 오히려 경쟁은 악영향보다는 선순환을 일으키고 경쟁을 위한 각자의 노력에 상응하는 보상도 존재해야 한다고 본다. 하지만 그 사회의 다양하고도 순수한 가치를 끝까지 지켜내야 하는 대학조차 취업률에 의해 순위가 매겨지는 현실을 보면 우리 사회의 잔인한 토너먼트 방식에서 자유로운 곳은 단 하나도 없는 것 같다. 나는 선의의 경쟁을 지지하지만 획일적으로 자본이 지배한 무한 경쟁은 결국 모두를 패배자로 만들기 때문에 개선되어야 한다고 생각한다. 그러기 위해선 도덕성, 행복 지수, 봉사 점수처럼 성공의 기준을 다양화하고 이를 널리 인정하는 구성원의 인식 변화가 필요하다.

'실패는 성공의 어머니'라는 유명한 말이 있다. 칠전팔기라는 사자성어도 마찬가지다. 실패는 재도전하라는 의미에서 이런 격언과 사자성어가 있는 게 아닐까 생각한다. 그러나 지금 우리 사회에 실패의 뜻은 '끝'이다. 그래서 나는 실패가 '끝'이 아닌 '한 번 더'가 될 수 있는 사회가 되어 토너먼트 사회라도 패자 부활전이 있는 사회가 되었으면 한다.

편견 너머 인간

노승엽 (기계공학과)

어떻게 보이는가. 길쭉한 코와 턱을 가진 나이든 여인이 먼저 보일 수 있겠다. 그러다 코라고 생각했던 부분을 턱이라 여기면 고개를 한껏 젖힌 젊은 여성이 눈에 들어올 수도 있다. 그림만의 이야기가 아니다. 세상은 이처럼 어떻게 보느냐에 따라 자주 달라진다. 그러한 관점의 차이 때문에 생겨나는 사회적 문제들이 많다. 필자가 느끼기에 그중 하나는 동성애에 관한 사안이다.

우리의 생각이 유연해졌다고는 하나 여전히 게이, 레즈비언이 가까이에 있다는 이야기를 들으면 인상부터 찌푸리는 사람들이 많다. 그 찌푸림을 '공정하지 못하고 한쪽으로 치우친 생각', 즉 편견이라고 불러도 좋을 것이다. 편견은 분명 좋지 않다. 그러나

하나의 편견이 있다고 할 때 무작정 그것을 반박하는 것은 무조건 옹호하는 것과 크게 다르지 않을 것이다. 우리는 비판과 설득의 시작이 질문이라고 배웠다. 따라서 필자는 동성애에 대한 대한민국의 편견을, 그 원인으로부터 파고들어 보고자 한다. 우리는 왜 여전히 동성애에 대해 공정하거나 치우치지 않은 생각을 갖지 못하는 것일까?

먼저 기존 교육이 지닌 문제점을 들 수 있다. 동성애에 대해 어떤 생각을 가지고 있냐는 설문 조사를 진행하면 젊은 층 보다 기성세대에서 압도적으로 반대 의견이 많다. 그중에는 심지어 동성애자들을 사람이 아닌 짐승이라고 부르는 사람들도 있다. 기성세대는 개인의 인권보다는 공동체를 중시하여 후손을 보는 것이 중요했던 과거 질서의 영향 하에 놓여 있다. 지난 문화 자체를 무시할 수는 없지만 사회의 풍토가 달라진 지금까지도 구시대의 교육이 종용되는 것은 무조건 옳다고 보기 어렵다.

두 번째로 사람들이 동성애나 동성애자의 실상을 잘 알지 못하기 때문이다. 편견은 사실 모르는 것에 대한 두려움이 변질된 것이기도 하다. 만약 우리의 친구나 가족이 커밍아웃을 한다고 하면 그들에게까지 부정적인 생각을 가질까? 아닐 것이다. 그들이 커밍아웃을 해도 우리의 친구, 형제, 자매이기 때문이다. 반대로 말해 동성애자가 철저히 타인이라는 인식이야말로 지속적으로 거리를 만드는 요인이다.

마지막 이유는 동성애자들이 소수라는 점이다. 만약 동성애와 이성애가 반대 상황이 된다면 이성애자들은 편견을 받을 것이다.

현대 사회에 이르러 인간은 더욱 이기적으로 변했다. 살아남기 위해 경쟁하고 타인보다 자신을 먼저 생각한다. 이러한 상황에서 사회적 소수자들이 외면받거나 선입견에 시달리는 것은 필연일 수밖에 없다. 필자는 이것이 동성애에 관한 편견의 원인 중 가장 큰 것이라 생각한다.

이러한 원인들은 무척 단단해 보인다. 기성세대로부터 내려온 교육은 때로 지나치게 공고하고 커밍아웃은 여전히 쉽지 않다. 우리는 동성애에 대한 왜곡된 정보에 계속 노출될 것이며 소수자라는 동성애자의 지위는 당분간 바뀌지 않을 것이다. 더욱이 소수자에 대한 우리 사회의 시선은 악화되는 정치적 경제적 상황만큼이나 날이 갈수록 차가워지는 것 같다. 이럴 때 우리가 할 수 있는 일은 어쩌면 단 한가지일 것이다. 동성애자와 이성애자가 결국 처음의 그림 속 젊은 여인과 노파와 같다는 것을 잊지 않는 것이다. 그림 속 여인들은 관점에 따라 다르게 보일 뿐 사실 한 명의 사람이었다. 그와 같이 우리는 성향, 생김새, 성별 등과 무관하게 모두 똑같은 권리와 존엄성을 지닌 인간이다. 편견이 부수어질 수 있는 계기는 그러한 이해와 공감에서 비롯될 수 있을 것이라 믿는다.

평등 나라

최민혁 (응용수학과)

　내가 살고 싶은 나라는 평등 나라이다. 평등 나라란 모든 사람이 평등하고 모든 사람이 같은 대우를 받는 사회이다. 내가 살고 싶은 나라가 평등 나라인 이유는 현재 우리가 살고 있는 사회는 태어날 때부터 출발선이 다르기 때문이다. 그래서 사람들은 살면서 차별을 받기도 하고 이와 같은 사회를 원망하기도 한다. 만일 모든 사람들이 태어날 때부터 출발선이 같고, 동일한 교육을 받고, 동등한 기회를 가지고 살 수 있다면 세상을 살아가기에 아무 불만이 없을 것이다.

　먼저 평등 나라에서는 직업의 귀천이 없다. 현재 우리나라는 직업의 귀천이 너무 심한 사회이다. 즉, 의사나 변호사, 판사와 같은 직업들은 좋은 대우를 받지만, 청소부와 같은 직업은 차별을 받는다. 그러나 평등 나라는 이런 차별이 없다. 평등 나라에서는 사람들이 직업을 선택할 때 1지망, 2지망, 3지망을 적는다. 여기서 적는 직업은 자신의 능력에 따라 써야 한다. 자신의 지식이나 능력이 부족한데, 무턱대고 의사가 될 수는 없다. 다만 직업에는 귀천이 없으며 모두 평등하므로 일정한 생활 수준 이상을 할 수 있는 돈을 똑같이 나누어 준다. 그리고 1지망, 2지망, 3지망을 적은 사람들끼리 통계를 내서 직업을 돌아가면서 가져볼 수 있다. 만일 아무런 노력을 하지 않은 사람이 있다면 그에게는 직업을 주지 않는다. 사람들은 대부분의 일을 돌아가면서 해야 하기 때문에 교육 역시 많이 받아야 한다. 이때 받는 교육도 같은 교육이다.

두 번째로 평등 나라는 남녀가 평등하다. 현재 우리나라는 대부분의 남성들은 군 복무를 하고 여성들은 지원자에 한해서 군 복무를 한다. 그리고 기업에서는 승진의 기회가 여성보다 남성에게 많이 주어진다. 이처럼 대한민국은 아직까지 남녀 불평등이 존재한다. 이러한 상황을 평등 나라는 해결해 준다. 평등 나라에서는 모든 남녀가 평등하기 때문이다. 이 나라에서는 남녀 모두 의무적으로 군 복무를 해야 하고, 기업에서의 승진의 기회도 남녀 모두 같다. 그리고 남자와 여자 모두 집안일을 하고, 여성만을 위한 또는 남성만을 위한 것이 아닌, 모든 사람들을 위한 정부 기관이 있다.

세 번째, 평등 나라는 태어날 때부터 출발선이 같다. 우리가 살고 있는 사회에서는 금수저, 은수저와 같은 신조어들이 생겨나고 있다. 이러한 말들은 부모들의 재산 정도에 따라 계급이나 신분이 분류되어 불평등한 사회를 보여 준다. 태어날 때부터 출발선이 다르게 태어나는 것이다. 즉, 누군가는 상위 10%, 누군가는 하위 10%인 상태로 태어난다. 이는 개인의 노력으로 간단히 바꿔

거나 뒤집을 수 있는 것이 아니다. 따라서 이러한 문제를 해결하기 위해서 평등 나라는 태어날 때부터 모두 같은 위치에서 출발한다. 즉, 모든 사람이 동등한 기회를 가진다. 이 나라는 태어났을 때부터 사람들이 동일한 교육을 받으며 동일한 기회를 가진다. 당연히 동일한 교육을 받아야 하므로 학원이나 과외 같은 사교육은 존재하지 않는다.

현재 우리가 살고 있는 사회는 불평등이 많은 사회이고, 이에 따른 불만들이 많다. 따라서 모든 사람들이 태어날 때부터 같은 위치에서 태어나고, 일도 돌아가면서 하고, 돈도 똑같이 벌며 서로 더불어 가는 사회가 내가 원하는 사회이다.

한국 사회 문화에 대한 세 가지 불만

이성우 (건축학과)

    내가 원하는 사회 …… 나는 사회에 참 불만이 많은 사람이다. 특히 내가 사는 이곳 한국 사회에 불만이 많다. 늘 외국인과 만나는 것을 좋아하고, 그래서 여러 다른 나라의 아는 외국인도 몇 명 있다. 그래서 그런지 그들을 만나거나 그들의 나라에 가 보면, 한국 사회에 불만을 나타낼 수밖에 없을 지도 모른다. 이 글이 단순히 사회에 대한 푸념으로 보일 수도 있겠지만 이런 생각을 하는 사람도 있다는 걸, 이런 생각도 있을 수 있다는 걸 알려 주고 싶은 마음이다. 내가 생각하는 우리 한국 사회 문화의 문제점은 크게 세 가지를 꼽을 수 있다.

    첫 째는 지성인의 가뭄이다. 지금 우리사회는 이성적인 사고가 많이 부족하다는 느낌이 든다. 말하기 부끄럽지만 나는 공부를 꽤나 잘하는 고등학교를 졸업했다. 공부를 잘하는 게 중요한 점이 아니라, 그곳에 있는 학생들은 나름대로의 생각을 가지고 어떠한 현상이나 이슈를 판단하고 분석할 줄 아는 능력이 있는 사람들이었다. 고등학교를 졸업하고 다른 사람들을 많이 만나 보니 의외로 별 생각 없이 사는 사람이 많았다. 우리가 살고 있는 이 사회가 어떤 사회인지, 왜 우리는 이렇게 살아야 하는지에 대한 생각보다는 밥을 뭘 먹을 건지, 게임을 뭘 할 건지에 대해 고민하는 사람의 경우가 더 많았다. 대부분 전자의 이야기를 기피하며, 결국 술자리에서도, 카카오톡 메시지와도 같은 별 의미 없는 말들만 난무하게 된다. 뿐만 아니라 인터넷상에서도 근거 없는 소문이나 타인의 몇 마디에 쉽게 휘둘리고 선동당하기도 한다. 게다가 인터넷의 내용과 같은 생각을 말하면 '진지충'이 되어 버리곤 한다. 말하고자 하는 것이 진지한 이야기일 수도 있지만, 그런 이야기들도 얼마든지 재미있게 풀어낼 수 있을 것이다. 지금 우리 사회는 깊게 생각하는 것을 너무 귀찮게 생각하는 것이 아닐까 싶다.

두 번째는 약자를 지켜 주지 못하는 사회이다. 먼저 교육을 보면, 한국의 교육은 너무나도 비인간적인 교육이다. 아이들의 생각은 중요시하지 않고 지식을 일방적으로 주입시켜, 무한 경쟁을 시키고, 경쟁에서 떨어지는 아이들을 패배자 취급한다. 아이들은 학교에서 얼마나 암기를 잘하고, 배운 것을 잘 활용하는가가 중요하다. 이 같은 교육은 학습된 '지식'이라는 한 면만을 기준으로 삼고 채점한다. 그래서 어떤 학생이 정해진 학교의 틀대로 만들어지지 않으면 교육자들은 바로 '문제아'로 처리한다. 한번 문제아로 낙인찍힌 아이들은 학교에 흥미를 잃게 되어 자칫 학교 안과 밖을 방황하게 된다. 사회로 나가 보지도 않은 아이들에게 어릴 때부터 자존감을 빼앗고 '문제아'라고 낙인찍는 것은 학생들의 환경을 박탈하는 폭력이나 학대와 다름없다. 장애인에 대한 인식 문제도 마찬가지다. 장애인 실업률은 엄청나게 높은데도 몇몇 기업들은 장애인을 한 명 고용해 놓고 정의의 천사인 양 행세를 한다. 장애인을 위한 실질적 복지 제도나 정책적 지원은 별로 없으면서 일부에서는 목욕 한 번 시켜주고, 휠체어 좀 밀어 주면서 위선을 보이는 것이 장애인에 대한 사회의 태도이다. 장애인들은 이러한 점을 상당히 불만스럽게 생각하고 자신들의 삶에 대한 존엄성과 권리를 보장하라고 요구하는데도 별 다른 대책은 없다. 사회가 좀 더 약자들에게 실질적으로 도움을 줄 수 있는 방법이 뭔지 관심을 가져야할 상황이다.

마지막으로는 한국 특유의 유교적 가치관이 사회 문화에 배어 있다. 가장 큰 문제점은 남녀 불평등이다. 명절에는 당연하다는 듯이 여성들만 일을 하고, 남성들은 텔레비전을 보며 놀고 있다. 다 그렇진 않겠지만 명절 때 대부분 가정의 풍경이 이러하다. 직장에서도 여성들은 육아 때문에 남성에 비해 낮은 대우를 받고 육아휴직 같은 제도를 회사의 눈치 때문에 이용하지 못하는 실정이다. 또 다른 문제점은 나이에 의해서 인간관계의 위계질서가 결정된다는 것이다. 우리나라는 사람과 처음 만나면 으레 나이를 물어본다. 나는 한국인 외에 어떤 나라 사람과도 나이를 묻고 답한 적이 없다. 사람과 사람으로서 친해지는 데에 나이가 필요 이상으로 크게 작용하는 요소가 된다. 만약 연장자와 언쟁이라도 벌이게 된다면, 일의 상황 판단을 떠나 결국에는 네놈 나이가 몇 살이냐고 소리를 지르며, 연장자라는 이유로 옳은 논리를 획득하게 된다. 또 지금은 많이 없어졌지만, 학교 내 선후배 간의 불필요한 서열 관계도 여전히 문제이다. 군기를 잡기 위해서라지만, 군기가 애초에 군대가 아닌 곳에서도 필요한지는 의문이다. 한국이 그렇게 위계질서가 잘 잡혀 있어서 미국이나 다른 나라보다 일을 잘하는 것인가. 우리는 그저 일을 열심히 할 뿐이다. 필요 이상의 예의는 상대방만 거북하게 만든다. 이 같은 유교적 가치관으로 인한 관습은 적어도 이 세대에서는 개선이 필요하다고 본다. 전통적 관습이 물론 좋은 점도 있지만, 세상을 살아가는 데 있어서는 불합리하고 불편하게 작용할 수도 있다.

이 외에 수도 없이 많지만, 적어도 위에 제시한 문제들만 어느 정도 개선되고, 해결될 수 있다면 살아가기에 조금은 유연하고 부드러운 인간관계가 유지될 수 있어 매우 만족하면서 살아갈 것이다. 여기까지 다소 공격적인 발언이지만, 한국 사회를 위해 충정으로 하는 말이다. 그러므로 서로 간의 긍정적이고 부담 없는 예의가 전제된 속에서 비교적 자유롭게 의사소통을 한다면 지금보다 더 나은 한국의 사회 문화가 조성되리라고 본다.

행복한 국민 행복한 나라

권건우 (러시아어학과)

최근 연애, 결혼, 출산, 내 집 마련, 인간관계를 포기하고 사는 세대인 '3포 세대', '5포 세대'라는 말이 생겼다. 살아가기가 각박해지는 세상이어서 점차 포기하고 살게 되는 것도 많아지는 것이다. 지나친 경쟁, 야근, 개인의 삶을 포기하고 일에 매달리게 하는 사회적 흐름이 결국 3포, 5포 세대를 만들어 낸 것이다. 이에 비하여 '헤븐조선'은 이러한 '~포 세대'가 없는, 개인이 최소한의 행복한 삶을 영위할 수 있도록 복지 정책이 잘 다듬어진 나라이다.

헤븐조선은 최소한의 의식주가 보장되어 있는 나라이다. 요즘 어린아이들이 공무원같이 안정적인 직업을 진로로 삼았다는 소식을 심심치 않게 접할 수 있는데, 이는 우리나라가 그만큼 살아가기 불안정한 사회라는 것을 증명하는 셈이다. 또한 먹고살기에도 바쁜 현실과 타협하다 보니 포기하는 것이 늘어나게 되어 앞서 말한 3포 세대 같은 것이 생겨나는 것이다. 그래서 헤븐조선에서는 행복한 삶을 위해 기본적인 생활이 가능하도록 최소한의 의식주가 보장되어 있다. 여기서 끝나는 것이 아니라 노력만 한다면 그만큼 더 풍요로운 삶을 살 수도 있다. 최소한 밥은 굶지 않고, 주거 문제가 해결되었으니, 돈 때문에 자신의 꿈을 포기하는 일은 일어나지 않을 것이다. 자신의 꿈을 이루기 위해 노력할 수 있고, 만약 노력하다가 실패하더라도 최소한 굶어 죽지는 않으니 말이다.

단순히 의식주만을 보장하는 것뿐 아니라 헤븐조선에서는 자신의 재능을 찾을 수 있게끔 국가에서 더 고차원적인 노력들을 한다. 우리나라에서는 돈 때문이 아니라도 자신이 하고 싶은 일이 뭔지 찾기 힘들어하는 경우가 많다. 자신의 재능이나 적성이 무엇인지 평생 모르고 현실과 타협해 버리기 때문이다. 그래서 성적과 점수에 맞춰서 자신이 원하지도 않는 대학, 학과에 가고, 단순히 취업에만 급급하게 되어 버려 평생을 힘들게 살아간다. 그러한 비참한 현실을 막기 위해 헤븐조선에서는 어린 시절부터 꾸준히 적성 검사와 같은 것을 실시해서 아이들이 자신의 재능을 발굴할 수 있도록 국가적으로 돕는다. 또한 성인이 되었을 경우 자신이 하고 싶은 공부, 직업을 충분히 생각할 수 있도록 적성 검사에 따른 학교와 직장을 추천한다. 그리고 공부를 해야 할 경우에는 공부에 집중할 수 있도록 학비를 지원해 줌으로써 돈 때문에 공부를 포기하는 일 또한 절대 없도록 한다.

헤븐조선은 아이를 낳고 기르기에도 좋은 나라이다. 대한민국의 한 해 출산율은 OECD 평균에 한참 못 미친다. 그러한 원인으로는, 직장을 가진 여성의 출산과 육아를 부정적 시선으로 바라

보는 우리 사회의 인식을 꼽을 수 있다. 그러한 인식을 바꾸기 위해서는 시민 개개인에게 인식의 변화만을 강요할 것이 아니라 제도적 뒷받침이 있어야 한다. 그래서 헤븐 조선에서는 여성이 산후조리 후 바로 직장에 복귀할 수 있도록 육아 휴가를 확실히 보장해 주고, 직장 여성이 편하게 아이를 맡기고 일을 다닐 수 있도록 직장 내 사원 전용 어린이집, 유치원 혹은 육아 도우미를 의무화한다. 이러한 제도가 활성화된다면 여성들이 출산에 대한 부담감이 상대적으로 덜해져서 출산율이 자연히 증가할 것이다. 나라에서 먼저 노력하다 보면 사람들 인식도 바뀔 수 있다. 그러다 보면 나라의 미래인 아이들도 늘어날 것이다.

비록 '헤븐조선'은 꿈의 나라이지만 이러한 것들이 현실이 되어서 더 이상 살기 힘들어 삶을 포기해 버리는 일은 없었으면 하는 바람이다. 모두가 행복하고 즐겁게 살 수 있는 세상이 되었으면 좋겠다.

잘 익은 듯 덜 익은,
덜 익은 듯 잘 익은 생각들

올해도 어김없이 『광세의 숲』을 제작하였습니다. 2011년부터 매년 발행하였으니 이제 『광세의 숲』도 만 다섯 살이 되었습니다. 다섯 살이 아니라 500살이 되어서도 변함없이 풋풋할 만한 생각들이 아름다운 글이 되어 이 책에 담겨 있습니다. 저는 이 책을 처음부터 끝까지 사흘간 최종 교정하면서 수많은 희로애락의 사연에 환하게 혹은 희미하게 미소를 짓기도 하고 눈시울을 붉히기도 했으며 새로운 깨달음에 고개를 끄덕이기도 했습니다. 이제 여러분께 이 책을 선보이고자 합니다.

『광세의 숲 2015』는 2015년 1학기와 2학기 '글쓰기1' 과목을 수강했던 1학년 학생들의 글로 엮었습니다. '글쓰기1'을 담당하셨던 교수님들이 가장 신선하거나 논리적이거나 깊은 생각을 담은 글들을 엄선하여 추천해 주셨습니다. 2015년 11월에 국제캠퍼스 후마니타스칼리지 이영식 학장님이 편집위원장을 맡으시고 글쓰기 PD인 저 이선웅, 그리고 객원교수이신 김기섭, 오태호, 진은진 선생님이 편집위원을 맡은 『광세의 숲 2015』 편집위원회가 구성되었습니다. 편집위원회는 두 차례의 편집회의를 진행하여 총 77

편의 글을 싣는 것으로 결정하였습니다.

추천된 글은 모두 소중한 것이고 그중 싣지 못한 글이 딱히 수준이 떨어지는 것이 아니었습니다. 이 점에서 편집위원회는 아쉬움이 남아 있습니다. 편집위원회의 편집 원칙은 한 학생의 글이 아무리 많이 추천되어도 한 편만 싣고, 2학년 이상 학생들의 글은 싣지 않는다는 것이었습니다. 제한된 지면에서 되도록 많은 학생들에게 골고루 기회를 주기 위함이었습니다. 그리고 1년 이상 대학 생활을 하여 생각이 더 발전한 학생보다는 아직 덜 익었을지라도 풋풋한 신입생의 생각들만을 담는 것도 의미가 있기에 2학년 이상의 선배들의 글은 싣지 않은 것입니다.

이 책은 경희대학교 후마니타스칼리지 '글쓰기1' 과목의 여섯 범주를 반영한 6장으로 구성되어 있습니다. '내 생애 최고의 순간'에서는 스무 살 이전에 경험할 수 있는 다채로운 기쁨의 순간들을 함께 체험할 수 있을 것이고 '나는 무엇을 사랑하는가'에서는 어리면서도 어른인 학생들이 무엇을 가장 소중하게 여기는지 들을 수 있을 것입니다. '나를 슬프게 하는 것들'에서는 다양한 삶에서 우리의 마음을 어둡게 하는 것들에 공감하고 함께 아파할 수 있을 것이고 '나는 대학생이다'에서는 새내기 대학생으로서의 포부와 의지를 읽을 수 있을 것입니다. '사회를 어떻게 볼 것인가'에서는 우리 사회의 부조리한 면을 학생의 시각에서 논리적으로 해부한 글들을 접할 수 있을 것이고 '내가 원하는 삶과 사회'에서는 갓 스물이 된 학생들이 꿈꾸는 이상적인 개인과 사회의 모습을 엿볼 수 있을 것입니다.

작은 생각의 새싹이 자라서 나무가 됩니다. 여러 나무들은 서로 서로 공생의 조화를 이루며 숲을 이룹니다. 이 『광세의 숲』은 새 내기들의 그러한 작은 생각들이 모여 이루어진 울창한 숲입니다. 아무쪼록 이 숲 속에서 1학년 새내기 대학생들의 잘 익은 듯 덜 익은, 덜 익은 듯 잘 익은 생각들을 만끽하셨으면 합니다.

이 책을 발간하는 데 힘을 모아 주신 많은 분들께 감사의 인사를 전하고자 합니다. 우선 이 책에 실린 학생 글을 추천해 주신 구선정, 권기성, 김금남, 김기섭, 김정민, 노현주, 박선애, 손보미, 신호림, 오세정, 오태호, 윤송아, 이수연, 장고은, 전성희, 전성희, 전소영, 조은영, 진은진, 최인경 선생님께 감사드립니다. 또한『광세의 숲 2015』가 나올 수 있도록 빈틈없이 행정적 지원을 해 주신 후마니타스칼리지 이우휘 실장님, 이가영 선생님과 상업성이 없는 책을 기꺼이 출판해 주신 도서출판 평사리의 홍석근 사장님께도 감사의 말씀을 드립니다.

『광세의 숲 2015』편집위원회를 대표하여

경희대학교 국제캠퍼스 후마니타스칼리지

글쓰기 PD 이선웅 적음.